An Tagen im Juli

Das Buch

Das ruhige Leben einer Schriftstellerin wird auf den Kopf gestellt, als über Nacht aus ihrem Dorf zwei Grundschülerinnen verschwinden. Die Suche nach den vermissten Kindern, ein zwielichtiger Feriengast und weitere dramatische Ereignisse zwingen Sibylle Uhlen, sich mit ihrer Kindheit und dem seit Jahrzehnten ungeklärten Verschwinden ihrer Eltern auseinanderzusetzen. Dabei wird sie mit abgründigen Wahrheiten konfrontiert, die ihr sicher geglaubtes Leben in den Grundfesten erschüttern und sie zur zentralen Figur eines Verbrechens machen.

Die Autorin

Paula Bersdorf, 1963 in München geboren, studierte Wissenschaftliche Politik und Neuere deutsche Literaturgeschichte in Freiburg. Seit 2005 schreibt und veröffentlicht sie unter Pseudonym Kurzgeschichten und Lyrik im Internet. Nach vielen Stationen in deutschsprachigen Großstädten, zuletzt drei Jahren in Wien, zog es sie 2015 aufs Land. Heute lebt und arbeitet sie in einem Dorf nahe Uelzen. In dieser Region entstand und spielt auch ihr Roman *An Tagen im Juli*.

Paula Bersdorf

An Tagen im Juli

Kriminalroman

Impressum

Text:	© Copyright 2019 by Paula Bersdorf
Umschlag:	© Copyright 2019 by Paula Bersdorf
Verlag:	Paula Bersdorf c/o Werneburg Internet Marketing und Publikations-Service Philipp-Kühner-Straße 2 99817 Eisenach
Druck:	epubli, ein Service der neopubli GmbH, Berlin Printed in Germany
ISBN:	978-3-7485-5508-7

Schreibend in mir Heimat finden,
lesend in der Welt.

Für Hotte.

Kapitel

4. Juli

Die Wolke gleicht einem schlafenden Riesen. Ein monströser Traum bläht seinen Kopf auf, verwandelt ihn in einen weißen Wal. An Land schreien Viola und Celina. Auch deren Köpfe sitzen riesig auf ihren kleinen Schultern. Violas Helm ist rot, Celinas gelb. Die Schwestern streiten sich, welcher Papa die Mama am Liebsten habe. Drei kommen in Frage, denn es gibt noch ihren Bruder Felix. Hinter ihnen, zwischen Bauernhöfen und Einfamilienhäusern, in verlotterten und gehegten Gärten, schläft alteingesessenes Glück. Vor langer Zeit ging es von uns Menschen auf den Ort über, den es mehr liebt als seine vergänglichen Bewohner. Mein Wal ist fort. Nur die Himmelssee liegt noch überm Land. Welcher Tag ist heute? Hätte ich auf das Postauto geachtet, könnte ich den Sonntag ausschließen. Dafür sah ich *Moby Dick,* der bei uns nicht alle Tage gespielt wird.

Jetzt stehen die Mädchen auf dem schmalen Pfad zwischen Dorfwiese und Kartoffelfeld. Wenn ich den Kopf hebe, entdecken sie mich und feuern eine Salve W-Fragen ab: ›Warum liegst du im Gras? Was schreibst du in deinen Block? Wie groß bist du?‹ Um mich zu retten, schieße ich zurück: ›Warum haben Elefanten gelbe Ohren? Was macht der Tag bei Nacht? Wie viele Lieder kann ein Rotkehlchen auswendig?‹ Viola, die Ältere, wird behaupten, Elefanten hätten keine gelben Ohren, wird meine zweite Frage überhören, wegen der dritten auf ihren Papa verweisen, der die Mama am Liebsten habe. Plötzlich fliegt von links eine Gruppe Brieftauben in mein Blickfeld. 18 oder 23 Tiere. Unmöglich, sie zu zählen, während sie ihre Schleifen übers Dorf ziehen. Die Tiere gehören Carsten. Er wollte mir ihre Anzahl nennen, ich lieber wetten, dass ich sie ihm nach dem Sommer sagen kann. Fährt er mit ihnen auf eine Taubenschau, fehlt mir das Geräusch, wenn sie über mich hinwegfliegen – Ssssippp.

Heute ist nicht Sonntag, die Mädchen haben sich auf den Weg zum Bäcker gemacht. Dort werden sie W-Fragen stellen, bis man ihnen eine Süßigkeit schenkt. Den Amerikaner und die Zimtschnecke essen sie heimlich auf dem Spielplatz, ehe sie nach Hause fahren. Ich drehe mich auf den Bauch und hebe den Kopf über das braune Gras. Nun habe ich das letzte Haus am Dorfrand im Blick. Auch die ausgebaute Kate gehört Carsten. Seit zwei Wochen wird sie von einem Feriengast bewohnt. Oft sitzt er im Garten unter dem kleinen Apfelbaum und schreibt in einen Block. Ich überlege, Viola und Celina einzubeziehen: ›Was meint ihr, wer der fremde Mann wohl ist? Wie lange bleibt er? Was schreibt er in seinen Block? Woher kommt er? Warum ist er hier?‹ Oder ich fahre selbst mit dem Rad am Garten vorbei, entdecke ihn wie zufällig hinterm Zaun und gebe mich als Reporterin der Tageszeitung aus.

›Moin‹, riefe ich ihm zu. ›Sie sind der Gast von Carsten Rosche.‹

›Warum?‹

›Wie lange bleiben Sie?‹

›Warum?‹

›Bald ist Dorffest. Wenn wir wissen, wie lange Sie bleiben, können wir den Termin schieben.‹

›Ich will auf kein Fest.‹

›Vielleicht ein Interview geben? Ich mache eine Reportage über Feriengäste.‹

›Nicht über mich.‹

Statt der Anzahl seiner Tauben wollte ich von Carsten etwas über diesen Mann erfahren: »Dass er sich auf dem Land erholen will. Der Rest geht dich nichts an.«

»Es gibt einen Rest?«

»Tschüs, Sibylle.«

Heute ist im Garten der Kate kein Fremder zu entdecken, und der Himmel hat das Wolkenkino geschlossen.

Wir begegnen uns vor einer Kurve. Ich sehe ihn zuerst, weil ich auf dem Fahrrad sitzend Einblick in den Pfad habe. Zwischen uns liegen zwanzig Meter. Er ist ein großer Hund. Seine rechte Seite ist lädiert. Er humpelt vorne und hinten. Jetzt hebt er den Kopf, blickt in meine Richtung, bleibt ebenfalls stehen. Der Feldweg ist schmal, keiner weiß, was er vom anderen halten soll. Sein Gang wirkte mühsam und schmerzhaft. Wenn er auch langsam trottete, sah es doch aus, als hätte er ein Ziel. Ich will zur Schleuse hinter dem schwarzen Tier, das auf meine Entscheidung wartet. Wo ist der Besitzer? Er müsste längst aufgeholt haben. Entweder ist der Hund ein Streuner oder jemand hat ihn ausgesetzt. Noch immer sehen wir uns an. Ich fahre ein Stück auf ihn zu, er behält mich im Blick. Selbst wenn ich ganz links fahre, könnte der Hund in meine Wade beißen.

»Hab keine Angst«, rufe ich voraus. Wir passieren einander in der Kurve. Seine Furcht ist größer. Er trägt kein Halsband. Ich drehe mich um, sehe ihm hinterher. Er schaut nicht zurück.

Im Kanal vor der Schleuse liegen unten acht Kähne, drei oben. Je zwei passen in die 196 Meter lange Schleusenkammer. Selten ist man allein auf der Brücke überm Kanal, am Geländer seitlich der Kammer, die 23 Meter in die Tiefe reicht, aus der einem manchmal ein Kahn mit Düngersäcken, häufiger einer mit Kohle oder Korn entgegen wächst. Dörfler und Feriengäste nutzen die Fußgängerbrücke, um in das angrenzende Waldstück zu kommen oder weiter nach Breeke.

Der Fremde steht an der Schleusenkammer. Er trägt verwaschene Jeans mit ausgefransten Hosenbeinen und ein graues T-Shirt. Sieht trotzdem nicht aus wie einer von uns. Zu lange verweilt sein Blick auf Details. Hielte er seinen Block in der Hand, ich hätte ihn nicht schneller als Carstens Gast erkannt.

»Moin moin«, sage ich beim Absteigen vom Rad. Er scheint nicht überrascht, dass jemand das Gespräch sucht, erwidert den Gruß: »Guten Tag.« Die Spuren, die der Alkohol in seinem Gesicht hinterlassen hat, waren durchs Teleobjektiv zu erahnen; keine drei Meter entfernt sehe ich einen tragischen Grundton unterm Blau seiner Augen.

»Sie sind Carsten Rosches Feriengast?« Er nickt.

»Bald ist Dorffest. Sie sind eingeladen, falls Sie dann noch hier sind.«

»Okay.«

»Keine Lust auf einen Schnack?« Sein Blick antwortet unmissverständlich. Zeitgleich öffnen sich die Schotten. Donnernd rauscht das Wasser aus der Schleusenkammer rechts und links in die Sparkammern. Vor unseren Augen beginnen die beiden Kähne abzusinken. Grußlos lasse ich den Mann am Geländer stehen, setze mich aufs Rad und fahre zurück ins Dorf.

»Gibt keine Pflicht, sich mit dir zu unterhalten«, erwidert Carsten am Telefon.

»Aber ein Gebot der Höflichkeit?«

»Er hat dir eine Abfuhr erteilt, du wirst es überleben.«

»Sag mir, wie lange er bleibt.«

»Er hat einen Mietvertrag.«

»Als Feriengast?«

»Die Kate ist sein Zweitwohnsitz. Ende der Durchsage.«

»Verrat mir seinen Namen.«

»Wenn du unsere Tauben-Wette gewinnst«, beendet er das Gespräch.

Beate dazu zu bringen, eine Information preiszugeben, die auf einem Briefumschlag steht, ist aussichtslos. Ihr Job ernährt die Familie, seitdem ihr Mann Martin seinen in der Zuckerfabrik verloren hat. Sie wird mich nicht mal in die Nähe des Postautos lassen, sondern versuchen, mich abzuwimmeln: ›Sei nicht so neugierig!‹ Dann werde ich vermuten, dass es sich bei dem Fremden um einen Terroristen handeln könnte. Darauf entgegnet sie, die sähen anders aus und unser Dorf stelle kein lohnenswertes Ziel dar. Ihre ländliche Tiefenentspanntheit pariere ich mit dem Hinweis auf die Flüchtlinge in der alten Schule und der Sorge, es könne sich bei dem Mann um einen Neonazi handeln. Sobald die erste Lücke in ihre Abwehr geschlagen ist, presche ich mit der Idee vor, ein Pädosexueller suche bei uns nach Opfern. Für eine Minute wird die Mutter von Viola, Celina und Felix schwach werden und erwägen, mich an die Briefbox zu lassen, bevor ihr einfällt, der Fremde könnte auch ein Kollege von mir sein.

Behutsam schiebt die Dämmerung das Sonnenlicht weiter zu denen, die auf der anderen Seite bald aus dem Schlaf erwachen. Frühe Fledermäuse fliegen durch meinen Garten. Ich warte auf Igella, die am Teichrand unter der Konifere lebt. Ihre Futterschale ist mit meinem Abendessen gefüllt. Wurst und ein hartgekochtes Ei werden der Igelin Kraft für die anstehende Paarungszeit geben. Stumm und starr sitze ich auf der Bank unterm Pflaumenbaum, die Kamera ist auf dem Stativ montiert, die Blende weit gestellt.

5. Juli

»Es sind 21. Sein Name?«

»Siegmar Stehle. Gut geraten.«

»Foto gemacht und ausgezählt.«

»Hexe!« Carsten und ich sprechen übers Dorffest. Wir beschließen, auch die Flüchtlinge einzuladen, die seit April in der umgebauten alten Schule wohnen.

»Werden die Leute kommen wollen?«, frage ich.

»Warum nicht?«

»Wer übersetzt die Einladung ins Arabische?«

»Google?«

»Okay, ich kümmere mich darum.«

Die Suchmaschine bestätigt meine Befürchtung, der Fremde könne ein Kollege sein. Sein literarischer Erfolg liegt zehn Jahre zurück. Kritiker und Publikum warten noch immer auf einen weiteren Wurf. Stehle ist Jahrgang 1973, Hamburger, begann mit Lyrik, machte weiter mit Drama. Sein einziger Roman handelt angeblich von einem Mann, der trinkt, weil Trinken seit Generationen der Familienberuf ist. Ein langer Auslandsaufenthalt wird erwähnt, auf den Pressefotos hat Stehle glasige Augen. Ich melde mich als Gast in einem arabisch-europäischen Freundschaftsforum an und stelle den Einladungstext mit der Bitte um Hilfe online. Die erste Antwort kommt prompt. Ein paar Minuten später die zweite. Ihre Schriftzeichen sind identisch. Mein Dank geht an Abdalla86 und Syria-Forever.

Ein ungewöhnlicher Sommer, endlos wie zu Kindertagen. Anwohner jäten am Straßenrand sonnenverbranntes Unkraut. Auf einem Bollerwagen zieht eine alte Frau zwei Gießkannen hinter sich her. Ich steige vom Rad, helfe ihr, die neu gepflanzten Alleebäume zu wässern, deren Laub fast vertrocknet ist. Zwischen den Dörfern kann man sich von Feldberegnungsanlagen erfrischen lassen. Eine siebzehnköpfige Fahrradgruppe kommt mir Richtung Breeke entgegen. Wassertropfen funkeln auf den bunten Helmen der Männer. Sie haben nicht gewartet, bis der Sprinkler die Landstraße ein paar Minuten auslässt. Jeder zweite wirft ein »Tach« zu mir herüber. Berliner wissen um ländliche Gepflogenheiten.

»Gestern waren wir verabredet!«

»Entschuldige bitte.«

»Heute kommst du!«

»Hat dich Emma versorgt?«

»Mehr als das. Mach Kaffee, sie hat Kuchen gebacken.«

Erwins Küche ist ein Museum. Der graue Fliesenboden glänzt wie neu. In einer Ecke steht ein riesiger cremeweißer Kühlschrank von Bosch mit einem großen Metallhebel an der Tür. Gegen ihn wirkt die restliche Einrichtung zierlich. Unter- und Oberschränke sind aus resopalbeschichtetem Sperrholz, die Fronten der Schubladen und Schiebetüren pastellfarben. Über der kleinen Spüle hängt ein Boiler von Stiebel Eltron. Mit der Eltronette kann man fünf Liter zum Kochen bringen. Der Wasserhahn wird durch einen Plastikschlauch ins Becken verlängert. Ein Holzherd steht unterm Fenster, daneben ein 3-Platten-Elektroherd. Beide Geräte haben einen Metalldeckel und können zur Arbeitsfläche gemacht werden. Auf der Anrichte thront Emmas Apfelkuchen. Form und Farbe der Kuchenhaube passen ins Bild – Tupperware hat eine Retrolinie. Den Teller für Erwin stelle ich an die Kante des Esstisches, links daneben auf zehn Uhr die Kaffeetasse, deren Henkel ich auf neun Uhr drehe.

»Was kam dir gestern dazwischen?«

»Eine Verstimmung.«

»Hm.«

»Und womit hat dich Emma aufgeregt?«

»Mit einem selbstgestrickten Pullover. Ich sollte ihn anprobieren.«

»Einen Pullover im Sommer?«

»Habe ich auch gefragt.«

»Gut, dass du sie nicht geheiratet hast.«

»Vierzig Zentimeter unterm Plappermaul sitzt ihr Herz. Ich könnte sie erschießen.«

»Einen Blattschuss traut dir keiner zu.«

»Eben.«

»Noch einen Kaffee?«

»Und ein Stück Kuchen. Backen kann sie wie keine zweite. Was macht dein Buch?«

»Geht voran.«

»Komme ich auch darin vor?«

»Natürlich.«

»Du nennst mich aber nicht Erwin!«

»Hast ein Problem mit dem Namen?«

»Als ich deine Großmutter kennenlernte, war sie gerade von ihrer ersten Liebe verlassen worden. Der hieß auch Erwin. Wusste nie, ob sie mich deswegen genommen hat.«

»Du hättest sie fragen können.«

»Dafür hat meine Tapferkeit nicht gereicht.«

»Darf ich schreiben, dass du blind bist?«

»Taub wäre mir lieber.«

»Taubheit trennt von den Menschen, Blindheit von der Welt.«

»Den blöden Spruch kenne ich. Viel mehr und oft sehr wenig trennt uns.«

»Wenn ich dich taub schreibe, hast du im Buch nichts zu sagen.«

»Aber mein Augenlicht hätte ich zurück! Und meine Ruhe!«

»Zieh zu mir, dann bleibt Emma am Leben.«

»Dein Dorf ist nicht mein Dorf.«

»Weil du jeden Tag durch Breeke spazierst.«

»Was weißt du schon, wo mein Kopf täglich wandern geht.«

»Unter meinem Dach wären deine Gedanken auch frei.«

»Warum ziehst du nicht zurück nach Breeke?«

»Die 800 Jahre alte Eiche hat der Prozessionsspinner gefressen, weil ihr zu geizig wart, euren schönsten Baum zu schützen; auf die Dorfwiese habt ihr ein scheußliches Gemeindezentrum gestellt, und einen eindrucksvollen Findling mit dem Gründungsjahr des Ortes sucht man vergeblich. Das Beste an Breeke bist du.«

»Deshalb kann ich nicht weg.« Sein Lachen kratzt in den

Ohren. Er setzt die leere Tasse auf den Teller, legt den Kopf in die rechte Hand des aufgestützten Arms und schließt seine Milchaugen. Gegen halb vier wird er müde, mein starker Kaffee ändert daran nichts.

Bei der Abzweigung verlasse ich die Landstraße, um an der Schleuse über den Kanal in mein Dorf zurückzufahren. Schon von ferne sehe ich die Berliner in ihren neonfarbenen Funktionshosen und Shirts auf der Brücke stehen. Ihre High-Tech-Helme haben sie an die Fahrräder gehängt und auf die Satteltaschen gelegt. Manche fotografieren mit Tablets, andere mit dem Handy die wartenden Kähne, wieder andere halten den Blick fest auf den Fremdenführer gerichtet. Statt über die Brücke zu fahren, nehme ich den Weg durch die Felder am Ufer entlang. Ein paar Kilometer weiter gibt es eine Kanalunterführung.

Es ist noch heiß wie zur Mittagszeit, mein T-Shirt schweißnass. Hinter dem Zuckerrübenfeld steht in den angrenzenden Kartoffelpflanzen eine Beregnungsmaschine, deren Radius den Weg leider nicht erfasst. Emmas Kuchen hat meinen Mund verklebt, ich bereue, nicht auch eine Flasche ihres Apfelsaftes genommen zu haben. Sie schleppt vom Gekochten und Gebackenen immer zu viel in Erwins Küche. Das meiste Essen finde ich dort. Meine Zwiebeln baut dieses Jahr ein Bio-Landwirt aus Osche an. Mehlige Kartoffeln sammle ich in ein paar Wochen vom Feld hinter Asten auf, Steinpilze im Privatwald bei Rinkamp, für Pfifferlinge fahre ich mit dem Bus ins Wendland. Mit Birnen und Äpfeln versorgt mich Carsten. Pflaumen habe ich im eigenen Garten. Kaffee gibt es im Supermarkt. Wenn ein Kapitel fertig ist, bezahle ich ihn.

Heute sieht er mich zuerst. Hätte er den Kopf nicht bewegt, wäre ich an der Nische vorbeigefahren. Im schwachen Licht der Unterführung hebt sich das schwarze Fell kaum gegen den dunkelgrauen Beton ab. Wir schauen uns an, er verändert seine Position nicht. Ausgestreckt liegt der Hund auf der linken Seite und lässt den Kopf langsam sinken. Er atmet flach, den Fang zum Hecheln geöffnet. Die nächste Wasserquelle ist der Kanal über uns. Langsam gehe ich auf ihn zu, murmle ruhige dunkle Laute, bis er Witterung aufnimmt. Vorsichtig lege ich ihm Emmas Kuchen vor die Schnauze. Als ich mit der wassergefüllten Dose zurückkomme, liegt der Kuchen unberührt, der Hund unverändert auf der Seite. Er riecht das Wasser, winselt, versucht eine Bewegung, scheitert. Ich zeige ihm meine Hand, bevor ich sie ihm unter den Kopf bis zur Schulter schiebe, um ihn ein Stück aufzurichten. Mit der anderen halte ich ihm das Wasser unter den Fang.

»Carsten?«

»Sibylle? Ich hör dich nur schwach.«

»Ich bin in der Kanalunterführung.«

»Wo?«

»Kanalunterführung.«

»Was ist?«

»Kannst du mit dem Auto kommen? Hier ist ein verletzter Hund.«

»Bis gleich.« Das Tier trinkt fast einen halben Liter Wasser, bis Carsten mit dem alten Kombi da ist.

»Bei drei, ja?« Wir legen den Hund auf die Ladefläche.

»Dein Rad?«

»Hole ich später.«

»Zu Vogt nach Osche oder zur Tierklinik in die Stadt?«

»Fahr zu Vogt, der macht immer auf, und ich kann anschreiben lassen.«

»Anschreiben? Von mir will er das Geld sofort.«

»Der Doc hat ein Herz für Künstler, Birdy.«

»Fürs Einschläfern verlangt er 50 Euro.«

»Er soll Herrn Schwarz retten!«

»Der Hund heißt Herr Schwarz?«

»Das ist der Name, den ich ihm gebe.«

»Wenn er überlebt, muss du ihn inserieren. Er ist sicher weggelaufen.«

»Ich glaube, dass er ausgesetzt wurde. Hab ihn gestern vor der Schleuse gesehen. Humpelte vorne und hinten rechts. Kein Besitzer weit und breit. Halsband: Fehlanzeige. Wenn der Doc ihn durchbringt, gehört er mir.«

Jeden Abend verlässt der Wind das Dorf, um ins Wendland weiterzuziehen; dort fährt er mit der Dunkelheit in die Birkenwälder ein, spielt die halbe Nacht mit Weiden- und Kiefernzweigen, langweilt sich über öden Heidekrautflächen, bevor er sich östlich der Elbe stillschweigend verliert. Herr Schwarz liegt neben meinem Bett auf einer alten Matratze. Er gibt vor zu schlafen, aber sein Blinzeln verrät wache Neugier. Das Angebot einer Lesung aus meinem Manuskript lehnt er mit lautem Schnaufen ab. Sobald seine Becken- und Schulterprellung ausgeheilt ist, wird er zur Rehabilitation leichte Gartenarbeit verrichten. Es gibt eine Siamkatze mit blauen Augen, die hinterm Brunnenhaus Meisen und Spatzen erfolgreich auflauert. Die Bestattung der Tiere überlässt sie mir. Gleich morgen werde ich neben dem Vogelfriedhof ein Katzengrab ausheben.

6. Juli

Der Wetterdienst hatte Regen versprochen, ein wolkenloser Sonnenhimmel löst ein, was das zarte Rot am Vorabend andeutete. Tagneuer Wind schaukelt das blaue Vogelhaus in meinem Pflaumenbaum. Meisen, Spatzen und Grünlinge werden wohl eine halbe Stunde an der Handvoll Körner picken. Der fliehenden Katze rufe ich hinterher: »Morgen frisst dich der Hund!« Ich lege eine alte Decke in den Schatten vor den Holzschuppen, stelle eine Schüssel mit frischem Wasser daneben. Zuletzt schleppe ich Herrn Schwarz vom Haus in den Garten. Trotz der Schmerzmittel, die ihn müde machen, schnuppert er in die frische warme Luft, an den Grashalmen und Kleeblüten, die über die Unterlage ragen. Als ich mich zum Gehen wende, schaut er hoch: »Bleib, Schwarzer. Bald kommst du mit.« Zum Frühstück haben wir uns Emmas Fleischpastete geteilt; auch noch Hundefutter im Supermarkt zu organisieren, ist zu riskant. Ich brauche Geld.

Bester Verleger, lieber Kurt, mein Bärchen,
bis zur Kartoffelernte im September sind es noch fast zwei Monate. Die Zwiebeln holen die Bauern zur selben Zeit aus der Erde und lassen sie tagelang auf den Äckern zum Trocknen liegen. Wenn es nicht endlich regnet, ist dieses Jahr mit Pilzen kaum zu rechnen. Dich, bester Kurt, muss der ländliche Kalender natürlich nicht interessieren. Du betrittst abends Dein Haus in Blankenese, siehst nach dem hübschen Gesicht Deiner neuen

Frau einen gedeckten Tisch, an den Dich der Duft frisch gekochten Essens lockt. Für mich hingegen wird das Absuchen der Felder wie das Durchstreifen von Wäldern bald lebensrettend sein. Wenn Du nicht umgehend Geld und/oder Lebensmittel in rauen Mengen schickst, wird Deine Lieblingsautorin verhungern!

Dass Du jetzt einwendest, ich hätte erst vor einem halben Jahr 3.005,00 Euro bekommen, ist - mit Verlaub - billig. Einen erheblichen Teil der Summe musste ich aufwenden, um zumindest das Arbeitszimmer zu heizen, damit das Notebook nicht beschlägt. Im April hast Du mich auf Lesereise nach Berlin, Hamburg, München, Köln und Frankfurt geschickt. Das sind Städte, in denen eine Hotelübernachtung ohne Frühstück unter 100 Euro nicht zu haben ist. Natürlich darfst Du als mein Verleger voll und ganz über mich bestimmen, Du hättest dem Tourplan aber wenigstens eine Bahncard beilegen können.

Mein Bärchen, ich bettle nicht mehr für mich allein. Seit gestern friste ich mein Dasein mit einer Muse, einem lebendigen Wesen aus Fell und Blut. Herr Schwarz wird mir die Natur, vor allem die Tierwelt fürs Schreiben entschlüsseln. Weißt Du, wie viel ein Musenhund frisst? Momentan halte ich ihn mit dem Versprechen auf eine Siamkatze bei Laune. Wenn er die verdaut hat, bleibt nur mehr Siegmar Stehle, der seit ein paar Tagen in meinem Dorf wohnt. Kennst Du ihn? Er ist bei Weinert & Klaas unter Vertrag. Sicher wirft der Kollege eine Zeit lang genug Kalorien für Herrn Schwarz und mich ab, aber was essen wir dann?

Mein Kurtchen, wie besprochen hänge ich diesem Schreiben einen aktuellen Kontoauszug an. Du erinnerst Dich an Deine

Worte: »Wenn der Vorschuss bis auf 5 Euro verbraucht ist, sag Bescheid«? In der Hoffnung, diese E-Mail findet Dich in gnädig-großzügiger Stimmung, sende ich Dir meine innigste Verehrung
Deine Sibylle nebst Herrn Schwarz

Die Druckerei teilt mit, dass die bestellten Flyer verschickt wurden – höchste Zeit zu überlegen, wem ich morgen keine Einladung in den Briefkasten werfen werde. Dorfbewohner, die ich vom Verteiler streiche, erfahren den Termin auf andere Art und kommen trotzdem. Wenn sie mich auf das vermeintliche Versäumnis ansprechen, verweise ich auf mein fortgeschrittenes Alter und veranstalte großes Theater um meine Vergesslichkeit. Das erinnert sie daran, dass sie mich im vergangenen Jahr verärgert haben. Manche entschuldigen sich dann für eine Unachtsamkeit, mangelnde Unterstützung oder in Umlauf gebrachte Verleumdungen. Im Gegenzug verzeihe ich die Behauptung, eine Lügnerin und Diebin zu sein, den Kindern Unfug zu erzählen, die Gutartigkeit der Leute auszunutzen und ihre Geheimnisse in meinen Büchern zu offenbaren.

Den Weiher und die Lichtung im Wald hinterm Dorf kennen nur wenige. Ein schmaler Weg, von der Ausfallstraße kaum zu sehen, führt an einem Maisfeld entlang in einen alten Buchenbestand, der Willem gehört. Zuerst kommt man an seinem Ansitz vorbei, der ihm freie Sicht auf das Feld gewährt, aus dem die Rehe in den Wald wechseln. Ein paar Schritte weiter hat er eine kameraüberwachte

Futterstelle eingerichtet. Die Zeiten, als auf der Lichtung hinterm Weiher Liebe geschworen und gemacht wurde, waren schon vorbei, bevor die Wenigen, die das Versteck kennen, befürchten mussten, auf dem Weg dorthin fotografiert zu werden. Eine Woche nach Installation der Kamera sah Willem auf den Fotos ein Wolfsrudel, das an der Futterstelle Rast gemacht hatte. Der Vorfall sorgte für großes Aufsehen. Die Universität Hannover schickte einen Biologen, der hier zwei Tage campierte, um Spuren zu sammeln. Kaum war er fort, kam es angeblich zu einem dramatischen Kontakt zwischen Mensch und Wolf. Die Geschichte verbreitete sich wie ein Lauffeuer und schlug das letzte von Hormonen getriebene Pärchen in die Flucht.

»Schreib das auf, Sibylle! Du musst über den Wolf am Weiher berichten!«

»Wenn du überhaupt einen gesehen hast, Klara.«

»Ich wäre tot, hätte Tamme ihn nicht verbellt!«

»Chow-Chows können bellen?« Auf dem Speicher-Chip der Wildkamera fand Willem weder Bilder eines Wolfs noch von Klara, hinter deren Rücken bald gemunkelt wurde, sie habe die Story erfunden, um ihrem Mann weitere Treffen mit der neuen Kollegin zu verleiden.

Der Mais, den Willem ausgelegt hat, ist unberührt. Unter der Wasseroberfläche verraten Lichtreflexionen die Bewegungen kleiner Fische. Ein Seitenarm der Aue versorgt den Weiher mit frischem Wasser. Mein Baum steht am rechten Rand der Lichtung. Als Kind habe ich die Buchstaben SYB in seine Rinde geritzt. Jahre später überzeugten mich die Ohrfeigen des Deutschlehrers davon, immer meinen ganzen Namen zu sagen und ihn richtig zu schreiben: das i zuerst. Aber da war die Buche längst mein Eigentum.

»Klar kannst du sie verkaufen.«

»Der Hof gehört meinem Vadder!«

»Wenn wir groß sind, gehört er dir. Und der Wald.«

»Was gibst du für den Baum?«

»Meinen View-Master mit allen Scheiben.«

»Abgemacht.«

»Ich ritze Syb ein, dann ist es mein Baum.«

Wenn ich Willem hier zufällig treffe, erinnert er mich stets an das gute Geschäft, das ich vor über vierzig Jahren gemacht habe, daran, wie viel Geld mir der Baum einbringt, wenn er ihn fällt und das Holz verkauft. Mir den Besitz der Buche schwarz auf weiß zu geben, lehnt er ab: »Handschlaggeschäfte gelten auf Lebenszeit.«

»Was, wenn du vor mir stirbst und deine Söhne den Wald erben?«

»Pech für dich. Soll ich deinen Freund fällen?«

Lehne ich mich mit dem Rücken an meine Buche, gibt sie ein wenig nach. Dass hingegen mein Rücken die immer gleiche Stelle verinnerlicht hat, leugne ich wie alles Wissen, das meinen Baum entzaubert.

Rita und Thomas bekommen dieses Jahr keinen Flyer. Einer der beiden hat über mein SYB die Initialen R+T und ein Herz in die Rinde geschnitzt. Noch erkennt man bei genauem Hinsehen die Rillen und Linien, die ich heute wieder mit Holzpaste auffülle. Friedhelm Kramer bewertete meine Geschichten, die ich den Erstklässlern in der wöchentlichen Märchenstunde erzählte, als »unpädagogisch«, »nicht zielführend« und deshalb »überflüssig«. Dass mir sein Vorgänger die Vorlesestunde mit zehn Euro »aus der Handkasse!« vergütet hatte, sei »mit den geltenden Vorschriften unvereinbar« gewesen. Den Umgangston in unserem Dorf hat der neue Direktor mittlerweile gelernt, auch, dass es hier nicht quadratisch zugeht wie in der Kreisstadt, aber die zehn Euro pro Woche fehlen mir. Lisa Buntrock, Redaktionssekretärin der Tageszeitung: Ich sollte ihr Haus mit Reiher-Öl verpesten, weil sie mit einem frisierten Moped durchs Dorf rast und Eichhörnchen überfährt. Ihr gefiel es, meinen Beitrag zum literarischen Wettbewerb im Rahmen des Heidefestes abzulehnen, nur weil ich einen Tag nach Ablauf der Frist bei ihr in der Redaktion aufschlug: »Nein, Sibylle, auch wenn wir im selben Dorf wohnen: Frist ist Frist.« 250 Euro bekam Volker Gerhardt aus Ramsche, pensionierter Deutschlehrer, für seine Geschichte *Schnuckendiebe*.

Jetzt steht die Sonne senkrecht über der Lichtung. Der Boden, das Laub vom Vorjahr, Sträucher und Buchen sind feuertrocken. Seit Wochen fliegen über den weitläufigen Waldgebieten zwischen Elbe und Aller Hubschrauber Patrouille. Die Freiwilligen Feuerwehren, das Technische Hilfswerk und hiesige Bundeswehreinheiten stehen alarmbereit. Radiosender und Zeitungen werden nicht müde, die Menschen daran zu erinnern, dass offenes Feuer und Rauchen bei Strafe verboten sind. Würde Willem jemanden in seinem Wald erwischen, die Anzeige wäre dessen kleinstes Problem. Die Pegelstände der nahen Flüsse sind niedrig wie seit Jahren nicht mehr, trotzdem müssten die Hubschrauber zuerst dort ihre Ballons füllen, aus denen sie das Wasser dann auf die brennenden Flächen fallen lassen. Den nördlichen Landkreisen Niedersachsens fehlen in Sommern wie diesen Talsperren und Stauseen. Unser Badesee, ausgebaggert, als man Sand für den Bau der Schleuse brauchte, verdient seine Bezeichnung längst nicht mehr. Seit ein Angler Hornkraut ins Wasser eingesetzt hat, wuchert das Grünzeug ungehemmt. Kinder und Erwachsene wollen nicht durch die Pflanzen waten, fürchten sich vor den Berührungen der Fische. Bis sie zu Fuß die wenigen freien Strandmeter erreichen, werden sie zu Massenmördern, weil es unmöglich ist, auf keinen der unzähligen kleinen Frösche zu treten, die vom Wasser an Land springen. Wie die Zander und Hechte im Badesee werden die Rotaugen, Ukuleien und Kaulbarsche hier in Willems Weiher sterben, wenn es weiterhin trocken bleibt und der kleine Bach versiegt, der ihn mit frischem Wasser versorgt.

Hinter mir höre ich Zweige brechen, ein Rascheln, dann ein Geräusch, als würde etwas einen Graben überspringen, um gleich danach einen Haken zu schlagen. Ich lehne den Kopf an den Stamm, lausche in meinen Rückraum, stelle mir vor, ein durstiger Wolf ist auf dem Weg zum Weiher. Von weitem hat er die Witterung des brackigen Wassers aufgenommen, auch meine. Rieche ich nach Fleischpastete? Hund? Schweiß? Welches Tier es auch sein mag, nun macht es einen Bogen nach links. Fast auf meiner Höhe höre ich es erneut knacken, krachen. In einem Youtube-Video filmt ein Bauer vom Sitz seines Traktors

Wölfe, die ein Halbrund vor ihm gebildet haben. Ohne Scheu, neugierig sehen sie zum Bauern. Hoch schätzt er die Gefahr für sein Leben nicht ein, die Handy-Aufnahme ist mit ruhiger Hand gemacht. Wie Dian Fossey würde ich mich verhalten. Still am Baum sitzen bleiben, dem Wolf nicht in die Augen sehen. Ein großer überragt mich ohnehin. Vielleicht schnuppert er an meinem ungewaschenen roten Haar. Sein warmer Atem kitzelt mein Ohr. Ein paar Schläge mehr macht mein Herz, aber ich atme gleichmäßig. Aufregung riecht anders als Angst. Nicht deshalb schwitze ich, sondern weil mich die Sonne verbrennt. Wenn mich jetzt eine Bremse sticht, bleiben meine Hände im Schoß, der Schmerzlaut im Mund, um den Wolf nicht zu erschrecken. Sicher soll er sich in meiner Nähe fühlen, neugierig bleiben – etwa auf die Dinge, die neben mir im vertrockneten braunen Moos liegen: Block, Kugelschreiber, Trinkflasche, Holzpaste. Mehr habe ich nicht, kein Gefäß, um mein Wasser mit ihm zu teilen.

Das Rascheln wird zu einem wühlenden Geräusch. Im Augenwinkel sehe ich ein Wildschwein! Weder Puls noch Atmung bleiben unter Kontrolle. Sicher ist der Keiler nicht allein unterwegs. Was tun? Meine Buche ist gerade gewachsen, kein Seitenarm, den ich erklimmen könnte, bis die Rotte getrunken, Willems Futter gefressen hat und weiterzieht. Hoffentlich schützt mich die Windstille, wird mein Schweißgeruch nicht zu ihnen getragen. Sobald die Säue mit den Frischlingen am Weiher sind, versuche ich, die Buche neben mir zu erreichen. Ihr Hauptstamm teilt sich in Kletterhöhe. Auf der Gabelung bin ich in Sicherheit. Fünf große Sauen sind es. Ohne mich zu sehen, zu wittern, läuft die Rotte über die Lichtung zum Weiher. Achtsam bewege ich mich nach rechts und doch trete ich kurz vorm Ziel auf einen Zweig. Die Tiere haben das Wasser fast erreicht. Eines wendet sich um, schaut für Sekunden zwischen den Bäumen zurück. Ich bewege mich keinen Millimeter, halte den Atem an. Das Tier wendet sich ab, schließt zu den anderen auf, ich erklimme die Buche, atme aus. Von meiner Warte habe ich einen guten Blick auf die Rotte, die den Weiher halbleer säuft, zum Futterplatz weiterläuft und nach wenigen Minuten im Maisfeld verschwindet.

Auf dem Heimweg sehe ich Viola und Celina. Zusammen mit Stehle sitzen sie auf einer Bank hinter der Kirche. Die Mädchen haben Eistüten in den Händen. Die ältere Schwester deutet auf ein Grab. Celina, die jüngere, nickt zustimmend mit dem Kopf. Viola erklärt wohl, dass dort ihre Oma, Beates Mutter liegt. Stehle überragt die Kinder, beugt sich zu ihnen hinunter. Sein rechter Arm ruht auf der Lehne hinter Viola, die unablässig redet und gestikuliert. Dunkles Eis läuft über ihre Finger, tropft auf den Schulranzen, der zwischen ihren Beinen steht. Die Mädchen müssten zuhause am Mittagstisch sitzen, aber wenn sie jemanden treffen, der ihre Fragen beantwortet und ihnen zuhört, vergessen sie alles.

»Ich wünschte, sie wären Zwillinge, dann würden sie sich gegenseitig die Ohren abkauen.«

»Das wünschen sich viele im Dorf, Beate. Ich verstecke

mich manchmal vor ihnen.«

»Weiß ich. Du bist nicht die Einzige. Unsere Nachbarn verschwinden im Haus, wenn die beiden kommen. Martin macht nicht viel mit ihnen, obwohl er jetzt genug Zeit hat. Dafür hätten sie ihre Besuchsväter, meint er und kümmert sich vor allem um Felix.«

»Viola könnte Schriftstellerin werden. Ist ein Ausweg, wenn einem keiner zuhört.«

»Nie im Leben setzt die sich länger als eine Stunde an den Tisch. Schauspielerin wird sie. Sagt auch der neue Lehrer.«

»Kramer?«

»Kennst du ihn?«

»Nicht mehr . Er hat meine Märchenstunde gecancelt.«

»Den Kindern sagte er, du hättest keine Lust weiterzumachen. Schade, an dem Tag brauchte ich nicht vorlesen, da haben mir die Mädchen abends deine Geschichte erzählt.«

Jetzt redet Stehle. Viola versucht zu retten, was von ihrem Eis übrig ist. Celina lauscht mit offenem Mund. Ich müsste näher an die Bank, um Stehle zu verstehen. Es ist 14 Uhr. In der Stadt würden Kirchenglocken läuten, aber wir haben seit dreißig Jahren keinen eigenen Pastor mehr. Im denkmalgeschützten Pfarrhaus wohnt ein Umweltgutachter mit seiner Familie und einem Basset. Martin wartet sicher mit dem Essen auf die Mädchen. Die beiden haben noch kein Handy. Wozu auch, nicht mehr als eine Stunde geht man durchs Dorf; von der Grundschule nach Hause fahren die Kinder mit ihren Rädern zehn Minuten. Mein

Magen knurrt. Auf mich wartet Herr Schwarz.

7. Juli

Hallo Sibylle,
Siegmar Stehle ist nicht mehr bei Weinert & Klaas, sondern bei mir unter Vertrag. Bevor Deine Phantasie in die falsche Richtung galoppiert: ich habe ihn nicht in Dein Dorf geschickt. Es ist aber möglich, dass Siegmars Entscheidung durch einen Rat von mir beeinflusst wurde. Ich sagte ihm, um einen Hamburg-Roman zu schreiben, brauche er keine innere, sondern geografische Distanz.
Zur Lesereise: Noch treffen Deine betulicher werdenden Dorfgeschichten einen Nerv in einem Marktsegment, das in Städten lebt. Es gibt aber, wie Du weißt, einige Deinem Genre verbundene Autorinnen, die erfolgreicher und moderner sind als Du. Dafür, dass ich Dir eine Lesereise zu Deiner Klientel organisiert habe, hättest Du mir auch danken können, wenn Du schon zu faul bist, Dich selbst um die Promotion zu kümmern. Ich hatte gehofft, dass Dich der Aufenthalt in Großstädten dazu inspiriert, andere Realitäten wahrzunehmen und für Deine Texte zu nutzen. Du schreibst nämlich seit Jahren immer wieder das gleiche Buch aus demselben Dorf.
Deine Fantasien bezüglich eines weiteren Vorschusses finde ich weder amüsant noch angemessen. Den im Januar überwiesenen 3000 Euro stehen Bestellungen in Höhe von 432 Euro gegenüber. Die Abrechnung wurde Dir vor zwei Wochen von der Buchhaltung zugeschickt. Mir ist völlig schleierhaft, wie Du auf die Idee kommst, bei mir um Geld nachzufragen in einer wirtschaftlichen Situation, die mich überlegen lässt, den Verlag

aufzugeben.
Zu guter Letzt: Den von Dir angeschlagenen privaten Ton verbitte ich mir für die Zukunft. Bis Deine Bettelbriefe an die von Tucholsky heranreichen, bin ich längst tot.
Schönen Tag noch!
Kurt

»Ich kann deine Wut riechen«, sagt Erwin.

»Hab schon gehört, dass die anderen Sinne schärfer werden, wenn einer ausfällt. Wie stehst du zu einem Blindenhund?«

»Wofür brauche ich den?«

»Er macht Schubladen auf, holt dir Socken heraus. Beim Spazierengehen wartet er an der roten Ampel ...«

»Breeke hat keine Ampel.«

»Ich könnte ihm das Backen beibringen.«

»Genug um den heißen Brei geredet.«

»Mein Dorf hat einen zweiten Autor bekommen. Ist auch bei Kurt unter Vertrag und besser als ich.«

»Woher weißt du, dass er bessere Bücher schreibt?«

»Vor zehn Jahren hat er einen Roman rausgehauen, der hoch gelobt wurde. Die Leser waren begeistert. Feuilleton und Publikum warten noch immer sehnsüchtig auf seinen nächsten Wurf.«

»Kennst du das Buch?«

»Nein.«

»Seit wann überlässt du dem Feuilleton und anderen Lesern dein Urteil?«

»Netter Versuch, aber ab einem gewissen Maß Begeisterung wird ein Irrtum unwahrscheinlich.«

»Dann war das Dritte Reich eine feine Sache?«

»Okay, ich lese den Schinken.«

»Und?« Er schnuppert in die Luft, als verströme ich einen besonderen Duft.

»Wie und?«

»Ich rieche Sorgen, Sibylle.«

»Kurt schickt mir keinen weiteren Vorschuss. *Dem Himmel nah* verkauft sich schlecht. Er sagt, meine Texte seien betulich, ich würde immer wieder den gleichen Roman schreiben.« Erwin legt den Kopf in den Nacken, als müsste er meine Worte wie Medizin schlucken. Dann beugt er sich in meine Richtung, schließt die fahlen Augen und zieht hörbar Luft durch die Nase.

»Da ist etwas, das sich unter den anderen Gerüchen verbirgt.«

»Keinen Schimmer, was du meinst.« Er fasst sich seitlich am Kopf, fragt: »Bekommst du von Lügen auch immer Ohrensausen?«

»Schon gut. Vielleicht ist da ein bisschen Angst.«

»Wovor?«

»Ich habe kein klares Bild.«

»Also lassen wir die Angst unterm Tisch und schauen, was obenauf liegt: Dein Verleger entzieht dir das Vertrauen. Du hast einen Konkurrenten vor der Nase sitzen und ein finanzielles Problem. Was war das mit dem Hund?«

»Hab ihn vor zwei Tagen gefunden. Er ist verletzt. «Wird wieder», sagt der Doc. Ich brauche nicht viel, aber wie soll ich den Hund satt kriegen?«

»Du willst ihn behalten?«

»Ja.«

»Wenn du ihn das nächste Mal mitbringst, kann er sich 200 Euro aus der Schublade holen.«

»Danke Opa!«

Auf der Anrichte steht Kirschkuchen. Seit fünfzehn Jahren lässt Erwin Emma glauben, er könne sie nicht heiraten, weil sie zu viel rede und sich in seine Angelegenheiten mische. Aber das stimmt nicht. Meine Großmutter redete den ganzen Tag. Ihr Mund wurde nie trocken, die Stimme nicht brüchig. Wenn sie im Haus war, konnte man unmöglich das Radio anstellen, um Musik zu hören. Sofort sang sie das Lied mit. Wurde ein englischer Song gespielt, ersetzte sie fremde Worte durch »ja ja ja« und »nein oh nein«. Es passte immer. Dieselbe Trefferquote hatte sie beim Wetter. Die Bauern kamen zu uns und baten um ihre Vorhersage, wenn sie säen oder ernten wollten. Und natürlich mischte sich meine Großmutter in alle unsere Angelegenheiten, erst recht, wenn wir dachten, sie gingen sie nichts an.

»Wir brauchen einen dritten Teller«, sagt Opa.

»Kommt Besuch?«

»Sitzt schon am Tisch.«

»Denkst du auch an sie?«

»Etwas leiser als du.«

»Mit Kuchen konnte man sie jagen«, sage ich.

»Und mit Schinken fangen.«

»Hast du ihr Bild noch im Kopf?«

»Das visuelle Gedächtnis braucht Augen. Manchmal höre ich sie in der Küche reden. Ihr sind ein paar Sätze aus dem Mund hinter den Herd gefallen.«

Die Flüchtlinge haben einen Sprecher gewählt. Er heißt Said. Ein kleiner Junge läuft ins Haus, um ihn zu holen. Jedes Fenster der alten Schule steht offen. Die Leute sitzen im Hof, schauen den Kindern beim Spielen zu, plaudern, rauchen. Die Hitze ist jetzt ihre einzige Heimat. Das Thermometer an der Apotheke zeigte 38,9 Grad, als ich daran vorbeifuhr. Ein paar Augenpaare sind auf uns gerichtet. Said spricht Englisch. Ich gebe ihm den Packen Flyer, sage, dass das Fest eine Tradition sei, mache eine ausladende Handbewegung, behaupte: »You are all welcome.« Der junge Mann lächelt. Er glaubt mir nicht. Von Einzelnen abgesehen, sind meine Leute keine Nazis, aber auch nicht erpicht, 552 Fremde im Dorf aufzunehmen. Als die ersten Flüchtlinge in der Kreisstadt ankamen, verblüfft über den orientalisch anmutenden Bahnhof mit seinen unregelmäßig runden, bunt gefliesten Säulen, die gewellte Dächer stützen, auf denen Bäume wachsen, dachten sie wohl, in einer heimatlichen Enklave angekommen zu sein. Gewiss sind unter den Helfern einige, die sich über die Neuen freuen, aber die Mehrheit hätte es lieber gesehen, wenn unsere Sachspenden mit den Flüchtlingen nach Hamburg gebracht worden wären. Ein Soziologe befürwortete in einem Interview die Verteilung der Flüchtlinge auf Dörfer und Kleinstädte, wo es noch Arbeit gebe und keine Verelendung wie in den Ballungsgebieten. Er hätte unseren Stellenmarkt studieren sollen. Gesucht werden hier nur Zeitungszusteller mit eigenem Pkw und ohne Angst vor Hunden. Said erzählt mir, dass die Flüchtlinge fast alle aus Syrien kämen. Er ist Lehrer, Mitte zwanzig. Seine Eltern sind tot, die fünfzehn Jahre alte Schwester Rana wurde auf der Flucht von ihm getrennt. Er hat sie bei seiner Registrierung vermisst gemeldet. Man sicherte ihm zu, ihren Namen in eine Datenbank einzugeben, ihn zu informieren, wenn man sie gefunden habe. Die Flüchtlinge werden nicht zum Fest kommen, denke ich auf dem Heimweg und empfinde Scham, weil mich Saids gutes Englisch überrascht hat.

Als mich Herr Schwarz in der Tür zum Garten stehen sieht, wedelt er verhalten mit dem Schwanz. Das mit Brot gestreckte Gulasch schmeckt ihm. Am Abend, wenn es hoffentlich kühl ist, werde ich die deutschsprachigen Flyer im Dorf verteilen, mich bei den Nachbarn satt essen, die trotz Hitzewelle jeden Abend grillen, während die laufenden Rasensprenger ihre Gärten am Leben halten.

Stehles 800-Seiten-Epos *Rausch* muss ich per Fernleihe bestellen. Falladas *Der Trinker* nehme ich vorsichtshalber dazu. Während des ziellosen Surfens im Internet fällt mir auf, dass Opa nichts gegen die Deklassierung meiner Bücher als betulich eingewendet hat. Er ist der erste Leser meiner Texte beziehungsweise Hörer. Ich lese ihm alles vor, teste an ihm jedes Bild, ob es sich vom gesprochenen Wort in einen Ort, eine Stimmung, einen Gesichtsausdruck rückübersetzt. Kann es sein, dass er und ich als Kitsch-Detektive versagt haben? Hat er deshalb Kurts Einwand unkommentiert gelassen? Wenn ich ihn jetzt anrufe, wecke ich ihn aus dem Nachmittagsschlaf. Um mir diese Ruhestörung zu verzeihen, müsste sein Haus lichterloh brennen.

Mein Konkurrent sitzt unterm Apfelbaum. Stehle tut, als habe er mich nicht kommen gehört. Wenige Handgriffe und aus dem Flyer wird eine gefaltete Concorde, die bis auf ein paar Meter vor seine Füße segelt. Entgeistert sieht er zum Gartentor herüber. Ich rufe: »Ihre Einladung« und schiebe mein Rad weiter zum Nachbarn.

Bis ich bei Beate ankomme, ist es zwanzig Uhr. Aus ihrem Wohnzimmer dringt der Tagesschau-Jingle. Martin steht auf der Terrasse am Grill, wendet Paprika, sie zupft an den Tomaten, weit und breit keine Mädchen.

»Wo sind eure Nervensägen?«, frage ich Felix' Vater und reiche ihm eine Einladung.

»Gute Frage, ich weiß es nicht. Sie waren mit den Petersen-Mädchen im Freibad, müssten längst zurück sein.«

»Sitzen bestimmt bei Leuten, die Spaghetti essen statt Grillgemüse«, sage ich. Beate gesellt sich zu uns, ihre Hände sind voller Erde.

»Du hast sie nicht gesehen auf dem Weg hierher?«, fragt sie.

»Nicht gesehen und nicht gehört. Die Petersen-Mädchen hatten schon Nachthemden an, als ich dort war.«

»Ich weiß, hab mit Nicole telefoniert.«

»Deine Streunermädchen kommen sicher gleich.« Beate und ich wechseln einen Blick. Ihr Streit mit Martin liegt nur Minuten zurück, die Spannung zwischen den beiden schwebt wie ein riesiger Kumulus über unseren Köpfen. Martin reicht ihr einen Teller mit Salat und gegrillten Zucchini. Gut, dass sie mich nicht fragen, ob ich mitessen will. Ich sage zwei Sätze zum Fest und mache mich auf den Weg mit dem Versprechen, ihre Lütten nach Hause zu schicken, falls ich sie sähe.

Carsten grillt leider nicht, statt Essen bietet er mir ein Bier an. Seit sich Sassa von ihm getrennt hat, lebt er von Getränken.

»Wenigstens ein paar Chips?«

»Nein.«

»Erdnüsse?«

»Fehlanzeige.«

»Was Süßes?«

»Vogelfutter. Taubenmischung.«

»Wie lange ist Sassa schon weg?«

»Zwei Monate.«

»Zeit, nach vorne zu schauen.«

»Auf Kalendersprüche kann ich verzichten.«

»Okay.«

»Warst du schon bei den Flüchtlingen?«

»Ich glaube nicht, dass von denen einer kommt. Ihr Sprecher wusste ganz genau, dass wir sie nur aus Höflichkeit einladen.«

»Reicht das nicht als Grund?«

»Würdest du dich dann willkommen fühlen?«

»Nein.«

»Bevor du danach fragst: ja, deinem Mieter habe ich

auch eine Einladung gegeben. Ich weiß jetzt, wer er ist und was er macht.«

»Ihr Schriftsteller seid euch nicht grün – oder?«

»Stehle und ich sind sogar im selben Verlag unter Vertrag.«

»Das verbindet doch.«

»Im Gegenteil. Mein Verleger erhofft sich von ihm mehr als von mir. Er soll mit dem neuen Buch den Verlag retten.«

»Schafft er das?«

»Keine Ahnung, ob ihn das Dorf und deine Kate zu einem Bestseller inspirieren.«

»Noch ein Bier?«

»Lieber eine Cola.«

»Wie geht es dem Schwarzen?«

»Besser. Vorhin hat er ein paar Schritte durch den Garten gemacht. Humpelt nicht mehr.«

»Wenn ich das Schwein erwische, das ihn aus dem Auto geworfen hat!«

»Das ist eine Theorie vom Doc, ob es so war, wissen wir nicht.«

»Hast du im Tierheim gefragt, ob er vermisst wird?«

»Nein.« Carsten schaut mich an: »Irgendwann solltest du ihn anmelden und versichern.«

»Okay.«

9. Juli

Viola und Celina wissen, was ihnen zugestoßen ist. Uns bleiben nur Ahnungen, Befürchtungen. Seit Stunden sucht die Polizei die Mädchen. Said bot die Mithilfe der Flüchtlinge an. Die Polizei lehnte die Unterstützung ab, auch Carsten, unser Bürgermeister, wollte davon nichts wissen. Der ADAC und die Brandschutzpatrouille sind über das Verschwinden der Kinder informiert, falls sie sie aus der Luft entdecken oder ihre Fahrräder, oder den bunten Rucksack mit den Badesachen, oder Violas roten und Celinas gelben Helm.

Über Nacht hat sich mein Dorf in einen Ameisenhaufen verwandelt. Auf dem großen Parkplatz vor dem Supermarkt stehen zehn Polizeibusse. Mehrere Wagen mit Transportboxen, aus denen hechelnde Schäferhunde ins Freie springen, sind am angrenzenden Grünstreifen abgestellt. Der Edeka-Filialleiter verteilt Wasser in Flaschen und Näpfen. Ich frage mich, wo es die Hundertschaft lässt. Vielleicht in der neuen Schule gegenüber. Dort stehen Violas und Celinas Klassenkameraden in Gruppen zusammen, die Mienen der Mädchen ängstlich, ihre Sätze kaum zu hören im Gebrüll der Jungen, die die Polizisten bewundernd imitieren. Auch vor den Wohnhäusern wird über Viola und Celina geredet, auf der Straße, beim Bäcker, überall, wo sich Dörfler begegnen. Wie absurd, dass wir die zwei Nervensägen, denen bis auf Stehle jeder aus dem Weg ging, nun vermissen. Hätten wir geahnt, dass ihr Fehlen mehr Unruhe bringt als ihre Anwesenheit, wir würden uns nicht vor ihnen versteckt haben, wären nicht eilig hinter der Haustür unsichtbar geworden, um ihren Warum-Fragen zu entgehen. Viola und Celina hängt etwas Forderndes an. Sie glauben, jeder, den sie ansprechen, müsse ihnen Rede und Antwort stehen. Weil sie noch Kinder sind, hübsche Mädchen mit der gleichen Zahnlücke und Beates großen braunen Augen, weil sie hierher gehören und in einem Dorf jede Unfreundlichkeit geahndet wird, düpieren wir sie nicht, weisen sie nicht ab, sondern nehmen Reißaus, sobald wir sie sehen. Da es keinen Autounfall gegeben hat, Viola und Celina sich gewiss nicht verlaufen haben, liegt die Befürchtung nahe, dass sie jemand gestohlen hat.

Herr Schwarz spaziert neben mir her, als kenne er das Ziel. Wir gehen den kurzen Weg über die Schleuse. Der kühlende Fahrtwind fehlt, aber als Radbegleitung taugt der Hund noch nicht. Er scheint froh zu sein, dass ich ihn mitgenommen habe. Den kleinen Wald am Kanal durchsuchte die Polizei als ersten. Ihre Betriebsamkeit vertuscht nicht, dass das Durchforsten der Umgebung das Einzige ist, was zu tun bleibt, nachdem die Dorfbewohner befragt wurden: »Auf keinen Fall haben sie sich verlaufen«, sagte Nicole Petersen nicht nur der Polizei. »Nach drei Stunden mit uns im Freibad waren die Mädchen müde und wollten direkt nach Hause.«

Stehle sitzt auf meiner Bank im Wald. Herr Schwarz und ich sehen uns an. Nach der Bank werden wir der prallen

Sonne ausgesetzt sein. Er und ich brauchen eine Pause und einen Schluck Wasser. Stehle schaut von seiner Zeitung in unsere Richtung: »Heute mit Hund?« Er rutscht zur Seite. Herr Schwarz reagiert verhalten, ich lege die Hand auf seinen Kopf, schlüpfe mit der anderen aus dem Tragegurt des Rucksacks: »Ja.« Stehle beobachtet, wie ich die mitgebrachte Schüssel mit Wasser fülle und sie dem Hund hinhalte.

»Ihr Dorffest wird unter diesen Umständen wohl ausfallen?« Dass sein Gesicht noch aufgedunsen, die Haut gerötet ist, beweist die kurze Zeitspanne seit dem letzten Drink – maximal zwei Tage. Er riecht verlottert, seine Zähne sind ungepflegt.

»Ja«, antworte ich. Der Schwarze ist fertig mit Trinken, ich mit Stehle. Als Schüssel und Wasserflasche im Rucksack verstaut sind, bemerkt er: »Wenn ich nicht trinke, bin ich nett.« Der Hund guckt wie Said nach meiner Behauptung: »You are all welcome.« Wir gehen weiter. Er ruft uns »noch einen schönen Tag« hinterher.

Natürlich konnte ich mich daran erinnern, wann ich Viola und Celina das letzte Mal sah. Und mit wem. Auf die Frage, woher ich wisse, dass Stehle ihnen das Eis gekauft habe, erklärte ich: »Martin ist arbeitslos, auf dem Haus liegt eine Hypothek, den Unterhalt, den die leiblichen Väter zahlen, spart Beate für die Ausbildung der Mädchen, Celina ist sechs, Viola sieben Jahre alt – woher sollen die Kids Geld für Eis haben?«

»Fanden Sie es ungewöhnlich, dass sich die beiden mit Herrn Stehle unterhielten?«

»Nein, die Lütten sind sehr kontaktfreudig, neugierig und redselig. Ein Fremder, der ihnen Eis und Aufmerksamkeit schenkt, macht sie zu glühenden Fans.«

In Breeke wohnen nicht nur Großvater und Emma, auch Hermann Preetz, den keiner mag. Kinder, die heute in Breeke leben, haben weniger Angst vor ihm als wir damals. Die modernen Bösewichte des Fernsehens und Internets sind jünger, mächtiger und perfider als Preetz. Was dieser Tage technisch möglich ist, schreckt die Kleinen in einer neuen Dimension. Andererseits sind Kids jetzt klüger, wissen um Technik und Wiederholbarkeit, während zu meiner Zeit *King Kong und die weiße Frau* nur ein einziges Mal im Fernsehen zu sehen war. Keine Wiederholung schwächte die Bilder in unseren Köpfen ab, das albtraumhafte Anwachsen des Gorillas in den Wochen nach der Ausstrahlung, in unserem Waldgeflüster, das wir selten wagten, um den Riesen nicht auf uns aufmerksam zu machen, denn wir wussten natürlich, dass King Kong nicht an ein paar lächerlich kleinen Kugeln und einem Sturz von einem Hochhaus gestorben sein konnte. Preetz, der mit den Jahren an Körpergröße eingebüßt, dafür einen Buckel gewonnen hat, war einer der Gründe, warum ich ein Dorf weiter ins Haus meiner Eltern zurückzog, die verschwunden waren und blieben.

Wie meine Großmutter zum Wetter hat Preetz einen Draht zu Tieren und wie sie verlangt er nichts für seinen Rat. Bevor ich zu Erwin gehe, soll er sich Herrn Schwarz ansehen, das spart mir ein Gespräch mit dem Doc über unbezahlte Rechnungen.

Sein Hof ist ein Sauhaufen. Im Sommer stehen Tag und Nacht alle Türen offen. Im Winter muss er einen Anhänger vor die schiefen Scheunentore stellen, vor die Haustür eine Schubkarre. Innen behilft er sich mit einem Strick, der von der Klinke zu einem Wandhaken führt. Wenn er wollte, könnte er Haus und Hof vor dem Verfall bewahren. Aber für wen? Er ist der letzte Preetz. Schwer zu sagen, ob er geistig behindert ist, gewalttätig wird er noch immer, wenn ein Kind seine Felder, seinen Wald, sein Grundstück betritt. Es war auch nie ratsam, Preetz auf der Dorfstraße zu begegnen. Traf man ihn abseits von Häusern und Menschen, etwa an der Aue, wo er unerlaubt angelte, beschoss er einen mit Eicheln, die er nebst Zwille im Blaumann bei sich trug. Sollte die Polizei den Befragungsradius auf Breeke ausweiten, wird sie der erste Dörfler zu ihm auf den Hof schicken mit der Behauptung, der Alte verspeise Kinder am Liebsten roh und mahle ihre Knochen ins Schweinefutter.

»Preetz!«, rufe ich Richtung Kuhstall und einen Moment später zur offenen Haustür hinein. Vor ihm kommt einer seiner Hunde auf den Schwarzen und mich zu. Die beiden Tiere sehen sich an wie Preetz und ich: taxierend, bedingt freundlich.

»Was?«

»Schau dir bitte meinen Hund an.« Trotz gebeugter Haltung überragt mich der alte Mann. Sein Blick rutscht von meinen Augen seitwärts auf den Schwarzen hinunter, verweilt wenige Sekunden, steigt langsam und mühselig wieder zurück auf meine Höhe: »Nicht deiner.«

»Ich habe ihn verletzt vor ein paar Tagen gefunden, vom Arzt röntgen lassen. Du sollst mir sagen, ob er wieder okay ist.« Als hätten meine Worte sie an der Bewegung gehindert, rücken er und sein Hund nun durch die Stille einen Schritt vor. Der Geruch, den der Alte verströmt, ist widerlich. Er beugt sich zu seinem Tier, berührt es sacht mit den Fingerkuppen, sagt: »Ab« und macht eine Vierteldrehung zur Wand, sodass Herr Schwarz und ich an ihm vorbei ins Haus gelangen. Da Preetz keinen Raum vorgibt, entscheide ich mich für die große Küche, die als erste rechter Hand vom Flur abgeht. Sie hat keine Tür mehr, am Zapfen des oberen Scharniers hängt ein Frotteehandtuch, dessen ursprüngliche Farbe nicht mehr zu erkennen ist. Spüle, Arbeitsfläche, Herd, Fensterbrett und Esstisch sind bedeckt mit Geschirr, leeren Verpackungen, Werbeflyern, verrostetem Werkzeug und Wäsche. Das Oberlicht des Fensters ist gekippt. Es wimmelt von kleinen und großen Fliegen, lebenden und toten. Zum Glück ist nur ein Stuhl frei, Preetz setzt sich, sagt zum Schwarzen: »Komm.« Dies eine Wort spricht er voller Liebe. Mein Hund, der hinter mir steht und nach Fliegen schnappt, macht drei Schritte auf Preetz zu, schließt den hechelnden Fang und legt den Kopf auf sein rechtes Knie. Der Geruch des Alten stört Herrn Schwarz nicht, es scheint, als sei er hier zur Welt gekommen, immer schon ein Preetz-Tier gewesen. Beinahe zerreißt mich die Eifersucht, nur der elende Gestank packt mich härter an als das Stillleben vor meinen Augen. Mir wird schlecht.

Weder will ich wissen, was mich im Bad erwartet, noch will ich meinen Hund allein lassen, also hole ich eilig die Flasche aus dem Rucksack und schlucke mit dem Wasser meine Übelkeit hinunter. Preetz legt die Hände auf die Schultern des Schwarzen. Die Geste, mag sie auch eine Absicht haben, ist unendlich zärtlich. Die dreckigen Pranken des Alten, mit denen er früher Eicheln in die Zwille legte, um sie auf meine Ohren, das Genick, die Kniekehlen abzufeuern, erscheinen jetzt, als könnten sie nichts anderes als erlösen vom Schmerz. Tränen entlaufen meinen Augenwinkeln, der Kehle entkommt ein gequälter Laut in Erinnerung an die Platzwunden, die mir diese Hände zugefügt haben. Als mich der Schwarze und Preetz ansehen, stürze ich aus dem Haus über den Hof zum Brunnen. Das Wasser in der Raufe ist kühl, ich schütte es mir ins Gesicht, über den Kopf in den Nacken, über die Arme und in den Ausschnitt. Noch einmal schreit es mir aus der Brust so laut, als müsse der Schmerz alle Jahrzehnte überspringen, die er dort eingemauert war.

Zu dritt kommen sie aus dem Haus auf mich zu, die Hunde gehen rechts und links neben dem buckligen Mann. Ich rufe: »Aber dir gehört er auch nicht!« Preetz schaut mich an: »Geh vom Hof, dann weißt du es.«

10. Juli

Ich wusste früh, dass ich nicht das einzige Kind war, das von Erwachsenen gehasst wurde. Damals kamen Kinder oft ungewollt zur Welt. Dafür, dass mich meine Mutter nicht abgetrieben und während der Schwangerschaft auf Contergan verzichtet hatte, forderte sie stete Dankbarkeit, denn der Winter 1966/67 wäre bitterkalt und schneereich gewesen, sie hätte den Kinderwagen hinter sich herziehen müssen! Ich hatte noch keine Vorstellung von Stummelgliedmaßen und befand meine Arme und Beine ohnehin für alles Wichtige zu kurz. An die Schokolade auf dem Hängeschrank über der Spüle kam ich mit ihnen nicht heran, und um mit der Mutter Schritt zu halten, musste ich ständig in den Trab fallen. Was es mit Contergan auf sich hatte, begriff ich erst, als sie mir ein größeres Kind in der Kreisstadt zeigte. Es stand mit seiner Mutter in einem Schuhgeschäft. Eine Verkäuferin kniete vor dem Mädchen, stülpte ihm rote Lacksandalen über die Füße.

»Sie wird sich die Schuhe nie selbst ausziehen können«, sagte meine Mutter.

»Doch, wenn sie mit einem Fuß auf den Hacken des anderen tritt!« Laut klatschte die Ohrfeige auf meiner Haut, Passanten drehten sich um. Das Mädchen im Schuhgeschäft hatte den Schlag gesehen und schenkte mir einen mitleidigen Blick. Sie bekommt sicher nie Ohrfeigen, dachte ich, kann sich ja die Wange nicht halten. Mutters heroischer Verzicht auf ein Schlafmittel entpuppte sich Jahrzehnte später durch den ZDF-Zweiteiler *Contergan* als Lüge. Zur Zeit ihrer Schwangerschaft waren die Tabletten längst vom Markt genommen worden. Und Frau Holle hatte im Winter 1966/67 auch nicht mehr als sonst zu tun gehabt.

Wenn man von Preetz mit einer Eichel abgeschossen wurde, war man nicht schnell genug gewesen oder unaufmerksam. Man musste Preetz nicht ärgern, nichts sagen, das ihn wütend machte. Es genügte, in sein Blickfeld zu geraten. Unsere Unvorsichtigkeit gaben wir zuhause natürlich nicht zu. Wenn meine Großeltern nach den blauen Flecken und Wunden fragten, war ich beim Spielen gefallen. Die Auskunft betrübte sie, aber ich spürte, dass Spielunfälle in Ordnung waren, im Gegensatz zu jenen im Elternhaus, bevor ich nach Breeke gezogen war.

Herr Frost, der Dorfschullehrer, hasste nur Kinder, die von den deutschen Flüchtlingen aus den Ostgebieten abstammten. Indem er die Flüchtlingskinder mit Kopfnüssen malträtierte und aus der Klassengemeinschaft ausgrenzte, die Bauernkinder aber bevorzugte, verschaffte er sich Vorteile und Einladungen. Willems Vater nahm ihn mit auf die Wildschweinjagd, ein anderer Bauer steckte seinem Jungen frische Würste in den Ranzen, um dessen Versetzung zu sichern. Erzählten die Kopfnusskinder zu Hause von der Härte seines Siegelrings, blieb das für Frost ohne Folgen. Flüchtlinge glauben nicht mehr an Grenzen, auch sie verlangen von ihren Kindern eine absurde Dankbarkeit für ein Schicksal, das ihnen Krieg erspart und sie an einem festen Ort in relativer Sicherheit aufwachsen lässt.

»Du bist zu Fuß gekommen«, sagt Erwin.

»Wie kannst du das wissen?«

»Deine Fahrradbremse quietscht.« Großvater trägt ein steinaltes kurzärmliges Hemd, das perfekt gebügelt ist. Bügeln gehört nicht zu den Dingen, die er nebst seiner Arztpraxis der Blindheit opfern musste. Nur das Kochen und Putzen übernahm Emma, nachdem sich meine Großmutter 2001 zum ewigen Mittagsschlaf hingelegt hatte. Alle dachten, Erwin stürbe ihr bald hinterher, aber das war nicht nötig. In den letzten Jahren konnte er sie nur noch hören und spüren. Ihr Tod änderte daran nichts.

»Sie sagen, in deinem Dorf fehlen zwei Mädchen.«

»Viola und Celina.«

»Die du Nervensägen nennst?«

»Ja. Ihre Mutter ist unsere Briefträgerin.«

»Emma sagt, die Polizei wird auch in Breeke nach den Lütten suchen.«

»Der Radius wird sukzessive ausgedehnt.«

»Das Radio berichtet jede volle Stunde darüber.«

»Wird nicht lange dauern, bis das Fernsehen kommt.«

»Man wird die Sache den Flüchtlingen anhängen.«

»Jedenfalls einem Fremden. Was anderes: Weiß hier einer über die Preetz-Tiere Bescheid?«

»Was gibt es da zu wissen? Die Anzahl seiner Kühe und Schweine?«

»Ich denke an die Haustiere.«

»Warum fragst du?«

»Nur so.«

Auf dem Rückweg sehe ich die beiden Polizisten, die mich gestern in meinem Dorf zu den Mädchen befragt haben. Der ältere Beamte und die junge Frau in Uniform stehen vor dem Haus, in dem Frost bis zu seinem Tod gewohnt hat. Als er an Knochenkrebs erkrankt war, wollte er plötzlich ein Weib, es sollte sich um ihn und das Haus sorgen. Er versuchte sein Glück bei Emma. Dass sie ihren Mann zwei Tage zuvor beerdigt hatte, war Frost entgangen. Er lud sie zum Tanzen nach Hamburg ein und wurde von Emma, die dachte, er wolle kondolieren, harsch vor die Tür gesetzt. Danach ging er zu Willem, meinte, es sei dessen Pflicht, sich um seinen ehemaligen Lehrer zu kümmern. Willem holte eine Flasche Selbstgebrannten und reichte sie Frost mit den Worten: »Gruß an den Schnitter.« Die Beamtin kommt auf mich zu, fragt, ob ich in Breeke wohne, und winkt ab, als sie mich wiedererkennt: »Frau Uhlen, nicht?«

»Tolles Namensgedächtnis haben Sie. Mein Großvater lebt hier.«

»Kennen Sie noch mehr Leute in Breeke?«

»Die Älteren.«

»Ist jemand darunter, der was mit den vermissten Mädchen zu tun hat? Soweit Sie das wissen.«

»Mir fällt keiner ein. Aber es gibt in Breeke einen Mann, der Kinder hasst und gewalttätig wird, sobald er eines sieht.« Die Polizistin schaut auf ihren Notizblock: »Meinen Sie Herrn Preetz?«

»Ihnen hat schon jemand von ihm erzählt.« Sie lächelt.

»Übrigens, wenn Sie vor 17 Uhr bei Erwin Uhlen klingeln, wird er ihnen an die Gurgel springen. Bitte erschießen sie ihn nicht. Mein Großvater ist ein sehr alter Mann und schläft jetzt.«

Auf der Schleusenbrücke über dem Kanal steht eine Traube Touristen. Statt dem Fremdenführer zuzuhören und in die Richtung zu sehen, die seine Hand andeutet, schauen die Leute nach Süden auf die 50-köpfige Polizistenkette, die ein Maisfeld durchkämmt. Derweil wird in der Schleusenkammer ein Schubverband, die Verbindung eines Motorschiffes mit einem antriebslosen Ladungsbehälter, abgesenkt. Selten, dass man auf dem Kanal große Container zur Elbe schifft. Das knatternde Geräusch des nahenden Hubschraubers geht unter im rauschenden Wasser, das rechts und links in die Sparkammern schießt.

In der letzten Märchenstunde habe ich den Kindern zwei Schleusen-Geschichten erzählt. Eine spielte in der Nacht, wenn anstelle der Menschen wilde Tiere vom Bauwerk Besitz nehmen, die Wölfe mit Arschbomben von der Brücke in die Schleusenkammer springen, Rehböcke am Kanalufer hocken, jeder drei Angeln im Geweih, um Echte und Ander zu fangen, wenn Ichhörnchen mit ihren buschigen Schwänzen den Glasfußboden der Schaltzentrale fürs Muskatnuss-Curling polieren und Breitohrhasen, gezogen vom blauweißen Heidehai, Wasserski fahren. Viola hatte behauptet, in Deutschland gebe es keine Haie.

»Stimmt! Kinder müssen nachts schlafen und können sie nicht sehen. Aber ich bin schon erwachsen und habe sie beim Spielen an der Schleuse beobachtet. Morgen mache ich Fotos. Dann wisst ihr, dass es alles gibt, wovon ich erzähle.«

»Was ist denn ein Musskuss-Röhrling?«, fragte mich Beate einen Tag später, als sie mir den Rückschein eines Einschreibens zur Unterschrift gab.

»Trinkst du im Dienst?« Sie lachte, nahm den Rückschein, sagte: »Die Lütten haben mir gestern Abend deine Geschichte erzählt.«

»Ach, das Muskatnuss-Curling: das ist der Lieblingssport der Ichhörnchen.«

»Nicht für meine Mädchen, die denken, es ist was zu essen.«

»Richtig! Ein neuer Pilz, der nur an den Ufern unseres Kanals wächst und schon bald Sammler aus der ganzen Welt anlocken wird.«

»Du spinnst.«

Die andere Geschichte handelte von einem Jungen, der mit seiner Schwester von der Schleusenbrücke auf ein mit Weichweizen beladenes Schiff springt, um weiter zur Elbe und noch weiter in den Hamburger Hafen zu gelangen. Die Kinder hatten genug von ihren streitenden Eltern. Versteckt auf dem Nudelholzdampfer Santa Tortellini verließen sie Hamburg Richtung Fortschweden, wo die Lappen und Welche wohnen …

»Aber dann sind ihre Eltern traurig«, hatte mich Celina unterbrochen.

»Na und, die können neue Kinder machen«, konterte Viola und überzeugte damit ihre Halbschwester, die anderen Lütten und mich.

Der Hubschrauber kreist über dem Mais. Der Bauer wird das Feld niedermähen müssen; die Frucht ist so eng gepflanzt, dass die Polizisten sie beim Durchgehen knicken. Der Pilot des Hubschraubers will sich wichtigmachen, er sieht nicht mehr als wir: fünfzig blaue Kappen, die sich in einer Linie durchs Grün bewegen. Den Polizisten reicht der Mais bis zum Hals. Schade, dass ich meine Kamera nicht dabei habe, bei Flickr bekäme die Aufnahme einer blauen Pilzkette im grünen Blättermeer bewundernde Kommentare. Die Touristen werden sie statt meiner einheimsen. Zuletzt richten sie ihre Smartphones und Tablets doch noch auf die Schleuse und den Kanal, auf dem der Schubverband in der Ferne nur mehr als kleines Schiff erscheint.

Wenigstens ist im Wald jetzt meine Bank frei. Der Kollege redigiert wohl im Schatten des Apfelbaums die zuletzt verfassten Seiten seines Hamburg-Romans oder sitzt an der Schreibmaschine im Haus. Durch den Sucher der Kamera, auf der letzte Nacht das Tele montiert war, erkannte ich eine Corona, neben der Maschine einen Stapel Papier. Ich musste mir in die Hand beißen, um nicht laut zu lachen – fehlte nur noch, dass Stehle ein Jagdgewehr in der Ecke stehen hat und ein rotes Halstuch trägt: Made in Pamplona! Als ich zuhause am Notebook in die Aufnahme zoomte, sah ich die stattliche Höhe des Papierstapels. So viel Fleiß hätte ich dem Alki nicht zugetraut. Auf meine gestrige E-Mail, wann er plane, Stehles Machwerk zu veröffentlichen, antwortete Kurt heute Morgen, die Ankündigung für *Hafenjunge* sei gedruckt und verschickt.

Siegmar Stehles neuer Roman im Kurt Hanse Verlag!
Moritz Tietjen haut eines Nachts aus dem runtergekommenen Appartement an der Reeperbahn ab, wo er allein mit seiner Mutter lebt. Er hofft, ohne sie an einem fernen Ort glücklich zu werden. Doch bevor sich der Achtjährige auf einem Kreuzfahrtschiff nach New York verstecken kann, fällt er der russischen Mafia in die Hände. Sieben Jahre später kehrt Moritz nach Hamburg zurück, um in der Stadt, die ihn wie einen Kirschkern ausspuckte, noch einmal ein Leben zu beginnen.
Siegmar Stehle, Autor des weithin beachteten Erfolgs *Rausch*, legt mit **Hafenjunge** den von Feuilleton und Lesern sehnsüchtig erwarteten zweiten Roman vor. Er selbst sagt dazu: »Manchmal muss ein Schriftsteller einen langen beschwerlichen Weg gehen, bevor er den Blick zurück wagen kann, ohne Angst, dass ihn die Wahrheit für immer sprachlos macht.«
Hafenjunge erscheint im nächsten Frühjahr. Weitere Ankündigungen finden Sie auf der Homepage des Kurt Hanse Verlags.

Der Hubschrauber fliegt über den Wald weiter Richtung Hannover. Erwin hat mir seine Feldflasche geliehen. Es ist viele Jahre her, dass ich ihn zum letzten Mal gebeten habe, vom Krieg zu erzählen. Wie immer reagierte er ungehalten. Mein Beruf rechtfertige keineswegs, dass ich ihn regelmäßig bedrängen und stumpf sein Nein ignorieren würde.

»Verzeih Opa, aber wenn du nicht bald redest, ist deine Erinnerung für mich verloren.«

»Ganz recht, es ist meine Erinnerung. Die erbst du nicht!«

Er war sehr verärgert. Ich konnte seinen Groll, mit dem er mich tagelang überzog, nur durch eine große Entschuldigung losschlagen. Dass er mir heute seine Feldflasche leihweise überlassen hat, ist vielleicht eine Einladung, noch einmal nach dem Krieg und der Zeit danach zu fragen. Dann würde er auch von meiner Mutter erzählen. Früher hätte mich ihre Geschichte interessiert. Heute nicht mehr. Wie die Polizei habe ich das Verschwinden meiner Eltern zu den Akten gelegt.

Die Sonne schmilzt mein Hirn zu einem Klumpen. Eine Feuerwanze krabbelt von der Holzbank auf mein Kleid, mimikriert sich ins Rot des Stoffes. Nicht mehr lange und unzählige schwarze Bremsen werden auf jedes Säugetier losgehen. Noch ist es ihnen zu heiß. Zu gern würde ich Opas Feldflasche leertrinken, aber bis nach Hause sind es über drei Kilometer mit dem zusätzlichen Gewicht der Feuerwanze.

Die Hyänen sind schon da, hungrig streifen sie durchs Dorf. In jeder Straße steht ein Wagen mit Hamburger Kennzeichen und einem Senderlogo. Mein Haus liegt am Ortsrand in einer Sackgasse mit Wendekreis. Auf einem Schleichweg entlang des Zuckerrübenfeldes gelange ich ungesehen fast bis ans Ziel, aber mein Schnippchen schlägt zurück. Ein Kamerateam von RTL spricht gerade mit dem jungen Paar, das im Frühjahr zwei Häuser weiter eingezogen ist. Bei denen wird nichts zu holen sein, vor allem nicht die gern gefilmte Angst ums eigene Kind, das im selben Alter wie Viola ist. In meiner Straße werden keine Interviews gegeben, gewiss auch in keiner anderen. In unserem Dorf sind wir vielleicht betulich, aber nicht dumm.

Ich ignoriere ihr Rufen, das laute »Hallo Sie da … dürfen wir kurz …«, muss mich jedoch umdrehen, als mir die Unbekannte eine Hand auf die Schulter legt. Nur ein paar Sekunden und ich wäre im Haus gewesen! Die Reporterin sagt: »RTL, mein Name ist Zielke. Wir würden Sie gerne zu den vermissten Mädchen befragen.« Ahnungslos sehe ich sie an, lasse während des langen Blicks die Lippen fest geschlossen und hebe die rechte Hand. Mit dem gestreckten Zeigefinger, den ich vor mein Ohr auf das Kiefergelenk lege, beschreibe ich einen kleinen Bogen durch die Luft und tippe mit der Fingerspitze knapp vor den Mundwinkel: die Gebärde für Gehörlosigkeit. Weil Frau Zielke den Sinn dieser Geste nicht auf Anhieb erfasst, wiederhole ich die Gebärde und stammle in bester Marlin-Matlee-Manier: »Ic bn eörls.« Während die Reporterin begreift, was ich ihr mitteile, öffne ich die Tür, schlüpfe ohne Abschiedsgebärde ins Haus und halte den Schlegel der Klingel fest.

»Du glaubst doch nicht, dass die gehörlos ist, oder?«, höre ich den Kameramann sagen.

»Keine Ahnung, die ist eh zu alt. Wir brauchen jetzt eine Mutter mit Kind in der Grundschule! Verdammt!«

»Ich brauch jetzt was zu trinken und ein Klo. Hast du ein Café gesehen?«

»Es gibt ein Schleusenrestaurant. Hat nur am Wochenende auf.«

»Kaff!«

Die Siamkatze liegt ausgestreckt auf der Decke vom

Schwarzen. Sein Wassernapf ist halbleer. Keine Ahnung woher, aber das Vogelluder weiß, sie wird heute nicht verscheucht. Ich schreibe Carsten eine SMS, ob er in einer Stunde auf ein Sonne-weg-Bier kommen will. Er ordert die doppelte Menge, eisgekühlt, und verspricht, Taubenfutter mitzubringen. Die Feuerwanze finde ich in einer Falte unterm Kragen, setze sie auf meinen Pflaumenbaum, bevor ich die Sprinkler anstelle und es mir auf der Gartenliege bequem mache.

Die Tageszeitung spricht schon jetzt vom heißesten Juli, dabei ist heute erst der zehnte. Seit wann sind wir Menschen vom Superlativ besessen? Seit Hiroshima? Der Mondlandung? Meine Superlativ-Besessenheit wurde früh durch einen Professor des Mediävistik-Seminars kuriert. Er stellte mich an den Schandpfahl, weil ich eine Textstelle aus dem *Tristan,* in der von bemerkenswertem Kerzenschein die Rede war, mit »heller als tausend Sonnen« übersetzt hatte. Wer mich Idiotin zum Literaturstudium zugelassen habe, brüllte er nach hinten in die letzte Reihe. Ich müsse ein Kind von Meister Proper und Wrigley's Spearmint sein, unfähig, meine selbstverschuldete Unwissenheit zu begreifen. Im Mittelalter seien die Menschen schon von einer einzigen Sonne überwältigt, tausend Sonnen undenkbar gewesen! Diese intellektuelle Transferleistung dürfe man von Drittsemestern wohl noch erwarten. An der hohen Zahl der Köpfe, die wie meiner immer tiefer sanken, sah man, dass andere den Satz identisch übersetzt hatten und wie ich dem Professor beschämt Recht gaben.

Igella kommt heute vor der Zeit. Meine Igelfrau läuft direkt auf die Terrasse zu, bleibt an einer frühreif zu Boden gefallenen Pflaume stehen. Wenn die Kleine ihren Weg nicht schnell fortsetzt, wird sie vom nahen Sprinkler beregnet. Es klingelt an der Tür. Auch Carsten ist vor der Zeit oder durstig. Als ich öffne, sehe ich zwei Gestalten. Die andere ist Herr Schwarz.

11. Juli

Der Sternenhimmel ist zu schön, um die Augen zu schließen, tropisch warm die Nacht. Herr Schwarz schläft im Gras, träumend bewegt er die Pfoten. Läuft er einer Hündin hinterher? In zwei Stunden geht die Sonne auf. Ob Beate in ihrem Garten sitzt, wie ich zu den Sternen schaut in der Hoffnung, einer möge fallen? Oder hat der Arzt sie ins blaue Valiumbett gelegt, in einen Schlaf ohne Bilder, ohne Botschaft von ihren Mädchen? Vielleicht hält sie ihr letztes Kind im Arm aus Angst, auch Felix zu verlieren, sobald sie den Blick von ihm nimmt.

Gestern wurden die Väter der Mädchen von der Polizei befragt. Sie wohnen in einem Hotel in der Kreisstadt. ProSieben hat sie gefilmt, einen interviewt. Violas Vater verwechselte die Rollen, versuchte mit leeren Händen das Schicksal zu erpressen, forderte mit jedem Satz etwas anderes: den Täter, die Tochter, mehr Polizisten, Gottes Beistand; und die Kamera hielt drauf, zog dem Mann die Haut ab, zoomte wie ein Pathologe in seine Gesichtsmuskulatur, jede Reporterfrage ein Schnitt in die Grimasse der Hilflosigkeit. Anders Celinas Vater, er sprachlos in Tränen. Schützend den Arm vors Gesicht haltend, suchte und fand er den Hoteleingang hinter dem Kameramann.

Warum ist Martin nicht mit den Mädchen ins Freibad gefahren? Seit Wochen verschanzt er sich – an Arbeitslosigkeit erkrankt – in selbstverordneter Quarantäne und hinter Felix, dessen Betreuung der Familie das Geld für den Krippenplatz spart. Um nicht mit Buggy im Dorf gesehen zu werden, schickt er Beate nach dem Dienst noch zum Einkaufen in den Supermarkt. Werden ihn die anderen beiden Väter fragen: ›Warum hast du deine Hand nicht auch über mein Kind gehalten?‹

Am Himmel über mir steht der Große Wagen bereit, um meine Gutenachtgeschichte zu den Mädchen zu bringen. Ich spanne den Hund vor die Sternenkutsche, seine Pfoten laufen im Galopp. Viola und Celina, wo immer ihr seid, gebt gut Acht …

Es war einmal vor langer Zeit ein schwarzer Tag, so schwarz, dass er der Nacht wie ein Zwilling glich. Keiner mochte ihn, nicht die Sonne, nicht der Wind. Schon am frühen Morgen verfluchten ihn die Menschen und sehnten sein Ende herbei. Als der schwarze Tag wieder einmal an der Reihe war, verschwanden aus einem Dorf zwei kluge Kinder. Er hatte sie mitgenommen, auf dass sie aus ihm einen ganz und gar bunten Tag machen sollten und er nie wieder mit der Nacht verwechselt würde. Gerne wollten sich die Mädchen ihn ausmalen, konnten aber im Dunkel nirgendwo Farbe und Pinsel finden. Der schwarze Tag weinte und mit ihm die Schwestern. Um sie zu trösten, nahm die Ältere die Jüngere in die Arme und hielt sie fest umschlungen. Da geschah es, dass ihre Kindertränen ineinander liefen und aus Geweintwasser ein Tropfen von Zahnlöwengelb wurde, drei von Blaubärblau, fünf von Affenpoporot und eines von Schokohasenbraun. Die klugen Mädchen tauchten ihre Fingerspitzen in die Farben und malten sich gleich einen Fensterrahmen, darin ihren

Himmel, eine Sonne und eine rote Gummiblume mit 112 Bärchenblättern. Die Jüngere erinnerte sich daran, dass sie an einem anderen Tag vor Lachen geweint hatte, als ihr Papa sie kitzelte. Da erzählten sich die Mädchen nur mehr lustige Geschichten, kitzelten sich an den Füßen, in den Achseln und hinter den Ohren. Aus dem Gelachtwasser gewannen sie große Tropfen Flamingorosa und Möwenweiß, Salamandergrün und Gorillalila. Die Lachfarben waren ergiebiger und strahlender, sodass die Kinder Stunde um Stunde alle Wände und Gegenstände um sie herum bemalten. Als nichts mehr schwarz oder grau war, sondern hell und farbenfroh, verteilten sie die Reste auf ihren Gesichtern und Körpern. So wurden sie bunt wie die Wände, durch die sie ins Freie auf eine Wiese gelangten und weiter, immer weiter in einen wunderschönen Tag.

Der Klang einer Sirene. Dort hinten das flackernde Leuchten ist kein morgendliches Rot, nicht das frühzeitige Mittagsglühen eines Hochsommertages! Herr Schwarz winselt. Der frühe Vogelsingsang verstummt, sie fliegen Richtung Westen, fliehen das Feuer.

»Hier sind wir sicher«, beruhige ich den Hund. In kurzer Abfolge knallen Haus- und Autotüren. Fünf Männer aus meiner Straße müssen zum Einsatz der Freiwilligen Feuerwehr. Kein Lüftchen bewegt sich, kein Blatt der Rotbuche in meinem Vorgarten.

»Die kriegen das hin. Wirst sehen, sie kommen zurück, wenn das Frühstück fertig ist.« Ich schließe Fenster und Türen, wie sie es uns in der Grundschule beigebracht haben. Am Ende der Übung stand das geordnete Verlassen des Gebäudes in Zweierreihen, jedes Kind den Banknachbarn an der Hand. Am Gymnasium in der Kreisstadt holten wir beim Ertönen der Sirene sofort unsere Tabakbeutel aus den Schultaschen. Wie bei einem echten Feuer mussten wir alles zurücklassen. Bis das Gebäude geräumt war, die Schüler- und Lehrerschaft im Hof versammelt, konnte man zwei Zigaretten drehen und rauchen. Nie brach ein Übungsfeuer während einer Klausur aus.

Der Schwarze steht ordentlich an der Haustür, als warte er darauf, dass ich mich zum Pärchen neben ihm aufstelle. Aber ich habe kein Auto, der Brandgeruch kommt aus Richtung des Bahnhofs. Dorthin wird er mir ohne Halsband und Leine nicht folgen.

»Komm mit«, sage ich auf dem Weg ins Schlafzimmer. Der breite Ledergürtel mit durchgehender Lochung passt ihm. Das überstehende Ende schneide ich ab. Den zweiten Gürtel ziehe ich als Leine durch den ersten und schließe ihn.

Wir sind nicht die Einzigen, die es zur Versammlung drängt. An der Hauptstraße steht eine Gruppe von fünf Leuten, ein paar Meter weiter noch eine. Manche kommen direkt aus dem Bett, ungekämmt die Haare, im T-Shirt, das sie zum Schlafen trugen. Der Schwarze geht brav neben mir her, erst als ich stehenbleibe, bringt er den Gürtel auf Spannung, wittert unablässig in die Luft.

»Moin. Wisst ihr, was brennt?«

»Haukes Maisfeld.«

»Vornan steht die Scheune. Voll mit Heu.«

»Kriegen die das hin? Geht kaum Wind.«

»Wird schon. Die Wehren aus Osche und Breeke helfen mit.«

»Willst du uns den da nicht vorstellen?« Alle schauen auf den Schwarzen. Ich nenne seinen Namen, erzähle, wo ich ihn gefunden habe, dass er gestern von Breeke bis vor meine Haustür gelaufen und jetzt mein Hund ist.

»Ich habe noch die alte Leine von Checker, wenn du sie willst«, sagt Christine.

»Sehr gern!«

»Wer kümmert sich um die Flüchtlinge?«, fragt Günter, ein pensionierter Lehrer.

»Wieso kümmern? Brennt ja vorm Dorf, nicht mittendrin.«

»Aber die Sirenen, der Geruch, das Tamtam? Denken vielleicht ist Krieg.«

»Die Polizei wird das klären. Gibt in Syrien doch auch Feuerwehr und Sirenen.«

»Die Polizisten sind gestern abgezogen. Durchsuchen heute den Oscher Wald.« Jetzt sehen sie mich an.

»Okay, ich rede mit den Leuten.«

Mehrmals muss ich den Hund beruhigen, am Gürtel ziehen, dass er mit mir dem Geruch entgegen geht. Meine Augen brennen. Als wir an der alten Schule ankommen, ist der Hof voll aufgeregter Menschen. Laut rufe ich: »Said«, den Namen ihres Sprechers. Eine krumme Frau mit einem Kleinkind an der Hand deutet mit der anderen auf den Eingang des Gebäudes. Die Leute bilden eine Gasse für uns. Im ersten Stock schlägt jemand eine Tür nach der anderen zu. Wieder rufe ich: »Said.« Sein Kopf erscheint am Treppengeländer: »I've checked the rooms. Everybody is out.« Er kommt die Treppe herunter, wirft einen Blick auf den Hund.

»Listen, Said, this is no emergency. A field is burning. Everything is under control. It smells, but there is no danger. Please, tell the people, it's not necessary to leave.« Wir gehen zusammen vor die Tür. Er spricht zu den Leuten, die ihn immer wieder unterbrechen. Der Schwarze winselt ängstlich. Ich kraule ihn am Kopf. Das befreit mich für einen Moment von ihren Blicken, die mein Gesicht nach Glaubwürdigkeit absuchen. Auch aus Kinderaugen schaut mich eine Angst an, deren Ursprung weit entfernt liegt, dort, wo Sirenen nicht zum Dienst rufen, sondern zur Flucht mahnen. Said wendet sich an mich, er lächelt groß, gestikuliert bis in die letzte Reihe, spricht mich laut auf Arabisch an. Am Ende des Satzes zieht er die Stimme hoch, seine Frage übersetzt er sogleich ins Englische, und ich antworte: »Yes, I'll stay with you until it's over.«

»You smoke?«, fragt er, als wir in der Aula am Tisch sitzen und Kaffee trinken. Ich antworte: »No more« und schiebe die Schachtel zurück. In sicherer Entfernung vom Schwarzen stehen ein paar Kinder. Sie wollen ihn anfassen, vorab von mir die Entwarnung, dass er sie nicht beißen wird. Ich kann nicht gleichzeitig mit ihnen und Said kommunizieren, und ich will meinen Hund nicht freigeben.

Said fragt, ob es Neuigkeiten zu den vermissten Mädchen gibt. Als ich verneine, erzählt er von Mohamed, dem Flüchtlingsjungen, der in Berlin von einem Mann mitgenommen wurde, während die Mutter anstand, um sich registrieren zu lassen. Said sieht mich an, als erwarte auch er eine Entwarnung, aber was ich ihm sagen kann, weiß er so gut wie ich. Menschen lieben und beschützen, quälen und töten Kinder. Bevor wir uns stellvertretend für unsere Leute in eine Diskussion über die Einstellung zu Kindern verstricken, erkundige ich mich telefonisch nach dem Brand. Carsten meint, die Feuerwehr habe die Situation im Griff. Als ich mich verabschiede, bitte ich Said, den Flüchtlingen zu sagen, dass die Sirene nicht die Bewohner des Dorfes warne, sondern die Mitglieder der Freiwilligen Feuerwehr zum Einsatz rufe. Die derzeitige Brandgefahr sei ein Problem, das man rund um die Uhr im Blick habe. Wenn es nicht regne, werde die Sirene bald wieder zu hören sein.

»By the way«, sage ich abschließend, »the annual festivity was cancelled because of the missing girls.«

»Viola and Celina«, sagt Said, und ich erinnere mich, dass er seine Schwester vermisst, deren Namen ich vergessen habe.

Als wir den Rosenkamp queren, überlege ich, Beate zu besuchen, zu fragen, ob ich etwas für sie tun kann. Aber vor ihrem Haus stehen zwei Wagen der Polizei und einer mit dem ProSieben-Logo. Wir gehen weiter Richtung Badesee. Die elektronische Tafel vor der Apotheke springt von der Uhrzeit 9:52 auf die 29-Grad-Anzeige. Ich sehe mich schon neben dem Schwarzen bis zur Insel schwimmen, die bei Niedrigwasser wie ein Ungeheuer inmitten des Sees auftaucht.

Ich war sicher, dass wir das kleine Stück Sandstrand, das seeseitig noch nicht mit Hornkraut, uferseitig noch nicht von Krüppelkiefern zugewachsen ist, für uns allein haben würden. Der Besitzer des Handtuchs und der Stofftasche ist im Wasser, fast schon am gegenüberliegenden Ufer. Sein Kopf ist zu weit weg, als dass ich sagen könnte, ob er den See noch durchquert oder auf mich zu schwimmt. So wenig wie ich ihn kann er meine Hand erkennen, mit der ich den Inhalt seiner Tasche prüfe. Mit der anderen befreie ich meinen Hund vom Halsgürtel. Natürlich ist es Stehles Block, den ich zu fassen kriege! Wie ein Schüler hat er seinen Namen in das vorgesehene Feld geschrieben. Da überrascht es nicht, dass der Kollege seine Worte in kleines Karomuster presst. Der Spiralblock, die penible Schrift, die sich auf die Folgeseite durchdrückt, passen nicht zur Corona. In Stehles Brust wohnt Hemingway Tür an Tür mit Thomas Mann und dem Hang zur Selbstinszenierung sogar in der Provinz.

»Verlangen Sie Geld oder ist Ihre Neugierde umsonst?« Mir fällt vor Schreck der Block in den Sand. Ich rücke von seinem Handtuch ab, werfe dem Schwarzen einen vorwurfsvollen Blick zu, habe ihn für wachsamer gehalten.

»Und Sie schleichen sich immer von hinten an?«

»Dachten Sie, das sei ich dort drüben?«, fragt er und deutet mit dem Kopf Richtung See: »Ist nur ein Fußball. Bin vorhin an ihm vorbei geschwommen.« Seine Haut und die Haare sind trocken. Entweder ist er vom anderen Ufer den ganzen Weg zurück gelaufen oder vor unserem Eintreffen aus dem Wasser gekommen und wegen eines Bedürfnisses in den Krüppelkiefern gewesen. Jemand muss ihm den Platz verraten haben. Wer von diesem Strandstück nichts weiß, findet es nicht zufällig.

»Bis zur anderen Seite geschwommen – toller Hecht! Am Ende der Saison wird der See abgefischt.« Stehle holt Luft, verschwendet sie an die Frage: »Was haben Sie eigentlich gegen mich?« Aufdringlich dreht er seinen nackten Oberkörper in mein seitliches Blickfeld, ich schaue weiter geradeaus auf meinen Hund, der vom Wassertrinken zurückkommt. Mir ist heiß, ich bin übernächtigt und für heute am Ende meines Lateins. Ohne Stehle zu beachten, stehe ich auf, lege den Hausschlüssel zu den beiden Gürteln in den Sand und gehe in den See. Der Schwarze bellt aufgeregt, als habe er nur darauf gewartet, dass der Spaß beginnt. Wir schwimmen nach rechts weg, wo uns dichtes Schilfrohr vor unerwünschten Blicken schützt.

Ich liebe das Gefühl von Kleidung, die sich beim Schwimmen an die Haut schmiegt, für einen Moment löst, wenn der Schub nachlässt, um sich mit dem nächsten Armzug wieder an den gleitenden Körper anzulegen. Einen Bikini wollte ich nie. Wie bei allen Rothaarigen ist meine Haut schneeweiß, ehe die Sonne sie bei erster Gelegenheit ins Glutrote verbrennt. In Shirt und Shorts zu schwimmen, erspart mir außerdem Fragen zu den Narben auf meinem Rücken. Für verklemmt oder sonderbar gehalten zu werden, ist erträglicher als das Stigma des misshandelten Kindes: Sind die Eltern neben der Spur, ist es fraglos auch das Kind.

Warum nur ekeln sich die Leute vor Lebewesen im Wasser? Wären es Piranhas, Haie oder Würfelquallen, könnte ich die Furcht verstehen. Aber Hechte, Barsche, Rotaugen – alle nehmen Reißaus, sobald ich mich nähere. Die kleinen Fische in den Aquarien am Scheveninger Strand, die sich von winzigen Hautschuppen ernähren, abgeknabbert von müden Füßen zahlender Touristen, gibt es hier nicht. Selbst sie reagieren auf jede Bewegung und fliehen an den Rand des Wasserbehälters, in dem sie gefangen gehalten werden. Und das wuchernde Hornkraut ist weder hart, noch bedroht es die Haut eines Badenden. Sanft streicheln die Pflanzen meine Beine auf dem Rückweg zum Strand.

Stehle ist gegangen. Nicht ohne eine Nachricht zu hinterlassen. Der gefaltete Zettel liegt unter meinem Schlüssel, wird nass, als sich der Schwarze schüttelt. Gern läge ich mit dem Hund eine Weile im warmen Sand, bis meine Shorts und das T-Shirt trocken sind, aber ohne Sonnencreme kann ich das vergessen.

An einem anderen Tag würden jetzt viele Kinder die Schule verlassen, um nach Hause oder zur Bushaltestelle zu gehen. Wegen des Brandes fiel der Unterricht aus. Die Hauptstraße, die an Haukes Feld vorbei in mein Dorf führt, war durch die Feuerwehren blockiert. Man fürchtete wohl, Qualm könnte in die Klassenzimmer dringen. Nun liegt die Straße verlassen und still. Hunderte Polizisten, die gestern noch für ein großes Live-Spektakel gesorgt haben, sind weitergezogen ins nächste Dorf, das sich an den

Rand des Oscher Waldes schmiegt. In meinem Kopf klingt leise das Lied aus *High Noon*. Meine Dorfstraße ist schmaler als die in Hadleyville, für einen Hinterhalt ungeeignet. Vielleicht stehen ein paar Anwohner an den Fenstern und wundern sich über das in der Hitze schlurfende Gespann: eine dünne Rothaarige, die ihrem Hund ein Lied singt: »Do not forsake me, oh my Darling.«

Einsperren sollte ich die Siamkatze, auch wenn sie die Vögel in meinem Garten nur instinkthalber jagt. Angeblich unterliegen Menschen dem gleichen Instinkt. Manche haben, wie mein Freund Carsten, eine Jagd gepachtet oder kennen einen, der sie zum Halali-Platz mitnimmt. Wildschwein, Reh und Hase werden natürlich nicht liegen gelassen, sondern gegessen, Überschüsse verkauft. Bei uns gab es immer mehr Schießwillige als Wild. Wozu triebe sie ihr Instinkt, hätten wir auf dem Land nicht die vielen Schützenvereine? Die Siamkatze gehört den alten Leuten am Ende der Straße. Ich habe keine Lust mehr, ihre Beute zu beerdigen. Die Besitzer werden sich selbst um die tote Amsel und den Grünling kümmern müssen. Bis ich ihre Leichen am Abend überführe, ruhen sie im Schatten des Pflaumenbaums. Ich mache mir eine Platte mit Tomaten und Mozzarella, der Schwarze bekommt sein Futter später. Müde und erschöpft legt er sich vors Gartenhaus auf die Decke. Mir ist es draußen zu warm, und mit Insekten will ich mein Essen nicht teilen.

Ein Blick ins Online-Konto verheißt Ärger. Die Abbuchungen der Gebäudeversicherung und der Stromrate machen einen unschönen Saldo. Dass mein Verleger nicht wenigstens ein Almosen überweist? Ich sollte den Nachmittag nutzen, um im Haus nach eBay-fähigen Dingen zu suchen. Den Sonnenschirm habe ich letztes Jahr schon verkauft, meine Kleider aus den 1990er-Jahren würde selbst die Flüchtlingshilfe aussortieren, große und kleine Möbel bringen nichts ein, davon gibt es auf dem Land mehr als genug, oft geschenkt. Bleibt nur ein guter Schnellkochtopf, den ich von Emma zum Geburtstag bekommen habe mit dem Hinweis: »Der spart viel teuren Strom«, was mir bei einem Abschlag von 65 Euro pro Monat bitter nötig scheint. Jetzt noch Nachhilfe in Physik und Englisch anzubieten, ist zwecklos, in drei Wochen beginnen die Schulferien. Über die Sportwette kommt derzeit nichts rein. Die nächste Spielzeit beginnt Mitte August. Zwar dümpeln in Berlin und München noch zwei meiner Kurzgeschichten in Wettbewerben mit je tausend Euro für die Siegergeschichte, aber die Entscheidungen werden erst im September und November gefällt, die Preise vier Wochen später verliehen. Wäre ich Anfang zwanzig, hübsch und auf eine Weise hip, die derzeit gefragt ist, würde ich es mit Crowdfunding versuchen, je nach Typ auch mit einem Verleger oder Lektor, aber eine betuliche Alte, die idyllische Geschichten vom Land schreibt, weil sie tatsächlich manchmal geschehen, weckt kein Interesse. Der deutsche Sprachraum ertrinkt in Neuerscheinungen. Ist auch nicht alles schlecht, was man kostenlos im Netz findet. Bei dem Überangebot wären selbst meine Fans nicht bereit, mir Geld für den nächsten Roman vorzustrecken.

Trotzdem öffne ich die Arbeitsdatei von *Der Fremde.*

Ich habe meine Heimat nie verlassen, wohnte nach dem Verschwinden der Eltern bis zur Volljährigkeit bei Oma und Opa, kehrte dann ins Elternhaus zurück, mein Eigentum, seit Mutter und Vater für tot erklärt wurden. Ich studierte in Hamburg, kein Auslandssemester in den USA oder Bayern. Längst bin ich offen für Neues wie etwa einen flackernden Sonnenaufgang. Mein Dorf muss ich dafür nicht verlassen, Fremde und Eigenartiges kommen hierher. Kurts Rat an Stehle, er müsse Hamburg den Rücken kehren, um über die Stadt schreiben zu können, erschließt sich mir nicht. Jede Heimat verliert mit der Entfernung an Realität, wird enger oder weiter, als sie tatsächlich ist. Hamburg fern zu sein, hat Stehle im Roman ohnehin thematisiert. Wenn zehn Jahre im Ausland den Blick nicht schärfen, werden es 95 Kilometer kaum schaffen. Gewiss, es gibt die Tradition des fremden Ortes, um schreibend zur inneren Heimat zu gelangen. Stadtschreiber, Inselschreiber und Villa-Massimo-Stipendiaten, pro Jahr kommen mehrere hundert Autoren an fremden Orten zu sich. Ich würde mich woanders verlieren. Ich liebe meinen Beruf als Dorfchronistin. Das Leben und Sterben auf dem Land ist so exemplarisch wie in großen Städten, wie das zitronenlyrische Werden und Vergehen am Mittelmeer. Seit wann gelten zwei Wohnorte in zwei Ländern als Must-have eines Schriftstellers? Und wohnen die Wien-München-, Kopenhagen-Kamerun- und Tokio-Hawaii-Schriftsteller wirklich an zwei Orten? Oder stellen sie der Heimat die Wahlheimat nur voran, um die Spannweite ihrer Lebenserfahrung anzugeben? Eine Wohnt-in-der-Nähe-von-Adresse, die Landschriftstellern anhaftet, gilt dagegen als Vorzeichen von Naivität, sieht man von Arno Schmidt ab, der sich unweit meines Dorfes in der Nähe von Eschede verzettelte.

Wieder eine Sirene. Jetzt die der Polizei. Das Blaulicht ist in der gleißenden Sonne kaum zu sehen, die Wagen kommen aus Richtung Oscher Wald. Aber sie wollen nicht zu Beate, zu lange klingt die Sirene, die sich irgendwo auf der Höhe der Schule verliert, auf der Hauptstraße, die hinausführt zu Haukes Feld und weiter in die nördlichen Nachbardörfer. Wenn Beate die Sirene registriert, wird sie glauben, es ginge um ihre Mädchen, dass sie leben, sonst wäre Eile sinnlos. Dann hört sie den Ton schwächer werden und denkt: ›Sie bringen meine Kinder nicht mit Blaulicht zu mir, sondern ins Krankenhaus, weil es schnell gehen muss. Meine Babys sind verletzt, brauchen Infusionen, damit ihr Kreislauf nicht zusammenbricht. Kommt gleich ein Wagen, der mich abholt, zum Krankenhaus fährt, damit ich bei den Lütten bin, wenn sie die Augen öffnen.‹ Aber es kommt kein drittes Polizeiauto.

Manchmal fahren Fernsehkommissare mit Sirene und Blaulicht zu einem Tatort. Was absurd ist, wenn er längst abgesperrt wurde und es von Streifenkollegen wimmelt. Weiß gekleidete Männer der Spurensicherung reichen den Ermittlungsbeamten Latex-Handschuhe, in den besseren Filmen einen Papier-Overall, damit sie keine Fremdspuren an den Fundort antragen. Wie ist das im richtigen Leben? Ruft da ein Mann von der Freiwilligen Feuerwehr bei der

Polizei an und sagt: ›Wir sind in Haukes Scheune, zwischen den Heuballen liegen die zwei vermissten Mädchen.‹ Auf die Rückfrage der Zentrale brummelt er: ›Nee, die haben die Augen auf, sind steif und tot.‹ Wird diese Meldung dann weitergegeben an die mit der Sache befassten Beamten, die den Einsatz im Oscher Wald leiten und Minuten später mit Sirene und Blaulicht an meiner Straße vorbeirasen, auch am Rosenkamp, wo Beate wohnt, denn die Feuerwehrleute könnten wichtige Spuren vernichten?

Zeit, die Rasensprenger anzustellen. Der Schwarze schaut mich hungrig an. Nach wenigen Tagen hat er sich schon an den Rhythmus gewöhnt. Während er meine letzte Labskaus-Konserve frisst, die ich mit Haferflocken gestreckt habe, liefere ich die toten Vögel aus. Auf der Straße treffe ich zum zweiten Mal Günter, den pensionierten Lehrer für Geschichte und Mathematik: »Gehst du Brombeeren pflücken?«, fragt er mit Blick auf meine Schüssel. Ich hebe den Deckel hoch, zeige ihm die toten Vögel. Erstaunt sieht er mich an.

»Die bringe ich den Alten, denen die Siamkatze gehört. Keine Lust mehr, ihre Beute in meinem Garten zu vergraben.«

»Hör auf, die Vögel zu füttern, dann jagt die Katze woanders.«

»Hm. Sag mal, weißt du, warum die Polizei vorhin mit Sirene hier durch ist?«

»Die haben was in Haukes Scheune gefunden. War gerade gucken. Man sieht aber nichts wegen der Absperrungen. Alle Autos haben Kennzeichen Hannover.«

»Ein Leichenwagen darunter?«

»Nein.«

»Weißt du, wie es Beate geht?«

»Die Familie wird abgeschottet. Hörte, dass die Väter der Mädchen auch im Haus sind. Ich muss dann mal, Monika hat Forellen auf den Grill gelegt.«

»Grüß sie von mir. Deine Monika.«

Die alten Leute entschuldigen sich wieder und wieder für das mörderische Verhalten ihrer Katze. Anders als ihre Vorgängerin sei sie eine Siamkatze mit starkem Jagdtrieb. Als ich nach Hause komme, sehe ich die Leine mit Halsband, die Christine an die Haustür gehängt hat. So beeindruckend ihr Berner Sennehund war, strapazierte er doch mächtig unsere Nerven mit seinem morgendlichen Abschiedsgebell. Checker hat nicht verstanden, dass Christine zurückkommt. Für ihn war jeder Abschied der letzte, jeder Moment ein Ereignis ohne Zukunft. Wie für Kinder, wenn sie noch keine Vorstellung von Zeit haben oder kein Vertrauen in die Welt.

Nach Sonnenuntergang gehe ich mit Herrn Schwarz spazieren. Wieder legt sich eine Sternennacht auf mein Land. Glühwürmchen konkurrieren mit ihren Vorbildern am Himmel. Wenn sie wüssten, dass mancher Stern längst verloschen ist, sein Strahlen toter Abglanz vergangenen Lebens.

12. Juli

Sechzehn Minuten kreißte der Nachthimmel. Anstelle des freudig erwarteten Regens brachte er nur Donner und Blitz zur Welt. Binnen Sekunden hätte das Gewitter Dörfer und Felder in Brand setzen können, aber die Blitze schlugen ins Schleusengebäude und den See ein. So oft es auch krachte und knallte, bellte Herr Schwarz eine wütende Antwort in den Himmel. Nach dem Intermezzo fand ich lange keinen Schlaf. Windreste wehten Blätter und Mücken durchs Fenster herein. Schemenhaft tauchten die vermissten Mädchen hinter meinen geschlossenen Augen auf, wie sie mit wankenden Helmköpfen vor einer Woche an der Dorfwiese standen. Statt mich zu ducken, lugte ich jetzt aus den Blumen hervor, um endlich ihre W-Fragen zu beantworten: ›Ich liege im Gras, weil es herrlich nach Margeriten, Hahnenfuß und Löwenzahn duftet. Im Himmel über mir sehe ich Tauben, sie tanzen in der Luft ein Vogelbalett.‹ Viola fragte: ›Warum heißen sie Tauben?‹ Ich antwortete: ›Keine Ahnung, woher ihr Name kommt.‹ Celina zeigte mit dem Finger nach oben, als die Tiere über uns hinwegflogen, und rief: ›Das sind Carsten seine!‹ Fast kippte sie beim Heben des Kopfes nach hinten. Viola legte ihr stützend eine Hand in den Rücken. Mit der anderen schnallte sie ihren Helm ab und hängte ihn über den Fahrradsattel. Celina machte es ihr nach, die Mädchen lümmelten sich zu mir ins Grasbett. Eines entdeckte meinen Block, blätterte darin, fuhr mit dem Finger die Worte ab, versuchte sie zu lesen. Ein Wunder, dass das Kind mein Gekritzel für Schrift hielt.

›Vorlesen‹, verlangte Viola und gab mir die Notizen. Celina, die an meiner anderen Seite lag, dirigierte mit einer Butterblume 21 Tauben durch die Luft. Laut las ich: ›Die Wolke gleicht einem schlafenden Riesen. Ein monströser Traum bläht seinen Kopf auf, verwandelt ihn in einen weißen Wal. An Land schreien Viola und Celina. Auch …‹

›Was? Wir sind in deinem Block?‹, brüllte mir Celina ins Ohr und ließ die Vögel aus den Augen. (Sie flogen sofort wild durcheinander, verloren zwei Tiere aus ihrer Mitte.)

›Klar, ich schreibe ja über unser Dorf. Pass auf – die Vögel!‹ Celina suchte den Himmel ab, lenkte mit der Blume 19 Tauben knapp über uns hinweg. Ssssippp.

›Warum?‹, wollte Viola wissen. Ich überlegte, stahl mich aus dem Bett zur Toilette, fand dort keine Antwort, schlurfte grübelnd zurück, schlüpfte wieder zwischen die Mädchen in die Wiese, sagte endlich: ›Um das Glück in Worte zu fassen!‹

›Was 'n für 'n Glück?‹ (Celina.)

›Warum?‹ (Viola.)

›Damit wir uns später daran erinnern, wie schön es ist, unter der Sonne im Gras zu liegen an einem Tag im Juli.‹ Viola verlangte zu wissen, was noch über sie und die Schwester geschrieben stand. Als ich weiterlesen wollte, fiel mir Herr Schwarz knurrend in die Gedanken. Nicht aus Unmut, er knurrte wegen der Igelin, die durch den Wintergarten ins Haus gekommen war. Nachdem ich das Tier ins Freie gesetzt hatte, waren die Mädchen verschwunden. Enttäuscht nahm ich Stehles Roman *Rausch* vom Nachttisch und schlief bald benebelt über den ersten Seiten ein.

Es ist Sonntag. Die Kirchenglocken läuten zum monatlichen Gottesdienst. Ich kenne kein anderes Haus im Dorf, in dessen Inneren man sich geborgener fühlt als in unserer Kirche. Ihr Chorraum ist tausend Jahre alt. Anno 1663 setzte man ihm einen Glockenturm vor die Nase. Die engen Sitzbänke fassen keine zweihundert Menschen. Betritt man den sechzig Quadratmeter kleinen Raum, sehen die Dörfler aus wie zu groß geratene Kinder in einem engen Nest. Weil der Pastor noch drei weitere Gemeinden betreut, gibt es Geborgenheit nur einmal im Monat.

Ich glaube nicht an Gott, habe Jens Vossen aber versprochen, dass ich mir die Sache mit ihm überlege, sobald ich eine Handvoll Glauben übrig habe. Dass ich heute nicht in der letzten Bank sitze, wird ihn wundern. Während er mit den Augen die anderen Plätze nach mir absucht, fragt er sich, wer oder was mir jetzt Geborgenheit gibt. Vielleicht atmet er tief ein, sein Blick auf die Predigtnotizen verrutscht um einen Absatz, seufzend entlässt er die Luft aus der Brust. Vossen liebt Menschen. Das spürt die Gemeinde. Die Zuneigung zur alten Sandsteinkirche, die Heimeligkeit, die sie uns vermittelt, verbindet die Kirchgänger untereinander, wie auch die Neugier auf Vossens Berichte von einem anderen Kontinent. Er war immer ein tätiger, kein Bibelchrist. Früher in Afrika, heute hier. Wenn er vom Tschad erzählt, versetzt er uns in eine fremde Welt, besser als das Fernsehen, lebhafter als ein Roman.

Der Kopf des Schwarzen liegt auf meinem Oberschenkel. Ich sitze im Gartenstuhl, kraule seine Ohren. Heute hätten wir unser Dorffest gefeiert. Vielleicht wären doch ein paar syrische Familien mit kleinen Kindern gekommen, die freudig ihre erste Hüpfburg erobert hätten. Viola würde die neuen Lütten angewiesen haben, die Schuhe auszuziehen, sie ihnen in der Sprachnot eigenhändig von den Füßen gezogen haben. Carsten simst zurück, dass er nicht wisse, was die Polizei gestern in Haukes Scheune gefunden habe.

Ich mag Sonntage nicht. Früher wurden Kinder am Sonntag hinter der Haustür gefangen gehalten, nur für einen Besuch bei den Großeltern freigelassen, für eine Hochzeit und dergleichen in drückende Lackschuhe und artige Kleidung gezwängt. Am Sonntag hatten meine Eltern Muße, schon beim Frühstück erste Hiebe mit der Wortaxt zu führen, ab mittags Alkohol zu trinken und sich zur Kaffeezeit Aschenbecher an den Kopf zu werfen. Entgegen der Regel, dass es bei einer längeren Beziehung dreier Personen zu wechselnden Koalitionen kommt, standen mir meine Eltern konstant als Mauer gegenüber. Ich war das Thema, bei dem sie einer Meinung sein konnten, ein hauseigener Sündenbock. Mir blieb nichts übrig, als auf ihre erfundenen Anklagen zu erwidern, ich sei es nicht gewesen, hätte alle Aufgaben erfüllt und niemandem erzählt, was bei uns vor sich gehe. Trotzdem wurde ich schuldig gesprochen, vom Vater verprügelt, von der Mutter mit einem hämischen Grinsen bedacht. Danach bis zum

Montagmorgen aufs Zimmer zu müssen, war keine Strafe. Lange hörte ich ihre Musik, zu der sie im Wohnzimmer sangen, das Klirren von Gläsern und Flaschen. Manchmal stürzte einer von ihnen beim Versuch zu tanzen, verletzte sich aber nie so schwer, dass mein Glaube an Gerechtigkeit auferstehen konnte.

Willem, mit dem ich seit unserem Tauschhandel Baum gegen Spielzeug befreundet war, und Jens nahmen mich einmal an einem Sonnabend auf der Luftmatratze mit, die uns, das stellten sich die Jungs vor, von der Aue zur Elbe und weiter nach Hamburg bringen sollte. Wir kenterten schon in der Kreisstadt an einer Staustufe. Zwei Erwachsene retteten uns vorm Ertrinken. Jens gab Willem und mich als Geschwister aus. Seine Eltern holten uns mit dem Auto ab und lachten vor Freude, dass wir lebten. Jens' Mutter nahm mich in die Arme, meinen Kopf in ihre Hände und streichelte meine Wangen. Sein Vater scherzte mit den Jungs: »Den Zug hättet ihr nehmen sollen. Damit kommt man trockenen Fußes nach Hamburg!«

»Sag ihnen noch, wie es geht!«, mahnte lächelnd Jens' Mutter. Während der Rückfahrt durfte ich auf ihrem Schoß sitzen, gehalten von ihren Armen, zärtlich berührt von ihren Händen. Unseren Ausflug behielten die Eltern als Geheimnis und die Jungs, was ich ihnen von meinen Sonntagen erzählt hatte.

»Komm, Schwarzer, wir gehen angeln.« Eigentlich ist es dafür zu spät, aber wenn kein Fisch beißt, treffe ich am Kanal gewiss Leute mit Hunden. Gelangweilt schnuppert

Herr Schwarz an der Tasche mit den Angelutensilien. Jagdhund könne er bei ihm nicht erkennen, hatte der Tierarzt gemeint, aber eine Portion Rottweiler und, mit Blick auf das gewellte Fell, Ohren- und Schwanzform, einen Teil Altdeutschen Hütehundes.

Ich nehme den Weg über den Rosenkamp, um endlich bei Beate reinzuschauen. Ihr Citroën Berlingo mit den drei Kindersitzen steht in der Auffahrt. Von Polizei und Fernsehen keine Spur. Am Vorgartenzaun lehnt Jens' Fahrrad. Ich hätte mir denken können, dass er die Familie nach dem Gottesdienst besucht, dann mache ich das auf dem Rückweg. Als ich fast am Grundstück vorbei bin, öffnet sich die Haustür. Jens sieht mich, bedeutet mir zu warten, ohne ein Wort lässt er mich nie gehen. Anstelle von Beate verabschiedet Martin den Pastor, der auch seinen Sohn Felix getauft hat.

»Jetzt weiß ich, wer meinen Job übernommen hat«, eröffnet Jens das Gespräch, hält dem Schwarzen eine Hand hin und wirft einen Blick auf das Angelzeug.

»Moin moin. Welcher Job wäre das?«

»Der Gefährte deiner Einsamkeit zu sein.« Er wendet sein Fahrrad in meine Richtung und geht los, als seien wir zu einem gemeinsamen Spaziergang verabredet.

»Pastorenpathos! Wohin gehst du?«, frage ich.

»Mit dir zum Kanal. Um dich zu trösten.«

»Zu trösten?«

»Das ist mein Beruf.« Er lächelt und zieht am Gummiköder, den ich an die Angelschnur geknotet habe.

»Aber mein Fangglück ist legendär.«

»Warte«, er bleibt stehen, schließt die Augen, greift sich an die Nasenwurzel, »ich habe eine Vision: Der Hund springt in den Kanal, stellt und verbellt den Zander, bevor er ihn mit der Schnauze aus dem Wasser in deinen Kescher lupft«.

»Aus dir jault die Eifersucht. Mit einem Haustier läuft alles besser.«

»Wie lange schon?«

»Zwei Tage.«

»Eine Ewigkeit für einen Hund.«

»Vorsicht, er hat Rottweilerblut.« Jens geht neben dem Schwarzen in die Knie, murmelt irgendwas Liturgisches, hingebungsvoll leckt das Tier seine Hand.

»Du hättest mich fragen können, bevor du ihn taufst!«

»Woher hast du ihn?«

»Aufgegabelt, verletzt, kein Halsband, kein Besitzer. Kurz war er von Preetz beeindruckt, kam dann aber zu mir.«

»Preetz?«

»Der Tierflüsterer und Kinderhasser aus Breeke.« Wir gehen weiter.

»Wolltest du zu Beate?«

»Dachte, ich schau mal bei ihr vorbei wegen Beistand und so. Hast du sie gesprochen?«

»Ja.«

»Mehr darfst du nicht sagen?«

»Ich will nicht.«

»Ich besuche Beate auf dem Rückweg. Was meinst du?«

»Besser, du gehst morgen oder übermorgen.«

»Du hast ihr hoffentlich nicht diesen Mist erzählt, dass Gott Kinder besonders ins Herz geschlossen hat und sie beschützt?« Lächelnd erwidert er: »Schön, dass du immer noch mit ihm haderst. Nichts hält den Glauben lebendiger als der Zweifel.«

»Fass, Schwarzer!« Ein Kommando, das meinem Hund unbekannt ist, sonst wäre die Siamkatze gestern Abend vor ihren Schöpfer getreten.

»Kennst du einen Mann«, fährt Jens fort, »blondes Haar, blaue Augen ...«

»... die Haut rotgeädert und aufgedunsen vom Alkohol?«

»Ja.«

»Siegmar Stehle war in deinem Gottesdienst?«

»Wer ist das?«

»Sorry, darf ich dir leider nicht sagen.« Ich grinse.

»Hast du den auch aufgegabelt?«

»Achtung: dünnes Eis.«

»Entschuldige, ist mir rausgerutscht.«

»Spielen wir quid pro quo?«, frage ich.

»Okay, Infos zu Stehle für ...?«

»... Gerüchte um Viola und Celina.« Jens wendet den Kopf, schaut mich an, in seinem Blick eine uralte Frage. Wir sind beide stehen geblieben. Im Baum über uns zwitschert ein Vogel, fliegt auf.

»Damit habe ich nichts zu tun«, sage ich. Wir sehen ihm beide hinterher.

»Sind wir nicht zu alt für dieses Quid-pro-quo-Spiel?«, fragt Jens, den Blick noch immer in den Himmel gerichtet.

»Zu alt für jedes Spiel?«

»Ja«, sagt er. Wir gehen weiter.

»Stehle ist ein Kollege. Bei meinem Verlag unter Vertrag. Erfolgreich und mit dem zweiten Roman fast fertig.« Ein junges Paar kommt uns auf dem Feldweg vor der Kurve entgegen, in der ich Herrn Schwarz das erste Mal begegnet bin. Alle gehen jetzt hintereinander. Die Frau schaut ängstlich auf meinen Hund.

»Keine Sorge, er will nicht spielen«, rufe ich ihr entgegen.

»Ja, dann«, sagt sie und lächelt im Vorbeigehen. Ihr Mann grüßt den Pastor mit einem kurzen »Moin«.

»Die Leute haben Angst, dass es einer von uns ist, ein Nachbar. Wie bei den Fällen im Wendland. Sie wollen hören, dass kein Dörfler in Frage kommt«, nimmt Jens das Gespräch wieder auf.

»Das kannst du ihnen nicht versichern.«

»Natürlich nicht.«

»Teilst du ihre Angst?«

»In allen Menschen ist ein Abgrund. Wissen wir beide seit Kindertagen.«

»Trotzdem würde es dich schlimmer treffen, weil du bei jedem eine Seele voraussetzt und glaubst, sie fassen zu können.«

»In allen Menschen lebt etwas Erhabenes. Das suche und finde ich bei jedem.«

»Nur weil du so lange in den anderen hinein schaust, bis er zu deinem Spiegel wird. Das Erhabene, Jens, stirbt oder flieht den Menschen, der grausam handelt. So einer ist dann kaputt, leer. Wenn er es nicht schon vorher war. Seelenlos.«

»Du machst dir viele Gedanken. Weil du an Viola und Celina hängst?«

»Nein, meistens gingen sie mir auf die Nerven wie jedem hier.« Jens lacht. Wir sind am Kanal angekommen. Von der gegenüberliegenden Seite verbellt ein Rauhaardackel den Schwarzen, der das Gekläff ohne Antwort lässt. Ich leine ihn ab, auf unserer Uferseite ist noch niemand mit Hund zu sehen.

»Gehst du mit mir essen, wenn in einer Stunde keiner gebissen hat?«, fragt Jens und reicht mir Angel und Kescher aus meiner Tasche.

»Hat das Restaurant an der Schleuse dann noch auf?«

»Während der Saison durchgehend warme Küche.«

»Erst jahrelang keine und dann zwei Einladungen zum Essen.«

»Für heute? Ist Stehle der andere?«

»Er will für mich kochen. 20 Uhr in Carstens Ferienhaus. Dort wohnt er.«

»Dachte, du magst keine Alkoholiker.«

»Hab nicht vor hinzugehen.« Jens' Schultern fallen aus der Anspannung. Der Schwarze bellt. Er hat einen Fisch springen sehen.

Nachdem man herausgefunden hatte, dass meine Eltern mehrere Wochen nicht mehr im Haus gewesen waren, ich mich in der Zeit allein versorgt hatte, fragte man mich nicht, wo ich bis zu ihrer Rückkehr bleiben wollte. Ich wurde nach Breeke zu den Eltern meiner Mutter gebracht, obwohl Jens' Familie, die in meinem Dorf lebte, angeboten hatte, mich aufzunehmen, denn wo für vier Lütte Platz war, zwei leibliche und das adoptierte Zwillingspaar, machte ein weiteres Kind keinen Unterschied. Bei den Vossens zu wohnen, hätte mir sehr gefallen. Jens' Mutter gehörte mein Herz seit dem zärtlichen Moment im Auto, während dem sie meine Wange gestreichelt hatte. Ich mochte Oma und Opa, aber noch lieber hätte ich Geschwister gehabt und Eltern, die es lustig fanden, wenn man sich auf einer Luftmatratze in die weite Welt treiben ließ.

Ich war neun Jahre alt und konnte über den Verbleib der Eheleute Uhlen nichts sagen, nur, dass sie vorgehabt hatten, ihren Hochzeitstag in Hamburg zu feiern, von wo sie nicht zurückgekehrt waren. Nein, ich hatte mir keine Sorgen gemacht, weil ich ja noch ein Kind und nicht die Hüterin meiner Eltern war. Erwachsene wissen, was sie tun, haben immer recht und Lütte den Mund zu halten. Nur einer der Polizisten wunderte sich, dass ich nicht weinte, aber er fragte nicht, was in meinem Kopf vor sich ging.

»Du schweigst so laut wie manchmal mein Großvater«, sage ich und werfe den Gummiköder mit dem Schwung der Angelrute ins Wasser.

»Wie geht es Erwin?«

»Er isst mit Appetit und macht täglich ein paar Schritte im Garten. Emma hat bis auf die Obstbäume alles rausgerissen und Rasen gesät, damit er nicht stolpert. Er schlurft gern mit nackten Füßen durchs Gras.«

»Wie alt ist er jetzt?«

»Wird im August 90.« Ich hole die Schnur ein und klemme das Ende an der Angelrute fest. Als ich alles in der Tasche verstaut habe, fällt mir auf, dass Herr Schwarz fort ist. Weder kanalaufwärts noch Richtung Schleuse sehe ich einen Hund auf dem Deich.

»Was?«

»Mein Hund …« Jens blickt sich um, sagt: »Der stromert am Abhang durchs Gebüsch.« Ich rufe Herrn Schwarz, der seinen neuen Namen so wenig kennt wie irgendwelche Kommandos, aber meine Stimme ist ihm vertraut und erregt immer seine Aufmerksamkeit. Jens verlässt den Deich und verschwindet »Hund« rufend im Hang zur Schleuse. Ich nehme die entgegengesetzte Richtung, ebenfalls rufend. Nach 50 Metern höre ich ein Bellen, im Auslaut schrill, beinahe wütend. Als ich den Schwarzen entdecke, zerrt er an einer Badetasche, die sich tief in einem großen Ginsterbusch verhakt hat. Jens kommt gelaufen, hält mich an einer Hand, dass ich beim Greifen nach der Tasche nicht nach unten abrutsche.

»Aus!«, brülle ich den Hund an, der den rosafarbenen Hello-Kitty-Beutel nun mir überlässt. Noch bevor ich wieder neben Jens und dem Schwarzen auf dem Deich stehe, weiß ich, wessen Tasche das ist.

»Die gehört den Mädchen.«

»Bist du sicher? Kennst du ihre Sachen?«

»Nicht alle, aber im Gebüsch liegt unten was Gelbes und was Rotes. Das sind Violas und Celinas Fahrradhelme. Die kenne ich.«

Jens ruft die Polizei an, sagt, auf welcher Höhe wir stehen, und versichert, dass wir warten. Der Stoffbeutel ist zugeknotet. Noch immer halte ich ihn an der Stelle, wo ich ihn zu fassen bekam. Herr Schwarz wartet auf einen Anteil an der Beute. Er bellt Richtung Tasche, sieht mich auffordernd an. Ich sage »Nein« und »Aus«, aber er antwortet mit einem Knurren, das mich erschreckt.

»Vielleicht ist was zu essen drin?«, fragt Jens.

»So kenne ich ihn gar nicht. Selbst als er verletzt war und ich ihn mit Carsten ins Auto gelegt habe, hat er nicht geknurrt. Kannst du bitte die Leine holen? Liegt bei den Angelsachen.« Als Jens unter erneutem liturgischem Gebrabbel Herrn Schwarz anleint und festhält, entspanne ich den Arm mit der Tasche, bleibe aber in sicherer Distanz zum Hund.

Die Polizei braucht fast eine Stunde. Meine Wasserflasche ist leer wie mein Magen. Wir zeigen ihnen den Ginsterbusch. Ich werde endlich die Tasche los, die der Beamte in einen großen Plastikbeutel steckt. Nachdem wir versichert haben, dass keiner die Helme angefasst habe, die Tasche nur vom Hund und mir berührt worden sei und ich dazu bereit, zwecks Aussage morgen in die Kreisstadt zu kommen, dürfen wir endlich gehen.

Während wir auf der Terrasse des Schleusenrestaurants sitzen mit Blick zur eingezäunten Wiese, sprechen Jens und ich kein Wort über unseren Fund. Zu eng stehen die Tische beieinander. Dass die Kellnerin wissen wollte, ob wir auf dem Weg hierher die Polizei getroffen hätten, war uns eine Warnung.

»Hast du deine Oldies je vermisst?«, fragt Jens leise, unser altes Synonym für Eltern verwendend.

»Nie. Vermisst du deine noch?« Die Kellnerin kommt mit einem großen braunen Tablett auf der Schulter an unseren Tisch. Sie setzt Jens Spaghetti, mir eine Fischplatte vor und eilt zu den Radtouristen, die auf ihre Alsterwasser warten.

»Nicht mehr jeden Tag«, antwortet Jens und beginnt zu essen.

Wir verabschieden uns hinter dem kleinen Wäldchen, vereinbaren, dass wir uns in den nächsten Tagen wiedersehen. Lange schauen Herr Schwarz und ich ihm hinterher, dem Riesen auf seinem zu kleinen Damenrad, der an der Landstraße links ins Nachbardorf abbiegt. Sein Elternhaus hat Jens nach ihrem Tod verkauft mitsamt der nicht auffüllbaren Leere, die auch die Geschwister von der Übernahme des Hauses abhielt. Seit der Rückkehr aus dem Tschad wohnt er im Pfarrhaus seiner Stammgemeinde Diekenkamp. Nicht nur sein Drang in die Welt und die Fähigkeit, von ihr zu erzählen, auch was uns die jeweiligen Oldies an Liebe und Hass vorgelebt haben, verhinderte unsere Verbindung. Jens ahnte früh, dass die Liebe seiner Eltern, die der Krebs des Vaters nicht auseinander zu reißen vermochte, ein Vorbild war, unter dem wir vielleicht versagt hätten, so wie ich wusste, dass mich die beispielhafte Hassliebe meiner Eltern einholen würde, wenn ich versucht hätte, es anders zu machen. Außerdem hatte Jens von Kindesbeinen an genug Heimat in sich, dass er sie nach dem Freitod seiner Oldies verlassen konnte, während ich schon nach einer einzigen auswärtigen Nacht innerlich verloren gehe. Ich wollte diesen körperlich und seelisch unversehrten Mann, der früh davon träumte, die Welt besser zu machen, der mein heimlicher Fixstern ist, nicht aus der Bahn werfen, ihm meine Scherbenseele nicht aufbürden, seinen Glauben an das Gute in mir nicht mit einer Todsünde auf die Probe stellen.

Fernsehen und Presse sind zurück, sie stehen im Rosenkamp vor Beates Haus. Ich habe Lisa Buntrock, die Redaktionssekretärin der Tageszeitung, in Verdacht. Wer mit dem Moped Eichhörnchen überfährt, verkauft auch die Intimität des Wohnortes und der Nachbarn. Die Metze winkt mir im Vorbeifahren zu, als seien wir beste Freundinnen. Mit dem Reiher-Öl, das ich durch ein gekipptes Fenster in ihr Haus spritze, werde ich auch ihr Auto verpesten. Bei meinem Fangglück brauche ich den widerlich stinkenden Lockstoff ohnehin nicht.

Herr Schwarz ist noch immer verstimmt. Als ich die Hello-Kitty-Tasche übergab, schäumte die blanke Wut aus seinen Lefzen. Jens musste die Leine mit beiden Händen fassen und ich dem Beamten erklären, dass mein Hund nicht auf Polizisten abgerichtet sei, sondern einen Narren an der Tasche gefressen habe. Ich lege ihm eine Handvoll geschnorrter Kotelettknochen in den Napf. In Anwesenheit des Pastors schlägt keiner eine Bitte ab: »Die Küchenhilfe musste sie aus dem Restebehälter fischen«, greinte die Kellnerin beim Überreichen der Tüte und sah Jens an, als erwarte sie, gesegnet zu werden.

Denke ich an die Situation am Deich, erinnert sich meine rechte Hand ans raue Gefühl des rosa-weißen Stoffes, als hielte ich ihn noch immer. Warum wusste ich, dass es der Beutel der Mädchen ist, noch bevor ich die Helme zwischen den Zweigen auf dem Boden wahrgenommen hatte? Warum sind wir manchmal von einer Sekunde zur nächsten im Besitz einer Wahrheit, die wir nicht gesucht haben?

Um mein Talent, vom Teil aufs Ganze zu schließen, weiß ich seit der Fernsehshow *Dalli Dalli*. Kein einziges Dalli-Klick-Spiel haben Opa und die Rosenthal-Kandidaten damals gegen mich gewonnen. Bevor mein Sprachzentrum das Wort Rot und Gelb nur denken konnte, hatte eine andere Sektion des Gehirns die Farbsplitter, die beim Griff nach der Tasche am unteren Rand meines Sichtfeldes aufgetaucht waren, längst als die Helme der Mädchen identifiziert.

Immer hat meine Großmutter nach oben in den Himmel gesehen, bevor sie das Wetter des kommenden Tages prophezeite mit einer Sicherheit, als mache sie es selbst. War ich in der Nähe, zwinkerte sie mir zu. Deshalb dachte ich, der Blick nach oben sei ein Trick, um zu verschleiern, dass sie in Wahrheit ihr Wissen erfinde. Bald jedoch bewies meine heimlich geführte Statistik, dass Oma stets Recht behielt. Es dauerte bis in den Herbst, wenn die Bauern zu ihr in die Küche kamen, wo sie vor lauter Rührigkeit einmal vergaß, von den Töpfen aufzusehen und zum Fenster hinaus, als ich verstand, dass der Blick dazu diente, Rückfragen zu vermeiden, ob sie auch wirklich sicher sei und wie sie das Wetter, ohne in den Himmel zu sehen, vorhersagen könne.

»Aber wie weißt du es dann, Oma?«

»Ach Lüttchen«, sagte sie und kniff mich mit ihrer knochigen Arbeitshand in die Wange, »manches Wissen trägt man in sich, anderes sucht und findet dich, die Augen brauchst du für keins der beiden«. Dann küsste sie mich auf die rote Wange, drückte meinen Kopf an ihren Bauch und fragte: »Hörst du es?«

»Was denn?«

»Wie er redet?«

»Er rumpelt und gluckert.«

»Dann gibt es Gewitter.« Sie lachte.

»Du hast das Wetter im Bauch?«

»Das Wissen, Lüttchen.«

Die Naturwissenschaft und das Übersinnliche führten in meinen Großeltern eine liebevolle Ehe. Das Einzige, was Erwin nicht mochte und Lisbeth irgendwann kategorisch verbot, waren Vorhersagen zum Sterbetag seiner Patienten. Niemals hat Oma der betreffenden Person gesagt, dass sie nur noch ein halbes Jahr zu leben habe oder bis übermorgen ihre letzten Dinge erledigen solle. Es war ohnehin Zufall, wenn sich ihr Weg mit einem Schnitter-Kandidaten kreuzte, der vorne zur Praxis hereinkam oder sie gerade verließ, denn wir betraten das Haus durch die Küchentür auf der Rückseite. Oma machte am Abend bei

Tisch dann eine Andeutung, etwa indem sie fragte: »Wann hat der Fritz den nächsten Termin?« Weil sie auch mit diesen Prophezeiungen immer Recht behielt, der Arzt in Großvater aber keine Einmischung duldete, untersagte er ihr irgendwann selbst den zartesten Hinweis. Oma hielt sich auch beim eigenen Tod an jenes Verbot. Hinter Erwins Rücken hatte sie die letzten Dinge geregelt, Emma ihren Segen und Erwins Lieblingsrezepte gegeben, falls sie ihn heiraten würde. Gewiss hat sie ihre Freundin auch in den Umgang mit Opas Blindheit eingewiesen.

Zwei Tage, bevor sich Oma zu ihrem ewigen Nachmittagsschlaf hinlegte, stand sie zur Mittagszeit unangemeldet vor meiner Tür.

»Ist was mit Opa?«, fragte ich überrascht.

»Nicht mit ihm, Lüttchen.« Das Mittagessen, das sie im Fahrradkorb mitgebracht hatte, war noch warm. Wir aßen in der Küche. Meine Tränen machten ihren Eintopf zur Wassersuppe. Bevor sie am frühen Abend nach Hause aufbrach, wollte sie meinen Garten sehen. Sie bewunderte die Kräuterbeete, Blumen und Sträucher, staunte über die Pracht des Pflaumenbaums, den die Zwischenmieter des Hauses fast ruiniert hatten. Am hinteren Ende angelangt, blieb sie stehen, schaute noch einmal rundum und flüsterte mir ins Ohr: »Wollte mich auch von meiner Tochter verabschieden.«

»Du hast es gewusst«, klagte Erwin bei der Beerdigung.

»Ja.«

»Weil sie es dir gesagt hat.«

»Ja.«

»Bei ihrem Besuch am Montag.«

»Ja.«

»Mir hat sie nichts gesagt!«

»Bist du sicher, Opa?«

»«Ich leg mich hin», hat sie gesagt. Emma hat es auch gewusst!«

»Ja.«

»Weil sie es ihr gesagt hat.«

»Ja.«

»Warum nicht mir?«

»Du hast ihr das Sprechen über den Tod verboten.«

»Weil man den Tod nicht in ein Arzthaus hereinredet.«

»Es gibt Ärzte, die sehen den Tod als Teil des Lebens.«

»Die sind dumm! Das Sterben gehört zum Leben, der Tod ist sein Feind. Man muss ihn leugnen, dann geht er seiner Wege.«

13. Juli

Lotrecht fällt er seit den Morgenstunden aus grauem Himmel. Kein prasselnder Regen mit schweren Tropfen, der binnen Minuten jede Farbe nachdunkelt, sondern ein sachter, den die überhitzte Natur in feinen Dunst verwandelt, ehe sie ihn einatmet.

Bin letzte Nacht unterm Pflaumenbaum eingeschlafen, neben mir der Schwarze, den die frühen Tropfen zuerst weckten. Bevor er durch den Wintergarten ins Haus schlurfte, legte er eine Pfote auf meine Brust. Sein neuer Schlafplatz, eine Decke im Flur, interessierte ihn nicht. Er rollte sich wie immer neben meinem Bett zusammen. Als Unterlage schnappte er sich meinen Morgenmantel. So sitze ich halbnackt und allein in der Küche mit einer Tasse Kaffee und der Tageszeitung, die ihre erste Seite mit dem Fund der Hello-Kitty-Tasche und der Kinderhelme aufmacht. Von einer Pressekonferenz ist die Rede, angeblich mit Beteiligung der Eltern. Kein Wort über die Polizeiaktion in Haukes Scheune, der Text schließt mit einem großen Foto ab. Ich überlege, ob ich mir Beates Fernsehauftritt anschaue, und schäme mich dafür.

Nicole Petersen hatte Viola und Celina im Freibad mit dem Handy fotografiert. Alle Medien verwenden diese Aufnahme. Mein Blick fällt auf die Gesichter der Mädchen. Viola hockt halb verdeckt hinter der jüngeren Schwester, ihr Kinn auf Celinas Kopf gestützt, ihre Arme um deren Körper geschlungen. Celina hat wie ein frierendes Äffchen die Beine bis zur Brust angewinkelt. Der doppelköpfige Kindergott lacht in Nicoles Richtung. Gut auf dem Foto zu erkennen, dass beide Mädchen braune Haare haben. (Seit wann werden Tageszeitungen in Farbe gedruckt?) Die exakt gleiche Zahnlücke, die sie als Beates Kinder ausweist, ist das erste augenfällige Detail. Auf den zweiten Blick wird deutlich, wie wenig sie sich unterscheiden. Celinas Wangen sind etwas runder, an der Nase noch Babyspeckreste zu erkennen. Die Form der Augen aber, ihre blaue Farbe, das Jochbein, die Stirn und der Haaransatz – in allem gleicht die jüngere der älteren Schwester. Einzig der Übermut fehlt ihr. Auch wenn man das Bild nur flüchtig betrachtet, weiß man sofort, welches Mädchen führt, welches folgt.

Dass ältere Geschwister stärker und weiter entwickelt sind, ist die Regel, ich kenne fast nur Ausnahmen. In Willems Familie war er als drittes Kind klüger und kräftiger als die erstgeborenen Mädchen. Jens hat mir einmal erzählt, dass seine ältere Schwester schier verzweifelte, weil er mit drei Jahren mehr Kraft in den Armen hatte als sie, was das Mädchen derart verunsicherte, dass es bei der Mutter die Geburtenreihenfolge nachfragte. Carstens Bruder Ralf wird immer ein Kindskopf bleiben, weswegen die Leute Carsten fälschlicherweise für den Älteren halten. Viola und Celina aber sind in der Norm. Beate hatte Viola anlässlich des fünften Geburtstags gefragt, welches Spielzeug sie sich wünsche. Ihre Tochter antwortete, sie habe ja Celina, mit der könne sie prima spielen. Daran erinnert, dass Celina ihre kleine Schwester sei und mit einem Spielzeug, etwa einem Ball oder einem Roller, nicht vergleichbar, sagte Viola: »Weiß ich, Mama! Ich verleihe sie nicht.« Ihre Spielsachen gegen eine Gebühr zu verleihen, war damals Violas liebstes Geschäft. Als Zahlungsmittel akzeptierte sie nur Schokolade, weil Beate ihre Kinder von Süßigkeiten bis zum Schuleintritt fernhält.

»Ich glaube nicht, dass du deine Älteste erziehst. Die ist mit ihrem eigenen Konzept auf die Welt gekommen«, meinte ich, als mir Beate von der Verleihsache erzählte. Heute ist Viola acht Jahre alt; ich hoffe, sie macht einen guten Deal für sich und ihre Schwester mit dem, der sich die beiden ausgeliehen hat.

Es regnet nicht mehr. Ich sollte endlich in die Kreisstadt fahren, um meine Aussage zu machen. Hätte der Hund doch etwas anderes gefunden. Als gute Sache kann man den Fund der Tasche und Helme nicht deuten. Dass diese Dinge hier sind, beweist das Fehlen der Mädchen, beweist, dass sie wirklich verschwunden sind und nicht für ein paar Tage bei ihren Vätern, nicht im Bett mit Masern oder Mumps, sondern aus unserem Zusammenhang gerissen. Vielleicht sind sie von einem Binnenschiffer gestohlen worden? Die Fundstelle lag nicht weit vom oberen Vorhafen der Schleuse, wo die Schiffer mit Hilfe der Rampe oder dem Kran ihren Pkw an Land fahren oder heben können.

Die Sonne vertreibt letzte Wolkenfetzen, 28 Grad zeigt das Außenthermometer. Ich könnte mit dem Fahrrad in die Stadt fahren und wäre nach elf Kilometern nass geschwitzt. Der Hund schafft die Strecke noch nicht. Mit dem Zug dauert es acht Minuten, mit dem Bus fünfundzwanzig, für die Tickets müsste ich fünf Euro bezahlen. Ob die Polizei mir das Geld erstattet? Ich will nicht in diese triste Kreisstadt, deren einziger schöner Teil ein begrifflicher Widerspruch ist: der Stadtwald. Eine ausführliche E-Mail an die Polizei wird genügen.

»Oma wüsste, ob die Mädchen noch leben«, sage ich mehr zu mir als zu Erwin.

»Hm.«

»Früher wollte ich unbedingt ihre Gabe und habe sie danach gefragt.«

»Was hat sie geantwortet?«

»›Wünsch dir was anderes‹, hat sie gesagt, ›Wissen ist eine Bürde‹.«

»Hm.«

»›Aber ich könnte dem Unglück ausweichen, wenn ich wüsste, wo es mir auflauert‹, habe ich erwidert.«

»Und?«

»›Glück oder Unglück, dem Leben kann man nicht ausweichen‹, war ihre Antwort.«

»Du denkst viel an sie. Bist einsam?«

»Nicht mit dir und dem Schwarzen. Du?«

»Das Warten auf den Tod langweilt mich.«

»›Mit einem Arzt tut er sich schwer‹, deine Worte.«

»Warst als Kind schon aufmerksam.«

»Bei meinen Eltern eine Frage des Überlebens. Ich verstehe bis heute nicht, wie ihr so eine Tochter machen konntet.«

»Meine war sie nicht.«

Plötzlich ist da ein Rauschen. Ich sehe Erwin in der Erwartung an, dass er gleich die Lider öffnet und mich wie früher mit hellgrauen Augen so lange fixiert, bis seine Worte in mich eingedrungen sind. Kein Satz fällt mir ein, mit dem ich diese Ungeheuerlichkeit auffangen könnte. Ich habe mich nicht verhört, der Blinde auf der anderen Seite des Tisches hat laut und deutlich gesprochen, mir seine Wahrheit wie einen Klumpen rohes Fleisch hingeworfen. Ich kann nicht vortäuschen, ihn nicht verstanden zu haben. Und er? Trinkt einen Schluck Wasser, stellt sein Glas zurück in den feuchten Rand, schweigt. Woran misst er die Wirkung seiner Worte, wenn es nadelstill ist? Stellt er sich jetzt mein Gesicht vor? Spürt er meinen Blick?

»Und weil dir todlangweilig ist, nimmst du mir den Großvater?« Mein Hund, der vor der offenen Küchentür geschlafen hat, steht auf, kommt an den Tisch, legt seinen Kopf auf meinen Oberschenkel.

»Hättest du es lieber nicht gewusst?« Mein Mund öffnet sich, aber die Worte kleben wie Karamell an den Stimmbändern. Nächster Versuch – ich atme, weine nicht, sage: »Was für eine gemeine Frage! Nachdem du entschieden hast, dass ich es wissen muss, soll ich das im Nachhinein absegnen? Sicher nicht! Und versuch nicht, mir weiszumachen, es sei dir rausgerutscht. Ich kenne keinen, der seine Worte länger abwägt als du.« Wieder greift Erwin nach seinem Glas. Ich wünschte, er würde es umstoßen, dass es auf den Boden knallt und zerspringt.

»Ich wollte es dir sagen, wenn du mir die Feldflasche zurückgibst. Hoffte, du fragst mich wieder nach dem Krieg, hatte mir alles zurechtgelegt, die ganze Geschichte. Jetzt hast du selbst von ihr angefangen. Das war eine Gelegenheit. Dachte, du nimmst es leicht. Genetik ist nicht alles – deine Worte, Sibylle.« Seit er zu sprechen begonnen hat, laufen Tränen über mein Gesicht, die rechte Hand legt sich über die Augen des Schwarzen. Er zieht den Kopf weg, schaut mich an, als wäre es an der Zeit zu gehen. Mein Blick wandert durch die Küche, hält sich am großen Riegelgriff des Kühlschranks fest. Was tun? Bleiben, reden, schweigen? In irgendeiner Schublade muss ein Werkzeug liegen, das die neue Wahrheit ins Stillleben dieser Sechzigerjahre-Küche einfügt.

»Willst du den Rest wissen?« Der Schwarze macht einen Laut, als verbitte er sich die Unterbrechung unserer Kommunikation. Er schaut von mir zur offenen Küchentür. Wie *Lassie*, denke ich, wenn sie ihre Leute aufforderte, mit ihr zu kommen. Und endlich fällt mir ein, welcher alte Ort verlässlich Trost spendet. Ich stehe auf, nehme die Feldflasche aus meinem Rucksack, stelle sie auf die Anrichte und folge dem Schwarzen durch die Tür hinaus in den Garten zur Straße Richtung Schleuse.

Er kennt den Weg von Breeke zum Kanal, wo wir uns das erste Mal begegnet sind. Vom Preetz-Hof, den wir linkerhand passieren, hat er allein zu mir zurückgefunden. Wie ein Sherpa trottet der Hund voran, ohne meine Last. Ich schlurfe ihm nach, den Blick gesenkt, weinend, hoffend, dass uns niemand begegnet. Eine unbändige Wut auf Erwin kämpft mit der Enttäuschung über das Schweigen meiner Großmutter. Sie wollte nicht, dass ich davon erfahre, sonst hätte sie es mir gesagt. Meine Mutter wusste sicher nichts. Sie würde bei passender Gelegenheit ihr Wissen benutzt haben, um mich meinen Großeltern zu entfremden. Ihre Eifersucht war bei unseren Sonntagsbesuchen immer spürbar. Damals konnte ich nicht verstehen, dass sie jede liebevolle Geste ihrer Mutter zurückwies. Gierig nach Zärtlichkeit sprang ich in die Lücke, die sich zwischen den beiden Frauen auftat, und nahm Omas Hinwendungen entgegen. Wenn meine Mutter merkte, dass sie außen vor war, drängte sie ihren Mann zum Aufbruch. Ihn aber hielt Erwin fest im Griff, unterhielt sich mit dem Schwiegersohn über Probleme in der Stadtverwaltung, bei der mein Vater angestellt war. Meine Mutter trollte sich in Begleitung der Cognac-Flasche nach draußen. Ein einziges Mal erhaschte ich einen Blick zwischen Oma und Opa, der andeutete, dass eine Strategie aufgegangen war. Die Zärtlichkeit, mit der mich Oma dann an ihrem großen Busen herzte, und der Holzkreisel, den Opa ungesehen in meine Rocktasche gleiten ließ, während er zum Abschied meine Hand tätschelte, machten mich glücklich. Nun fühle ich mich außen vor, bin gekränkt, weil meine Zieheltern ein Geheimnis gehütet haben. Zum zweiten Mal bin ich mir heute peinlich. Über Jahrzehnte nicht eingeweiht worden zu sein, trifft mich härter als die Neuigkeit, dass Erwin nicht der Vater meiner Mutter war.

Stehle sitzt wieder auf der Bank im Wald vor der Schleuse. Ich wische mir die Tränen aus dem Gesicht. Er gibt vor, in der Zeitung zu lesen, hat uns aber längst gesehen.

»Ich habe nicht damit gerechnet, dass Sie meine Einladung annehmen. Sie brauchen also kein schlechtes Gewissen haben.« Er rückt ein Stück zur Seite, faltet die Zeitung zusammen. Dem Schwarzen ist Stehle egal, hechelnd sinkt er ins vertrocknete Moos. Auch mich hat der eine Kilometer in der Mittagssonne geschafft. Klebrige Schwüle liegt wie schwere Laken überm Land.

»Rotkäppchen und der Wolf sehen aus, als könnten sie Wasser vertragen.« Stehle greift nach seinem Stoffbeutel.

»Danke, wir sind Selbstversorger.«

»Machen Sie diesen Weg täglich?«

»Mehrmals die Woche, ich besuche einen alten Mann in Breeke.«

»Liegt er im Sterben?«

»Wieso?«

»Sie haben geweint.« Er sieht mir in die Augen, ich wende mich ab, hantiere an meinem Rucksack, fülle dem Hund eine halbe Flasche Wasser in die Schüssel; mit der restlichen Hälfte schlucke ich meine Gefühle hinunter.

»Gräserallergie. Unschön, wenn man hier lebt.« Er glaubt mir kein Wort.

»Übrigens, ich habe Ihr letztes Buch gelesen. Wollte beim Essen mit Ihnen darüber sprechen.« Dankbar für den Themenwechsel nicke ich aufmunternd, aber der Kollege lässt sich bitten: »Und? Wie fanden Sie es?« Stehle schlägt ein Bein übers andere. Seine khakifarbene Shorts, die kaum zur Hälfte der Oberschenkel reicht, erinnert mich an ein Foto von Hemingway. Anstelle des Military-Hemds trägt er ein graues T-Shirt ohne einen einzigen feuchten Fleck. Seine Stirn ist trocken, unter den Achseln nicht die Andeutung von Schweiß, während er an mir in Strömen hinab rinnt.

»Interessant. Im heiteren Erzählton klingt durchgängig ein Hauch Bedrohlichkeit.«

»Unser Verleger findet es betulich. Kurt hat mich auf Lesereise in Großstädte geschickt, damit ich eine Idee vom Real Life bekomme.«

»Betulich? Sicher nicht. Stadt und Land sind längst keine Gegensätze mehr. Dieses Dorf ist zwar ein Mikrokosmos, aber doch nur einen Augenblick vom Stadtleben entfernt. Vielleicht hat Kurt sich von der Oberfläche des Textes blenden lassen. Heutzutage kann keiner mehr irgendwohin aussteigen. Das Internet fesselt uns aneinander, egal, wo wir uns aufhalten.« Ob Stehle weiß, dass man ihm die Begeisterung für sich selbst ansieht?

»Wie hat Ihnen Rausch gefallen?«

»Ganz schön eingebildet, Herr Kollege.« Er versucht ein gleichgültiges Grinsen, aber die Neugier auf mein Urteil hat seine Mimik fest im Griff. Ich zähle stumm bis dreizehn, ehe ich weiterspreche: »Bin nach den ersten Seiten eingeschlafen.« Sein Blick wandert durch mein Gesicht wie der eines Schönheitschirurgen: »Ihre Abneigung gegen mich hat das Buch aufgeschlagen – richtig?«

»Wie schnell einem das eigene Vorurteil auf den Kopf plumpsen kann: Es war mitten in der Nacht und ich müde.«

»Ach so«, sagt er und lächelt, als sei er verlegen.

»Ich trenne Person und Werk, umso mehr, je weniger ich den Autor mag. Ein Text steht und fällt für sich selbst. Als ich las, dass Rausch Kritiker und Publikum begeistert hat, war ich neidisch auf Sie. Keines meiner Bücher hat es ins Feuilleton geschafft und viel Geld eingebracht. Aber bevor ich in Selbstmitleid versinken konnte, wurde ich an meine eigene Urteilsfähigkeit erinnert. Ihre Schwarte ist dick, das wird dauern.«

»Von dem alten Mann, den Sie in Breeke besuchen?« Ich nicke. Stehle verstummt für den Moment, aber Menschen wie er halten ein Schweigen nicht lange aus. Da spielt der Beruf keine Rolle, macht es keinen Unterschied, ob einer Schriftsteller oder Bankkaufmann ist. Stadtmenschen brauchen das City-Rauschen, einen großen dicken Klangteppich unter den Füßen. Nicht, dass wir den auf dem Land nicht hätten, aber unsere Geräusche drängen sich nicht auf, jedes ist vereinzelt, keines beansprucht eine eigene Frequenz. Hier muss man die Ohren spitzen, sich hinhören zu den Vögeln der blauen Stunde: Gartenrotschwanz, Rauchschwalbe, Singdrossel. Wenn der Wind aus Nordosten weht, klingt manchmal das tiefe Signalhorn der Schubverbände vom Kanal herüber; die Müllabfuhr kommt montags, Kirchenglocken läuten einmal im Monat und bei einer Hochzeit. Die Sirene der Freiwilligen Feuerwehr lässt jeden wegen der Seltenheit sofort aufhorchen. Mein liebstes Geräusch macht der Kuckuck, der zwei Jahre nicht mehr bei uns war. Wenn die Kraniche aus dem Winterquartier zurückkommen, übers Dorf hinweg nach Nordosten ziehen, tränen meine Augen. Das Ssssippp von

Carstens Tauben höre ich, wann ich will. Ich habe es in meine Trommelfelle geflochten. Auch Violas und Celinas Singsang auf ihrem Heimweg von der Schule, wenn sie sich ungehört fühlen, könnte ich jederzeit in Stereo abrufen …

»Woran denken Sie?«, fragt Stehle.

»An den Klang von Mädchenstimmen.«

»Den der vermissten Mädchen?«

»Hm.«

»Sie haben mich mit ihnen an der Kirche beobachtet, wie ich durch die Polizei erfuhr.«

»Nicht beobachtet, gesehen.«

»Dann erfassen Sie Details aber extrem gut. Sie müssen durch das Gebüsch gelinst haben, sonst hätten ich und die Kinder Sie auch bemerkt.«

»Nicht gelinst, geschaut. Selbstverständlich kenne ich die Tableaus meines Dorfes inklusive jahreszeitlicher Veränderungen. Komme ich an der Kirche vorbei und die immer freie Bank ist mit drei Leuten besetzt, registriere ich das. Meine Wahrnehmung wurde früh geschult. Ohne Ankündigung trug die Lehrerin ein Tablett mit verschiedenen Gegenständen durchs Klassenzimmer. Sie verließ den Raum und kam mit leeren Händen zurück. Wir sollten ihr sagen, an welche Dinge auf dem Tablett wir uns erinnern.«

»Sie haben immer gewonnen und Fleißkärtchen gesammelt?«

»Nicht neidisch sein, Stehle. Glauben Sie, am Klischee von der sozialen Kontrolle in einem Dorf sei nichts dran?« Er wischt eine imaginäre Fliege vom Knie.

»Die Befragung durch die Polizei war alles andere als soft. Die haben sich vom Klischee des eiskaufenden Kinderschänders noch nicht verabschiedet.«

»Ihre Befindlichkeit hat gegen die der beiden Mädchen nicht die geringste Bedeutung.« Stehles Blick flackert einen Moment, als suche er im Register nach der richtigen Antwort.

»Stimmt«, sagt er plötzlich mit fester Stimme. Während wir schweigen, erinnere ich mich an das Tableau Stehle-Viola-Celina: Im Hintergrund die Kirchenmauer, vor ihnen der Friedhof. Die ältere Schwester redet, beide halten Eistüten in der Hand, der rechte Arm Stehles liegt auf der Rückenlehne, er beugt sich zu den Schwestern, hört Viola zu, ihr Eis tropft auf den Schulranzen.

»Woher kamen die Eistüten, die die Mädchen in den Händen hielten?«

»Wie bitte?«

»Das Eis – Sie haben gerade gesagt, dass Sie es den Kindern gekauft haben. Wo?« Stehles Augen flackern. Fast sehe ich durch sie hindurch. Hinter den Glaskörpern glimmen unzählige Synapsen von den Stromstößen, die durch sein Gehirn jagen. Meine Frage hat ihn überrascht.

»Im Supermarkt.«

»Wie muss ich mir das vorstellen? Sie gehen die Dorfstraße runter. Auf der Höhe von Netto oder Edeka treffen sie die beiden Mädchen. Viola und Celina kommen aus der Schule, die auf der anderen Straßenseite liegt. Die Mädchen sprechen Sie an, fragen, ob Sie ihnen Eis kaufen. Vom Laden bis zur Kirche sind es für die Kinder, die neben Ihnen hergehen, weil Sie kein Fahrrad haben, zehn Minuten. An dem Tag waren es über 30 Grad. In der Zeit wäre das Eis in der Sonne geschmolzen, auch wenn die Lütten es nicht sofort ausgepackt hätten. Was ich an der Kirche gesehen habe, waren Kinder mit einem relativ frischen Eis. Viola hat vermutlich von ihrer Oma erzählt, sie deutete auf ein Grab vor sich. In ihrer Tüte war noch so viel Eis, dass es über die Hand auf die Schultasche tropfen konnte. Celina und Sie haben ihr zugehört. Das haut nicht hin, Stehle. Sie hatten das Eis, bevor sie die Mädchen trafen, vielleicht in einer Kühlbox. Oder: Die Lütten waren vor Ihnen auf der Bank, Sie sind allein zum Supermarkt, haben das Eis gekauft und es den Kindern in einer Kühltragetasche gebracht. Bei jeder Version fehlt die Zufälligkeit der Begegnung.« Als ich ihn ansehe, fast in der Erwartung, dass er mir applaudiert, wird mir eiskalt. In seinen Augen funkelt frischer Zorn, die Lider zucken, in Stehle hat sich Spannung aufgebaut. Die Begeisterung für mich selbst hat mich vergessen lassen, wo ich bin, mit wem ich rede. Herr Schwarz schläft seelenruhig im Moos.

»Sie müssen vor allem den Rand halten! Was Sie andeuten, ist infam!« Stehle springt von der Bank hoch, geht vor mir auf und ab, holt Luft, ringt nach Worten. Jetzt ist sein T-Shirt im Rücken und unter den Achseln nass. Mein Hund kommt, stellt sich zwischen uns. Mit jeder Sekunde, die Stehle verstreichen lässt, ohne mein Argument zu erwidern, gewinne ich Sicherheit zurück. Außerdem ist das mein Dorf und er der Fremde.

»Ich muss mich vor Ihnen nicht rechtfertigen!«, brüllt er

in die Luft. Der Schwarze knurrt.

»Nichts, gar nichts habe ich mit dem Verschwinden der Mädchen zu tun. Sie waren bei mir am Gartenzaun vor ein paar Tagen. Haben sich beschwert, dass sie zuhause kein Eis bekommen, kein Taschengeld. Ja, ich habe das Eis mitgebracht zur Kirche. Schließlich hatte ich ein Sechserpack im Gefrierfach. Keine große Sache. Und jetzt kommen Sie daher, schwärzen mich bei der Polizei an und unterstellen mir dreckige Absichten. Nicht zu fassen! Wie versaut sind Sie denn? Wo sind denn eigentlich Ihre Eltern abgeblieben? Was ist das für ein Dorf, aus dem Menschen verschwinden? Soll ich Ihnen stecken, was man sich über Sie erzählt? Wie? Sie glauben, Sie hätten Heimvorteil. Vergessen Sie's, ich kann auch verleumden und besser als Sie.« Stehle hat Geifer in den Mundwinkeln. Ein Alki, der seit Stunden nichts getrunken hat, vierzig Kilo schwerer ist und wütend, schafft einen lädierten Hund und eine dünne Rothaarige vermutlich mit wenigen Schlägen. Andererseits geht es hier um zwei Kinder, zwei Nervensägen, an denen ich hänge. Meine Befindlichkeit zählt genau so wenig wie Stehles. Ich schaue nach oben in sein Gesicht. Er denkt, er hat mich mit seinem Auftritt überzeugt. Ganz langsam zum Mitgucken hebe ich die Hände und klatsche drei Mal. Herr Schwarz setzt sich hin, Blick auf mich gerichtet. Zufällig habe ich wohl ein Kommando gegeben.

»Schwach, Stehle, ganz und gar nicht überzeugend. Selbst wenn die Story stimmt, Ihre Nächstenliebe stinkt nach Gülle. Es gab eine Verabredung mit den Mädchen. Das ist der springende Punkt, den Sie nicht erwähnen. Ein alter Sack, der zwei Kindern Eis verspricht, wenn sie nach der Schule zur Kirche kommen. Wie kaputt sind Sie denn! Und meine Familie geht Sie einen Dreck an. Wo wir gerade bei Erinnerungen sind: die zehnjährige Lücke in Ihrem Lebenslauf – wo haben Sie die abgerissen? Trinkerheilanstalt oder Knast?«

Manchmal kommt nach Jahrzehnten, wenn selbst unsichtbare Narben nicht mehr zu spüren sind, jemand und macht sie sichtbar: Stehles Rückhand schießt in meine Richtung, der Schwarze springt hoch, mein Kopf fällt in die schützenden Arme – ein Reflex, von dem ich nicht wusste, dass es ihn noch gibt. Als ich Sekunden später den Kopf wieder hebe, sehe ich meinen Vater, der mit seiner linken Hand versucht, einen schwarzen Hund zu schlagen. Das Tier hat sich in seinen rechten Unterarm verbissen. Er trifft es nicht, weil er sein schmerzendes Gliedmaß samt Hund von sich wegbewegt. Sein rechter Arm weiß nicht, dass ihm der linke helfen will. Jeder kämpft für sich allein. Ich höre ein weinendes Mädchen »Mama Mama« rufen, sie soll ihr Kind retten, dem Grauen, Brüllen, Knurren, Weinen ein Ende setzen. Ich kann nichts tun, bin eine Skulptur aus Stein auf einer Bank im Wald.

Wie viele Minuten sind so vergangen? Diese unzählbaren Minuten, die zu einem Block verschmelzen. Von außerhalb der Zeit gekommen, schieben sie sich wie ein riesiger Quader in unser System, sind für eine Ewigkeit unverrückbar, unauflöslich. Und wie ein Albtraum manchmal abrupt endet, setzt die Zeit plötzlich wieder ein, als sei sie nie unterbrochen worden. Ein Schrei Stehles, sein fallender Körper, lösen die Kiefer meines Hundes, erlösen mich aus dem Stein. Preetz kommt auf uns zu. Die krumme hagere Gestalt erscheint wie der Schatten eines Engels, hinter ihm die Sonne, vor ihm ein Triptychon, in dessen Mitte ein Tier mit blutverschmierter Schnauze zu sehen ist, links am Boden ein bewusstloser Mann, rechts ich.

»Geh! Geht nach Hause«, sagt er zu uns. Herr Schwarz wedelt zaghaft mit dem Schwanz.

»Komm«, sage ich zu meinem Hund, schaue Preetz, als ich stehe, in die Augen, beuge dankend den Kopf.

Am Kanal suche ich für Herrn Schwarz und mich eine Stelle, an der wir zwischen den großen Steinen ans Ufer gelangen. Der Hund soll ein Bad nehmen, sich abkühlen nach dem Kampf und der Aufregung. Mit den Händen schütte ich Wasser über ihn, es färbt sich schwach rot. Er schnappt in die Wasseroberfläche, vielleicht aus Spaß oder nach dem Glitzern der Sonne.

»Danke, Großer«, flüstere ich in sein rechtes Ohr und streichle dem Hund die Reste meiner Angst ins nasse Fell. Auf dem Weg nach Hause machen wir einen Abstecher beim Fleischer. Zum Rinderherz, das ich für ihn kaufe, bekommt Herr Schwarz einen Kalbsknochen geschenkt, den ich ihm vorm Laden in den Fang lege. Stolz, wie nur Sieger es sind, gehen wir nebeneinander die Hauptstraße entlang. Einer singt: «No time for losers, 'cause we are the champions of the world."

14. Juli

»Das schaffst du nicht.«

»Ich bin ein Mann Gottes!« Jens lacht.

»Trotzdem schaffst du es nicht.«

»Du könntest Schmiere stehen wie früher.«

»Dein Fahrrad lehnt seit gestern Abend an meiner Rotbuche. Warte bis zum Einbruch der Nacht. Ich habe auch tageslichttaugliche Sünden.«

»Leider, es geht nicht. Heute Nachmittag stehen zwei Beerdigungen an, um sechs kommen Konfirmanden zum Unterricht. Aber danach könnte ich dir die Beichte abnehmen.« Ich lache, umarme Jens, der mich um einen Kopf überragt. Zwei lange dünne Menschen, die an einer Tür stehen, neben ihnen ein schwarzer Hund.

»Ich werde dich nicht vermissen!«

»Noch eine Sünde!«

»Eine Unterlassungssünde?«

»Eine Lüge!«

»Wenn du jetzt gehst, erzähle ich im ganzen Dorf herum, was für ein toller Liebhaber du bist.« Er zwickt mich in die Seite, macht einen halben Schritt, legt die Hand auf die Klinke: »Ich freue mich auf deinen nächsten Anruf.«

»Deine Freude wird Jahre währen.« Herr Schwarz folgt ihm bis zu seinem Fahrrad, ich bleibe an der Tür zurück. Natürlich fährt Christine gerade mit dem Auto vorbei und winkt uns. Bevor Jens auf sein viel zu kleines Damenrad steigt, wirft er mir sein schönstes Lächeln zu. Ich fange es mit einer Hand.

In den seltenen Fällen, in denen ich seelisch auf die Bretter gegangen bin, ein Zustand, aus dem mir weder Erwin noch Carsten noch Willem heraushelfen können, habe ich trotz Bedenken immer Jens angerufen. Mit ihm bin ich fast alle meine Abgründe hinabgestiegen und abgelaufen. Die Karten, die er während unserer Exkursionen angelegt hat, sind maßstabsgetreu, beschreiben meine Verwerfungen millimetergenau. Nicht, dass er die Momente meiner Verwundung je ausgenutzt hätte, ich war es, die ihn am Ende in mein Bett gezogen hat.

Der letzte Knock-out liegt über zehn Jahre zurück. Tagelang und halbe Nächte kauerte ich nach Großmutters Beerdigung zerschmettert in seinen Armen, für Stunden wütend wie eine Feuerwand gegen alles und jeden, dann plötzlich ein heulender Kindhaufen ohne Erinnerung an mich als Erwachsene. Jens ließ mich gewähren, weinen, schreien, klagen, verfluchen. Er wusch mich, bettete mich und entzog mir seine Arme nur, um Termine umzulegen, Suppe zu kochen und an meiner Stelle Anrufe entgegenzunehmen.

Lange habe ich gestern Abend gewartet, gehofft, ich befreie mich aus den Stricken, die sich morgens bei Erwin, mittags im Wald um mich gelegt hatten. Aber sobald ich die Augen schloss, hörte ich wieder die Stimmen meiner Eltern und dieses schreckliche Lied: *The Girl from Ipanema.* Irgendwann holte ich eine Flasche Wein aus dem Keller, in dem noch immer die Reserven liegen, die mein Vater vor vierzig Jahren angelegt hat. Obgleich ich nie einen Schluck seines Alkohols konsumieren konnte, entkorkte ich die Flasche in der festen Absicht, mit ihr in einen albtraumlosen Schlaf zu sinken. Vergeblich. Als ich im Glas die rote Flüssigkeit sah, tauchte aus ihr meine Mutter auf, wie sie im Wohnzimmer lag, auf dem Boden, in ihrem Blut.

Niemals wird es möglich sein, Jens in diesen Abgrund mitzunehmen, auch keinen anderen Menschen. Dass ich irgendwie am Verschwinden meiner Eltern beteiligt bin, mehr weiß als das Nichts, das ich heute noch mit dem Gesicht eines unschuldigen Kindes vor mir hertrage, ahnt er. Mehr als einmal hat mich der Mann Gottes nach der Wahrheit gefragt, zu ermuntern versucht, mich ihm anzuvertrauen. In seiner Gegenwart benutze ich das Wort verschwunden nicht mehr, weil in seinen Augen sofort alte Neugierde gepaart mit seelsorgerischem Verständnis aufleuchtet. So sehr Jens ahnt, dass ich weiß, wo meine Eltern abgeblieben sind, so sicher bin ich, dass meine Wahrheit seine Gefühle für mich zerstören würde. Ich liebe ihn für die Bereitschaft, mich zu halten, alles zu tun, was er vermag, aber ich darf ihm nicht mehr auferlegen, als er schultern kann.

»Soll ich bei Stehle vorbeifahren, nachsehen, wie es ihm geht?«

»Mir egal, wenn er an einer Sepsis stirbt.«

»Wenn du willst, rufe ich bei Preetz an.«

»Jens, wenn du dir Sorgen um Stehle machst, okay. Ich nicht!«

»Entschuldige, ein beruflicher Reflex.« Wir saßen im Wohnzimmer auf dem Sofa, das aus dem Nachlass seiner Eltern stammt. Einem Klammeraffen gleich hatte ich meine Beine um ihn geschlungen, meinen Kopf auf seine Schulter gelegt und die rechte Seite seines T-Shirts mit Tränen eingenässt. Wie nach Omas Beerdigung hing ich als untröstliches Kind an seinem Hals, er schaukelte mich sanft, brummelte weiche Worte in mein Ohr und streichelte mir den Rücken.

»Flashbacks sind nach so vielen Jahren selten«, erklärte er mir, »aber auch kein Grund zur Sorge. Manchmal liefert das Archiv nicht bestellte Erinnerungen ans Bewusstsein.«

»Ich dachte wirklich, ich sei drüber weg. Wie lang ist das jetzt her? Kaum noch wahr. Und plötzlich hebt einer die Hand und macht dich zu einem anderen Menschen.«

»Keinem anderen, Syb, zu dem Kind, das in dir wohnt mit der Sibylle, die ihm entwachsen ist. Ein schreckliches Gefühl, wenn es einen unerwartet auf Links zieht, aber keines, das nicht in jedem Trauma-Handbuch beschrieben wird.« Ich setzte mich neben ihn, legte die Beine über seine. Während er sprach, streichelte er meine Knie.

»Wo kam Preetz denn plötzlich her?«

»Die Felder am Waldrand vorm Kanal gehören ihm. Da wird er zu tun gehabt haben. Wenn nicht, ist er dem Schwarzen und mir hinterher geschlichen. Er war wohl kaum auf einem Spaziergang.«

»Großartig, dass er dir geholfen hat.«

»Deine Gutartigkeit ist rührend, aber Preetz hilft nur Tieren. Der hat gesehen, dass Stehle auf den Hund einschlagen wollte. Der Schwarze und Preetz kennen sich. Das Gefühl hatte ich sofort, als ich auf seinem Hof war. Der Hund ist dort geblieben, einen halben Tag lang. Dachte schon, das war's, bis er am Abend vor meiner Tür stand. Wundert mich, dass Preetz mir nicht auch eins mit der Schleuder verpasst hat, weil ich mich nicht gerührt habe, als der Schwarze in Not war.«

»Einigen wir uns darauf, dass er euch beiden geholfen hat?«

Es beginnt immer mit jenem Blick. Gerade noch nur Freunde, sind wir plötzlich Mann und Frau. Und immer fasst es uns in einem Moment synchroner Sprachlosigkeit, den es aufdehnt zu einem Raum aus Stille zwischen zwei unschuldigen Mündern, die sich stumm einander nähern, bis sich ihre Lippen berühren. Im ersten Kuss fließen wir immer in den andern hinein, dringen in seinen Wortraum, stoßen vor ins Herz und weiter zur Lust. Niemals sonst sind wir zur selben Zeit Land und Eroberer.

Diskret verließ Herr Schwarz das Schlafzimmer, als es zwei ineinander verschränkte Schemen betraten. Kein Laut fiel aus unseren Mündern in die wenigen Sekunden, die wir sie trennten, um uns von der Kleidung zu befreien. Darunter waren wir nackt, keine Scham bedeckte unsere Haut, hielt unsere Hände von der Inbesitznahme zurück. Jeder Zentimeter musste mit den Fingerspitzen neu vermessen, mit den Nägeln gekennzeichnet werden. Die langen Jahre seit dem letzten ersten Kuss hatten alle Wegmarken zerstört. ›Meins‹, sagte Jens' rechte Hand, als sie auf dem Venushügel lag, mit den Fingerspitzen schon

Richtung Tal unterwegs. ›Meiner‹, erwiderte eine linke Hand, die ihn umfasste, als hätte sie nie einen anderen berührt. Stunde um Stunde unterhielten sich unsere Körper, während wir dem ersten Kuss den nicht enden wollenden zweiten folgen ließen. Einmal rief uns durchs offene Fenster ein Waldkauz. Wir gaben ihm unser schweres Atmen zur Antwort. Das Rauschen der Bäume trug mich über die letzte Welle der Lust in den frühen Morgen. Der Mann an meiner Seite hatte die Augen geschlossen, sein rechter Arm umfasste mich, hielt mich an ihn gedrückt, die Kuppe seines Mittelfingers steckte wie eine Zarge in meinem Bauchnabel.

Als ich ihm hinterher sehe, dem Pastor auf dem Damenrad, weiß ich, dass es nie wieder jenen ersten Kuss geben wird.

Drei verpasste Anrufe von jemandem, dessen Nummer nicht in meinem Mobiltelefon gespeichert ist. Polizei? Vermutlich war die E-Mail als Aussage doch nicht ausreichend. Mit einem unguten Gefühl starte ich mein Notebook. Würde mich nicht wundern, wenn Stehle bei Kurt interveniert hat. Als das bessere Pferd im Stall kann er leicht meinen Rauswurf fordern. Kurt ist kein Suhrkamp, im Zweifel hält er seine schützende Verlegerhand über den schreibenden Alki, verteidigt ihn mit dem Argument, er wisse aus eigener Erfahrung, dass und mit welcher Intensität ich provozieren könne. Darauf werde ich entgegnen, dass mich seine männliche Tätersolidarität zutiefst anwidert. Auch möglich, dass Stehle Preetz wegen Körperverletzung angezeigt hat und mich als Halterin von Herrn Schwarz gleich mit. Als könnte er Gedanken lesen, kommt mein Hund mit dem leeren Wassernapf in der Schnauze ins Arbeitszimmer. Mein schlechtes Gewissen wegen des anderen Kerls spiegelt sich in seinem vorwurfsvollen Blick.

»Komm mal her, du Rowdy.« Ich gehe auf die Knie, schmuse und kraule den Hund von der Schnauze bis hinten durch, entferne zwei Zecken, massiere die vom Humpeln steif gewordene Muskulatur. Eine knappe halbe Stunde lässt sich das Fellwesen bekuscheln und mit Liebeserklärungen versorgen, bevor es ihm zu viel wird. Das frische Wasser trage ich in den Garten zu seinem Platz. Der Himmel ist bedeckt.

Bevor ich die E-Mails öffnen kann, ruft mich Emma an, um mir von einem Streit mit Erwin zu berichten. Wegen einer Nichtigkeit sei er völlig außer sich geraten, habe eine Tasse nach ihr geworfen und sie damit sogar getroffen!

»Nicht weinen, Emma, der ist nicht böse auf dich, sondern auf sich selbst und auf mich«, versuche ich sie zu besänftigen, aber Emma weint weiter. Also erzähle ich ihr, wie sehr Erwin ihren Kuchen liebe und über die vielen Jahre seit Omas Tod sicher Gefühle für sie entwickelt habe. Ich entschuldige mich für die Tasse in ihrem Kreuz, für Erwins Wut. Es sei zwischen ihm und mir gestern etwas vorgefallen, das würde früher oder später geklärt werden. Zwischen zwei Schluchzern äußert sie die Erwartung, dass ich mich sofort auf den Weg zu ihm mache. Im Übrigen gehe in Breeke das Gerücht um, Preetz und ich seien aneinander geraten. Ob ich nichts Besseres zu tun hätte, als alte Männer aufzuregen, wirft sie mir an den Kopf, als ich ihr für heute absage.

»Morgen will ich dich aber sehen. Erwin entschuldigt sich bei mir oder er kann sich eine andere Haushälterin suchen.«

»Emma, mit Verlaub, ich lasse mich nicht einbestellen. Dass eine Entschuldigung für sein Verhalten notwendig ist, muss ich Erwin nicht sagen. Warte ab, er wird sich bei dir melden. Gib ihm Zeit.«

»Und was war das mit dir und Preetz?«

»Seit wann hörst du auf Gerüchte? Ich habe mit Preetz nichts am Hut. Es läutet an der Tür. Tschüs Emma.«

Beates Vertretung drückt mir ein gelbes Einschreiben in die Hand. Auf dem Briefumschlag ist links oben das Logo der Polizei zu erkennen, über dem Adressfeld steht in fetten schwarzen Buchstaben das Wort Vorladung. Leider hört die ländliche Gemütlichkeit irgendwo hinter Haukes Feld auf. Sie wollen mich am Donnerstag, den 16. Juli um 10 Uhr zur Aussage vor Ort sehen. Wie ich es hasse, einbestellt zu werden.

Im E-Mail-Eingang ist eine Nachricht von meiner Bank. Angesichts meines Kontostandes bieten sie mir einen Kredit an. Die Halunken wollen mein Haus. Sie können nicht wissen, dass Jens mir gestern offenbart hat, wie viel Geld in meinem Keller in Form von altem Wein liegt. Außerdem habe ich eine E-Mail von Siegmar Stehle, eingegangen um 0.45 Uhr. Keine Sepsis, schade. Auch mein Verleger hat mir geschrieben, und es gäbe ein russisches Spam-

Mädchen zu adoptieren.

Ich setze mich mit der Kaffeetasse auf die Decke neben Herrn Schwarz. Das Himmelsblau hat erste Streifen aus der Wolkendecke gerissen. 24 Grad zeigt das Thermometer. Zwei Distelfinken machen sich über verblühte Kornblumen her. Was für schöne Vögel sie sind! Wenn die Siamkatze einen davon mordet, ist sie fällig. Für diese Bestie finde ich auch noch Platz im Garten gegenüber der Vogelsektion oder im Umfeld meiner Eltern.

Wenn mich Stehle mit seiner versuchten Tätlichkeit daran erinnert hat, dass in mir noch immer ein geprügeltes Kind behaust ist, dann gab mir Großmutter bei ihrem Abschiedsbesuch eine Erinnerung zurück, von der ich nicht wusste, dass ich sie besaß. Als sie mit dem Rad auf die Dorfstraße eingebogen war, hörte ich das Echo ihrer Worte: »Wollte mich auch von meiner Tochter verabschieden.« Wie es mir geglückt ist, das Grab im hinteren Teil meines Gartens mit einer Geschichte abzudecken, von deren Wahrheit ich bis zu jenem Tag fest überzeugt war, verstehe ich bis heute nicht. Dass ich mit einem Nervenzusammenbruch auf den Tod der Großmutter reagierte, erschien Jens damals schon sonderbar. Für die Bilder, die in mir wüteten, ausgelöst durch ihre Beerdigung, hatte ich keine Sprache. Die Farben des Grauens blendeten mich noch einmal wie an jenem Abend, an dem eine Neunjährige ihr Leben über das eines anderen stellte. In den Stunden, Tagen, während derer Jens mich hielt, umsorgte, rettete, häufte ich eine Lüge auf die andere, wenn er mich fragte, was ich geträumt hatte. Die Angst, mich zu verraten, nahm ich mit in den Schlaf, umwickelte sie mit Traumfetzen, die ich mir in den Mund stopfte. Hätte Jens mich nicht rechtzeitig aus meinen Albträumen herausgeschrien, ich wäre in Morpheus' Armen erstickt.

»Du hast keine Verantwortung für das, was dir als Kind widerfahren ist«, tröstete er mich gestern Abend, »auch nicht für das, was du damals vielleicht getan hast. Das sage ich dir nicht als Seelsorger. Die Polizei würde dir dieselbe Auskunft geben.«

»Eine, um die ich nicht gebeten habe.«

»Und die du so lange von mir bekommst, bis du dein Schweigen brichst.«

»Du weißt mehr als jeder andere von mir. Warum kannst du es nicht dabei belassen?«

»Weil ich dich liebe.«

»Liebe bedrängt nicht!«

»Liebe hat keine Angst.«

Unsere Körper waren seit jeher Liebende. Zur gleichen Zeit in der Pubertät hoch aufgeschossen, haben wir uns kaum verändert. Wir wussten im Schatten meiner Buche, dass wir füreinander die Ersten und die Letzten sein werden. Im Alter von sechzehn Jahren bekam ich von Jens einen Heiratsantrag, den ich mit der Begründung ablehnte, erst müssten meine Narben verheilen. Erwin verschrieb mir die besten Salben, Oma rieb mir jeden Abend den Rücken damit ein. Aber die Narben blieben.

»Ich bin nach Afrika gegangen, weil du dich von mir nicht hast retten lassen«, hatte er mir damals nach seiner

Rückkehr vorgeworfen.

»Nein«, schrie ich ihn an, »du bist geflohen, weil du den Freitod deiner Oldies nicht verkraftet hast. Du hättest zu mir ziehen können, das hatte ich dir angeboten. So wird aus der Wahrheit ein Schuh, der nicht drückt. Du bist mutig, Jens, hast ein großes Herz, ein soziales Anliegen, wähnst Gott auf deiner Seite, aber die Verlorenheit des Menschen erträgst du nicht. Am Wenigsten deine eigene. Mich retten? Du bist nicht Gott, nur eines seiner Werkzeuge.« Nach diesem Streit mussten zwei Jahre vergehen, bis wir wieder miteinander sprechen konnten.

Die Siamkatze springt vom Nachbargarten über den Zaun auf mein Grundstück. Wir schauen uns an, der Schwarze hebt verschlafen den Kopf, ich sollte für sie den Platz neben ihm räumen. Mir fällt ein, dass ich mich nicht daran erinnern kann, wann ich Igella das letzte Mal gesehen habe. Die Futterstellen für die Vögel sind leer, meine Sonnenblumen lassen die Köpfe hängen, der Schnittlauch müsste geerntet werden, die Tomatenpflanzen hochgebunden, ich sollte an meinem *Der Fremde*-Manuskript weiterarbeiten, Weinflaschen fotografieren, inserieren und die E-Mails meiner Feinde lesen. Zu nichts habe ich Lust.

»Komm mit, Schwarzer, wir gehen nachsehen, ob unsere Buche noch da ist.« Sofort belegt die Siamkatze den frei gewordenen Platz, positioniert sich in sprungbereiter Haltung. Jetzt werde ich gewiss kein Vogelfutter auslegen. Die Sonne hat die restlichen Wolken aus dem Weg geräumt, es ist angenehm warm. Zur Wasserflasche packe ich Zwieback in den Rucksack. Falls ich Jens irgendwann in diesem

Leben noch einmal anrufe, muss ich mehr als das im Haus haben. Einer der vier Fünfziger, die mir Erwin gestern gegeben hat, wandert in meine Hosentasche.

Herr Schwarz geht locker neben dem Rad her, beinahe verliere ich die Balance, weil ich Hundeschritttempo fahre. Wir müssen nur einen Kilometer auf der Ausfallstraße Richtung Norden, um zum schmalen Weg zu kommen, der an einem Maisfeld entlang zu Willems Ansitz und weiter in seinen Buchenbestand führt. Da ich unsicher bin, ob mein Hund nicht doch Jagdtrieb hat, leine ich ihn an, als wir ohne Fahrrad in den Wald eintauchen. Wie üblich schmiere ich Holzpaste in die Rinde meines Baumes, um das eingeritzte R+T von Rita und Thomas unsichtbar zu machen. Kurz juckt es mich in den Fingern, mit meinem Taschenmesser hinter das SYB ein Pluszeichen und Jens' Namen zu setzen, aber an die Liebe zwischen Mann und Frau glaube ich nicht.

»Sie ist wie Moby Dick«, sagte ich zu Jens, als er nach unserem ersten Mal ein J, hinter mein SYB ritzen wollte, »wir jagen sie und versinken mit ihr in der Tiefe, wo wir ertrinken. Finger weg von meiner Buche!«

»Nein, Rübchen, die Liebe ist ein Geschenk. Wir können sie einfach annehmen.«

»Nenn mich nicht Rübchen!«

»Hallo? Du bist lang und dünn und hast rote Haare!« Er lachte, wir küssten uns – am 17. Juli 1982. In die Herzrillen unter dem R+T schmiere ich heute keine Paste.

Die Lichtung liegt verwaist. Dort, wo einst das Gras und

Moos vom Gewicht der Liebespaare flachgedrückt war, hat sich Ginster angesiedelt. Unweit von hier ist der Bahndamm, an dessen Hängen er kilometerweit wuchert, nur unterbrochen von riesigen Königskerzen, die gelb in den Himmel ragen, als wollten sie unsere Blicke auf die Sonne lenken. Jetzt, am späten Vormittag, ist es beinahe still im Wald. Die meisten Vögel haben sich schon vor Stunden ausgetauscht über die Vorkommnisse der Nacht, ihre Pläne für den Tag, das Wachstum ihrer Brut und das Wetter. Abends, wenn alle Aufgaben erledigt, der Schlafplatz gewählt wurde, erklingen weniger Stimmen. Nur hie und da eine Amsel und ein Rotkehlchen geben sich dann noch Mühe, Zuhörer zu beeindrucken. Wie seltsam muss es die Amsel anmuten, wenn ein halb so großer Artgenosse Klänge in den schwächer werdenden Wind legt, zu deren Schönheit und Lautstärke sie nicht in der Lage ist.

Ich hatte Talent für Gesang, war am Gymnasium ein paar Jahre im Schulchor bei einer Lehrerin, die wie ich mit Nachnamen Uhlen hieß. Sie mochte und förderte mich, hegte Erwartungen, sah mich bereits als Solosängerin auf einer Bühne in Hamburg stehen, bis ein Mädchen von dort an unsere Schule kam, das das drei-, sogar das viergestrichene C müheloser erreichte und klarer sang als ich. Nicht, dass meine Musiklehrerin sofort das Interesse an mir verloren hätte, aber ihr Enthusiasmus für mein Können verringerte sich in dem Maße, wie er für die neue Schülerin wuchs. Da Chormitgliedern das Rauchen verboten war und den sofortigen Rauswurf nach sich zog, machte ich es Frau Uhlen leicht und ließ mich bei erster Gelegenheit von ihr im Pausenhof mit Zigarette erwischen.

Danach förderten Erwin und Oma mein Talent, mit Tieren umzugehen. Wer Preetz nicht mochte oder Angst vor ihm hatte, brachte mir einen verletzten Igel, eine Saatkrähe mit gebrochenem Flügel oder eine verwilderte Katze. Was Erwin nach Ende der Sprechstunde nicht richten konnte, erledigte Doc Vogt aus Osche für kleines Geld, manchmal kostenlos. Halb dachte ich daran, eine Ausbildung zur Tierpflegerin zu machen, aber Erwin sagte: »Wenn schon, dann Tierärztin.« Die Idee begeisterte meinen Deutschlehrer keineswegs. Er sagte: »Eines Tages, Fräulein Uhlen, möchte ich Ihren Namen auf einem Buch lesen. Sie werden Schriftstellerin!« Von dem Tag an hörte ich immer sehr genau hin, wenn John-Boy im Auf- und Abspann einer *Die Waltons*-Folge übers Schreiben sprach.

»Wäre es nicht wunderbar, Rübchen, wenn wir in ein paar Jahren in einem Pfarrhaus säßen, du arbeitest an einem Roman, ich an meiner Predigt, und im Garten spielen unsere Kinder?« Wir saßen auf einer Decke in etwa dort, wo jetzt der Ginster wächst.

»Was meinst du damit?«

»Willst du mich heiraten, Syb?« Wie Robin Hood griff er hinter sich, zog anstelle des Pfeils eine Juwelierschachtel aus dem Jute-Köcher und hielt sie mir hin.

»Jetzt?«

»Wir sind sechzehn, wenn meine Oldies und deine Großeltern es erlauben, können wir heiraten. Wenn nicht, hauen wir ab nach Gretna Green. Willst du?«

»Ich weiß nicht. Du bist anders als ich, gläubig, gut, deine Eltern sind so nett ...«

»... eben, Rübchen, und ich liebe dich!« Erste Töne der Verzweiflung schwangen in seinen Worten, und was er nicht wahrnahm, war das Rotkehlchen, das hinter ihm lauter sang als die Amsel. Statt eines Neins ersann ich die Narbenfrist, sagte zu für den Zeitpunkt, da meine Wunden verheilt sein würden. Jahre später hat mich Oma gefragt: »Warum traust du Jens und dir nicht zu, glücklich zu sein?«

»Wenn es nur das wäre, aber Jens will viel mehr. Er liebt Kinder, sie gehören für ihn zu einer Familie wie das Dach zum Haus.«

»Du willst keine?«

»Nein.«

»Warum nicht?«

»Ich habe Angst, dass ich sie schlage, quäle.« Oma war die einzige, die den Grund für meine endgültige Absage verstanden hat. Sie sagte: »Du hast ein gutes Herz. Das weiß ich. Ich hoffe du auch, eines Tages.«

Liebe Frau Uhlen, werte Kollegin,
ich möchte mich in aller Form für den gestrigen Vorfall bei Ihnen entschuldigen. Ich bedaure zutiefst, dass ich mich zu diesem schrecklichen Angriff auf Sie habe hinreißen lassen. Leider kann ich nicht zurücknehmen, was geschehen ist. Sind Sie wohlauf? Können Sie mir verzeihen? Ich werde mich morgen Vormittag telefonisch bei Ihnen melden und würde mich freuen, wenn Sie den Anruf entgegennähmen.
Herzlichst Ihr Siegmar Stehle

Dann waren die drei Anrufe also von ihm. Ein Glück, dass ich sie verpasst habe.

Liebe Sibylle,
mitten in der Nacht rief mich ein aufgelöster Siegmar an. Er berichtete von einer Auseinandersetzung zwischen euch, während der er handgreiflich geworden sei. Da er sich unbedingt sofort bei Dir entschuldigen wollte, gab ich ihm Deine E-Mail-Adresse und die Telefonnummer, sodass er nicht unangemeldet vor Deiner Tür steht. Ich habe ihm geraten, sich zunächst schriftlich bei Dir zu entschuldigen und seinen Anruf anzukündigen.
Wie geht es Dir? Gibt es etwas, das ich für Dich tun kann? Vielleicht zwischen Dir und Siegmar vermitteln? Es war da etwas in seiner Vergangenheit – ich möchte nicht sagen, worum genau es sich handelt –, das Siegmar im Moment zu schaffen macht. Seine Nerven liegen blank. Das soll aber um Gottes willen keine Entschuldigung sein.
Ich gehe davon aus, dass es Dir eine gewisse Genugtuung ist, wenn ich Dir sage, dass er gestern ins Krankenhaus musste, um die Verletzungen, verursacht durch Deinen Hund, chirurgisch versorgen zu lassen. Außerdem wurde er wegen einer Platzwunde behandelt, die er sich nicht erklären kann. Dass Du ihn verletzt hast, schließt er aus. Du hast Dich ja vom Ort des Geschehens entfernt. Als er aus der Bewusstlosigkeit zu sich kam, half ihm ein alter Mann, die Rettung zu rufen. Gottseidank hatte Siegmar keinen Herzanfall. Der Wagen brauchte eine Dreiviertelstunde!
Bitte lass mich wissen, wie Du die Sache überstanden hast. Bin

geschäftlich in Tokio, wegen Zeitverschiebung schlecht telefonisch erreichbar, Deine Mail lese ich aber zeitnah. Ich hoffe, ihr beiden könnt diese Sache aus der Welt schaffen.
Herzliche Grüße Kurt

Wusste ich es doch, dass Kurt seine Hand über den wertvolleren Schützling hält. Mit Stehle hat er telefoniert, mir bietet er E-Mail-Korrespondenz an. Der Grund für den Streit interessiert ihn nicht. Der Alki hat gleich ganze Arbeit geleistet, eine komplette Kurzgeschichte geliefert, die meinem Verleger offenbar plausibel erscheint, sodass eine Gegenprobe mit meiner Sicht überflüssig ist. Wenn, wie Jens behauptet, allein drei der über 100 Flaschen Wein in meinem Keller ein monatliches Pastorengehalt einbringen, schmiere ich mit dem Erlös einen Polizeibeamten, um an Infos über Stehles ominöse Zehnjahreslücke zu kommen. Willem geht regelmäßig mit einem Polizisten zusammen auf die Wildschweinjagd.

Beates Augen, die sonst offen und frei jeden ansehen, die lachen, lange bevor sie die Pointe eines Witzes erreicht, in deren Winkeln norddeutscher Schalk wohnt, schauen in die Kamera, als wären sie aus Glas. Leergeweint suchen sie hinter der Kameralinse eine Macht, einen Gott, der ihre Mädchen herbeischaffen kann. Rechts von ihr sitzt Violas Vater, links Celinas. Derjenige, der zwei Tage nach dem Verschwinden der Tochter dachte, er müsse seine fordernde Klage nur vehement genug in die Kamera aufsagen, um Viola zurückzubekommen, hat seine Hände auf der Tischplatte fest ineinander verhakt; er presst die Fingerspitzen ins Fleisch, dass die Haut schneeweiß wird. Demütig den Kopf geneigt, stiert er auf das gewaltsame Gebet ohne einen einzigen Wimpernschlag. Celinas Vater, der sprachlos in Tränen, einen Arm vors Gesicht haltend am Reporter vorbeigestürmt war, wirkt gefasst. Jedes Mal, wenn die Kamera auf die Eltern zurückschwenkt, ist seine linke Hand ein Stück weiter Richtung Beate gewandert, deren Oberkörper den Eindruck macht, als hielte sie ihn nicht aus eigenem Antrieb aufrecht, sondern folgte einer Anweisung der Polizei. Die Hände der Mutter liegen in ihrem Schoß.

Der Sprecher des Polizeipräsidiums Hannover erläutert den Ablauf der Pressekonferenz. Dann gibt er das Wort dem Leiter der Sonderkommission. Der sitzt rechterhand am Ende des langen Tisches. Als er spricht, sieht man neben ihm auf einem Ständer das Foto, das Nicole Petersen am Tag des Verschwindens der Mädchen im Freibad gemacht hat. Nach dem Aufzählen der bereits bekannten Fakten kommt er zum 11. 7., dem Tag, als Haukes Feld und Scheune brannten. Eingeblendet werden Fotos der beiden Kinderräder, die man nach den Löscharbeiten in den rauchenden Resten der Scheune gefunden hat. Reifen und Plastikteile sind geschmolzen, die Rahmen rußschwarz. Der Beamte fährt fort mit dem Fund der Tasche und der Helme tags darauf. Auch diese Gegenstände werden gezeigt. In der Hello-Kitty-Tasche fand man die Badeanzüge, Trinkflaschen, Handtücher und Haarbürsten der Kinder. Die Sachen waren vollständig. Der Ermittler erklärt anhand eines Schaubildes, dass Viola und Celina auf dem Nachhauseweg von der Familie Petersen weder an Haukes Feld noch am Elbe-Seitenkanal vorbeigekommen wären. Die Fundorte liegen 3,2 Kilometer auseinander. Man gehe derzeit davon aus, dass die Mädchen am 7. 7. auf ihrem Heimweg, einer Strecke von 1,4 Kilometern Länge, samt ihren Rädern und der Tasche von jemandem im Auto mitgenommen wurden, der zu einem späteren Zeitpunkt die Gegenstände in Scheune und Gebüsch entsorgt habe. Es gebe keine Nachricht eines Entführers oder Hinweise, denen man noch nicht nachgegangen sei. In Absprache mit der Mutter und den Vätern wolle man die Pressekonferenz auch dazu nutzen, um die Personen, bei denen sich die Kinder momentan aufhielten, anzusprechen. Zu diesem Zweck werde sich zuerst die Mutter äußern, danach die Väter von Viola und Celina. Die Kamera schwenkt auf Beate, zeigt ihr Gesicht und den Oberkörper in Großaufnahme.

Es dauert eine Ewigkeit, bis ihre Augenlider das erste Mal blinzeln. Die schließende Bewegung der dünnen Häute wirkt mühsam. Als wären die Wimpern bleischwer, hebt sie langsam die Lider und sieht mir direkt ins Herz.

»Viola hat gelacht, als sie aus mir herauskam. Sie ist das fröhlichste Kind, das ich kenne. Ich liebe sie von ganzem Herzen. Celina wollte zuerst nicht auf die Welt. Sie haben ihre Geburt eingeleitet. Mein kleines Mädchen schrie laut und wütend. Es dauerte lange, bis sie auf meinem Bauch eingeschlafen ist. Sie ist schnell beleidigt. Dann zieht sie eine Schnute, bis ich sie in die Arme nehme. In diesen Momenten liebe ich sie besonders fest. Diese Kinder gehören Ihnen nicht. Es sind meine Kinder. Ich habe sie geboren, ich ziehe sie groß. Ich habe ihnen das Laufen und das Sprechen beigebracht. Geben Sie mir meine Mädchen zurück! Lassen Sie sie frei oder sagen Sie mir, wo ich sie abholen kann! Bitte zerstören Sie sie nicht.« Ich klicke auf das Pausenzeichen des Streams, lasse den Browser geöffnet und flüchte in meinen Garten.

Herr Schwarz und die Siamkatze liegen auf der Decke in der Nachmittagssonne. Die Körper sind ausgestreckt, ihre Pfotenpaare deuten aufeinander. Sie schlafen entspannt und träumen vielleicht von Menschen und Mäusen. Mal bewegt sich ein Hinterlauf des Hundes, dann zucken die Ohren der Katze, sie hat wohl das Lied einer Amsel gehört. Beide müssen mit der anderen Art großgeworden sein, sonst lägen sie nicht in einträchtiger Opposition auf derselben Decke.

»Meine Spaghetti Bolognese schmecken leidlich.«

»Ich bringe eine Flasche Messwein mit.«

15. Juli

Was, wenn Viola und Celina längst tot sind? Nach wie vielen Versuchen, ein absurdes Ereignis zu begreifen, darf man dessen schlimmste Konsequenz denken? Ob die Mädchen noch leben, wird niemand laut fragen, aber sie sterben auch nicht, wenn man über ihren Tod nachdenkt, und bleiben nicht am Leben, nur weil wir es uns wünschen. Ich weiß nicht, welche Fragen sich Beate stellt, ob sie mit Martin, ihrem Mann, hadert, weil er ihnen erlaubte, mit den Petersens ins Freibad zu fahren. Hat sie dieses Gespür, das Müttern angedichtet wird, jene Ahnung, die ihr sagt: In meinen Kindern pulsiert noch immer das Leben, das ich ihnen schenkte? Wie ich sie kenne, ist ihr das zu esoterisch. Beate vertraut auf die Stärke ihres Willens. Wie selbstbewusst sie in der Pressekonferenz sagte, es seien ihre Kinder. Auf die Idee, einen Besitz an ihnen anzumelden, wäre ich nicht gekommen; ich bezweifle, dass ein Mensch einem anderen gehören kann. Unerwartet gefasst war sie während ihrer kurzen Rede. Dagegen die Väter: der eine in seiner wütenden Verzweiflung fast sprachlos gefangen, der andere suchte für jedes zweite Wort Beates Beistand. Die Statements der schwachen Väter bestätigten die eigensinnige Behauptung der Mutter. Nicht, dass Beate sie geboren hat, sondern ihre Erziehung, ein straffes Band, geflochten aus Liebe und Verantwortung, macht Viola und Celina zu ihren Kindern. Der starke Wille, den auch sie haben, spiegelt die mütterliche Art, sich in der Welt durchzusetzen. Keinesfalls sind die Lütten aus eigenem Antrieb verschwunden, wie es ein Reporter andeutete, wahrscheinlicher ist, dass sie einen Menschen getroffen haben, der nicht Reißaus nimmt vor Kindern, die Aufmerksamkeit fordern, sondern genau solche gesucht hat, deren Willen er brechen kann, weil er der Stärkere und ein ganz Schwacher ist.

Den freundlichen Blick des Contergan-Mädchens nach der Ohrfeige, die ich mir damals vorm Schuhgeschäft einfing, sehe ich noch immer. Eine Woche später musste ich vor Edeka auf meine Mutter warten mit den Sachen, die wir in einem anderen Laden gekauft hatten. Sie hatte sich über einen ausgelaufenen Joghurt geärgert und mir die Schuld dafür gegeben: »Kannst dich schon mal auf eine Tracht Prügel zuhause freuen!« Mit angstgeengtem Herzen stand ich vor dem Supermarkt und wünschte mir, jemand würde mich entführen oder in einen Delfin verwandeln. Natürlich hätte ich dann an Floridas Küste nach *Flipper* gesucht. Zusammen wären wir mit Sandy und Bud am Riff entlang getaucht. Dann hätte jeder der beiden Jungs einen eigenen Delfin zum Freund gehabt und ich das weite Meer, das im englischen Originalsong als Welt voller Wunder besungen wurde.

»Du, rothaariges Mädchen ...«, sprach mich ein Bauarbeiter aus einem Rohrgraben an. Ich sah ihn nicht sofort, er stand unter Straßenniveau und hatte einen Helm auf.

»Die Sonne scheint, aber in deinem Gesicht regnet es?« Ich zuckte mit den Achseln. Der Mann nahm den Helm ab, lachte von einem Ohr zum anderen. Seine Zähne strahlten schneeweiß in einem von Erde und Schmieröl verdreckten Gesicht.

»Wenn du nicht aufhörst zu weinen, wird die Sonne weglaufen. Dann kommen große Wolken, es regnet in Strömen und ich kriege nasse Füße! Willst du, dass ich mir einen Schnupfen einfange?« Ich schüttelte den Kopf.

»Wenn du mir ein Lachen schenkst, bekommst du von mir ein Bonbon.« Ich lächelte, der Mann griff in seinen Blaumann, warf mir in hohem Bogen ein gelbes Bonbon zu. Dass ich es auffing, überraschte mich. Er klatschte in die Hände, sagte: »Bravo!« und ging wieder an die Arbeit. Da wusste ich, dass ich die Prügel überstehen würde.

»Wie tickt ein Mensch, der seine Aggressionen an einem anderen Lebewesen auslebt? Haben wir nicht alle einmal, als wir klein waren, ein anderes Kind weinen gesehen und Mitleid mit ihm verspürt? Wenn es nicht der eigene Schmerz ist, der Menschen befähigt, sich im Leid eines Lebewesens wiederzuerkennen, muss uns nicht die Einsicht davon abhalten, dem anderen weh zu tun?«

»Du glaubst also doch an das Gute im Menschen«, hatte Jens gestern gesagt, »warum nur schließt du dich nicht mit ein? Vor zwei Minuten hast du mir offenbart, dass nicht Kinder an sich, sondern die Sorge, du seist wie deine Mutter, der Grund war für die Ablehnung meines Antrags. Warum hältst du dich für einen mitleidlosen Menschen, den weder ich noch Gott retten kann?«

»Halt!«

»Nein, Syb, ich bin es leid zuzusehen, wie du mit dem Glauben an die ewige Verdammnis wässerst, was dir deine Oldies eingepflanzt haben, damit es ja nicht verdorrt!« Er war lauter geworden, der Schwarze zu uns ins Wohnzimmer gekommen. Der Hund hatte sich in Blickrichtung zu Jens gelegt, der während er redete, immer weiter von mir abrückte. Ich nahm die Füße vom Tisch, zog die Beine an den Bauch, schlang die Arme um sie und verknotete die Finger.

»Ich fasse es nicht, dass du kein Vertrauen in mich hattest. Wir sind zusammen aufgewachsen, Sibylle, waren füreinander die erste große Liebe, und du bringst es all die Jahre nicht fertig, mir von dieser Angst zu erzählen?«

»Sieh dich doch an, wie du jetzt reagierst«, schrie ich zurück, »du verstehst mich nicht!«

»Nein, wegen der Kindersache bin ich nicht wütend, sondern weil du seit mehr als dreißig beschissenen Jahren auf deinem Herrschaftswissen sitzt und uns keine Chance gegeben hast, mit deiner Befürchtung umzugehen. Jetzt aber, wo sich die Kinderfrage aus biologischen Gründen nicht mehr stellt, servierst du mir ungebeten eine Portion Wahrheit. Ich könnte kotzen, wenn ich daran denke, dass uns deine Unfähigkeit zu vertrauen, ein gemeinsames Leben gekostet hat. Ob mit oder ohne Kinder, unsere besten Jahre, Sibylle!« Das letzte Mal hatte ich Jens auf der Beerdigung seiner Eltern weinen gesehen. Damals weinte er hoffnungslos, gestern bitterlich und wütend. Er brauchte eine Berührung, egal wo, aber ich konnte meinen Händeknoten nicht lösen. Herr Schwarz ging zu ihm, legte den

Kopf auf seinen Oberschenkel wie einen Tag zuvor auf meinen nach Erwins Eröffnung. Es stimmte, ich hatte Jens ungefragt eine Wahrheit präsentiert mit dem Hintergedanken, dass wenn ich ihm den Grund für die Ablehnung seines Antrags nenne, er die Sache mit dem Verschwinden meiner Eltern fallenlassen würde.

»Also?«, fragte er, plötzlich den Kopf hebend. Seine Augen spießten mich auf wie einen Schmetterling.

»Also was? Ich verstehe nicht«, sagte ich mit flatternder Stimme.

»Was macht dich zur unrettbaren Seele, Sibylle? Du kennst das Leid aus eigener Erfahrung, weißt, was Schmerzen im anderen anrichten, und du hast mit dem Verzicht auf Kinder eine große moralische Haltung bewiesen. Warum darfst du trotzdem nicht glücklich sein?« Er war wieder zu mir aufgerückt. Ich spürte seine Nadel im Rückgrat, als er nachsetzte: »Was ist damals passiert? Wo sind deine Eltern? Liegen sie im Keller vergraben?«

Ich weiß nicht, was mich geritten hat, Jens ins Gesicht zu lachen. Die Situation war zu absurd, als dass ich sie hätte ernstnehmen können. Vor nicht einmal 24 Stunden waren wir liebend in meinem Bett gelegen, und nun fragte er, ob wir über den Leichen meiner Oldies saßen. Ich hatte endlich genug von seiner Gutartigkeit, die nie den eigenen Seelenkeller in den Blick nimmt, in dem auch eine Leiche liegen musste, sonst wäre Jens Vossen übermenschlich. Mit einem Mal spürte ich eine unbändige Lust, diesen sauberen Mann mit mir zu beschmutzen. Ich würde ihm meine Schlechtigkeit auf seine reine Haut schmieren wie stinkendes Pech. Er sollte kein Kind mehr taufen, ohne sich im Weihwasser die Hand zu verbrennen.

»Ja, Jens, meine Eltern liegen auf dem Grundstück, nicht im Keller, sondern im hinteren Teil des Gartens schräg gegenüber vom Vogelfriedhof, den ich bald erweitern muss, wenn die Siamkatze nicht auf Fertigfutter umsteigt. Da ich Protestanten in Bezug aufs Beichtgeheimnis nicht traue, schlage ich vor, dass wir umgehend heiraten, dann bist du vorm weltlichen Gericht nicht gezwungen, gegen mich auszusagen. Komm Pastor, lass uns mit einem Schluck von deinem köstlichen Messwein auf unsere toten Oldies anstoßen!« Ich reichte ihm sein Glas, aber Jens bewegte sich nicht. Er war sprachlos. Wir hörten beide das Surren des Kühlschranks aus der Küche, wir hörten unseren Atem, unser letztes Stück Kindheit zerbrechen. Jens wusste, dass ich die Wahrheit gesagt hatte, und er zeigte mir, was sie in ihm anrichtete. Seine Augen wurden zu Leinwänden. Ich konnte zusehen, wie sich das neue Wissen wundbrandgleich durch seinen Kopf fraß, keine Windung auslassend. Die Farbe entwich seinem Gesicht, der Verstand brauchte jeden Tropfen Blut, um die Neuigkeit zu verarbeiten. Ich wusste, wie einsam er sich jetzt fühlte, ihm ging es wie mir, als ich in Erwins Küche saß und dachte: Er ist ein anderer, plötzlich ein Fremder. Waren das erste Funken Ekel in Jens' Augen? Die Begeisterung der Leute für die Wahrheit habe ich nie recht verstanden. Was ist sie schon mehr als eine Information, manipulierbar wie jede andere auch. Ist sie gut, werden die meisten misstrauisch, ist sie schlecht, gehen alle in die Knie.

»Na? Sag: du bist doch jetzt nicht sauer wegen der Elternsache, sondern weil ich seit Jahrzehnten auf meinem Herrschaftswissen sitze und dir keine Chance gegeben habe, mich von einer Todsünde freizusprechen.« Seine linke Hand kraulte den Kopf des Schwarzen, als wüsste sie nicht, was vor sich ging. Sekundenlang sah mich Jens an, ohne zu blinzeln.

»Wer weiß es noch?« Die Frage überraschte mich. Ich hatte damit gerechnet, dass er den Seelsorger gibt und irgendein verzeihendes Geschwurbel über mich gießt.

»Niemand. Nur wir beide.« Die Kühlschrankkühlung sprang wieder an.

»Du hast nicht deine beiden Eltern getötet, ein Doppelgrab ausgehoben und sie da reingeworfen. Nicht als zehnjähriges Kind.«

»Neun, ich war neun. Und nein, habe ich nicht, aber mehr, als dass sie auf dem Grundstück sind, wirst du von mir nicht erfahren.«

»Was immer damals passiert ist, kein Richter kann dich dafür verurteilen. Wenn du die Sache aus der Welt räumen willst, bin ich an deiner Seite, Syb.«

»Die Sache, wie du sie nennst, sind die Überreste meiner Eltern. Sie lassen sich vielleicht aus dem Garten räumen, nicht aber aus der Welt, in der wir beide leben. Verlieren wir ein einziges Wort darüber, hat mein Dorf, Niedersachsen, vermutlich ganz Deutschland einen Skandal größer als das Sommerloch. Die BILD wird auf der ersten Seite fragen: ›Ist sie auch die Mörderin von Viola und Celina?‹ Darunter ein Foto von meinem Gesicht. Nein, du wirst mit diesem Wissen leben müssen. Du wolltest die Wahrheit, sieh zu, wie du mit ihr klar kommst. Wenn du jetzt gehen willst, bitte. Ich werde dich nicht zurückhalten, sondern vergessen, dass du hier warst.« Er stand auf und verließ das Wohnzimmer ohne ein Wort. Nachdem Herr Schwarz und ich minutenlang dem abendlichen Ächzen der Dachbalken gelauscht hatten, folgte ich ihm. Seine Schuhe standen noch im Flur, wo er sie ein paar Stunden zuvor ausgezogen hatte. Jens fand ich in meinem Bett liegend. Er lächelte: »Du hast mich immer unterschätzt, Syb.«

Liebe Frau Uhlen,
ich verstehe, dass Sie keinen Kontakt mit mir wünschen, und respektiere Ihr Schweigen. Da wir beide aber im selben kleinen Dorf leben und uns zwangsläufig wieder begegnen werden, möchte ich Sie noch einmal bitten, Ihnen meine Entgleisung erklären zu dürfen. Wir könnten uns auf neutralem Boden treffen, etwa im Schleusenrestaurant oder, wenn Ihnen dort zu wenig Leute sind, auch gerne in der Kreisstadt. Es gibt ein Lokal direkt am Weiher, das Sie sicher kennen. Ich muss morgen in der Stadt etwas erledigen und bin über die Mittagszeit dort, gerne auch länger, wenn Sie es wünschen. Bitte geben Sie mir Bescheid, entweder per E-Mail oder SMS. Meine Mobilnummer haben Sie ja. Ich würde mich sehr freuen, wenn Sie mir die Möglichkeit gäben, mich zu entschuldigen und unser schlechtes Verhältnis in eine freundlichere Bahn zu lenken.
Ich verbleibe mit besten Grüßen
Siegmar Stehle

Himmel, was nimmt sich dieser Mensch wichtig. Wenn er wüsste, wie einfach es auf dem Dorf ist, jemanden zu ignorieren. Wir können nicht nur soziale Kontrolle, sondern auch Ausgrenzung, wenn wir Letztere nicht sogar erfunden haben. Stehle will sich nur aussöhnen, weil er keine Lust hat, sich ein anderes Dorf zu suchen. Ich bin nicht die Meinungsführerin, aber auch keine Randfigur im hiesigen sozialen Gefüge.

Außer Stehles gestrigen Anrufen habe ich von Carsten eine SMS bekommen. Er fragt: ›Zwei Abende evangelisches Fahrrad i. d. Garten?! Was ist da los?‹ In der Mailbox wartet eine neue Nachricht. Langfristig sollte besser ich mir ein anderes Dorf suchen, um wieder konzentriert arbeiten zu können. Kurz öffne ich die Datei von *Der Fremde,* seit Juni sind keine 500 Worte dazugekommen. Gottseidank verfilmen sie meine Bücher nicht wie die Schinken von George R. R. Martin. Hätte ich Termindruck wie er, ich wäre auch übellaunig, andererseits würde mich ein Blick in mein Konto überglücklich machen. Es gibt Kollegen im angelsächsischen Sprachraum, die kriegen mehr Vorschuss für ein ungeschriebenes Manuskript, als fünf exzellente deutsche Schriftsteller mit ihrem Lebenswerk jemals verdienen werden, inklusive der Filmrechte. Vermutlich wird die protestantische Ethik, vertreten durch den Pastor, meiner Ungerechtigkeitsklage nicht stattgeben, sondern die Forderung aufstellen, mir durch hartes Arbeiten weltlichen Lohn zu verschaffen, an dessen Höhe sich später der Gotteslohn bemisst.

»Was meinst du, Schwarzer, zu Beate gehen? Durch den

Wald streifen und auf dem Rückweg nachsehen, ob Bauer Wuttkes Möhren erntefähig sind, Carsten auf einen Kaffee bei der Arbeit stören oder Willem auf seinem Hof besuchen, damit er uns ein paar seiner selbstgemachten Rehwürste schenken kann?« Ein Hund ist keine Entscheidungshilfe.

»Okay, wir machen eine große Runde und sammeln Eindrücke. Du hast völlig Recht, sie sind die Grundlage fürs Schreiben.«

Martin öffnet die Tür. Sein dunkles Haar glänzt talgig, als hätte er es seit einer Woche nicht mehr gewaschen. Durch die Wolke seines Körpergeruchs dringe ich ins Haus. Mein Schwarzer schnuppert wie ein Polizeihund, der den Befehl hat, alles auf Drogen abzusuchen. Beate liegt mit Felix im Garten auf einer völlig vertrockneten Wiese. Bis auf die Obstbäume hängen alle Gewächse halbtot zu Boden, die Zucchini sind hinüber, die Tomatenpflanzen gelb und spröde. Die Johannisbeersträucher, die Beate mit viel Sorgfalt hochgezogen hat, weil Viola und Celina gar nicht genug davon bekommen können, sind dem Hitzetod erlegen. Selbst wenn Martin heute mit Wässern anfinge, dieses Jahr werden sie in ihrem Garten nichts mehr ernten.

»Schläft sie?«, frage ich ihn.

»Glaub nicht, gerade hat sie noch mit Felix gespielt.« Die Mama bewegt sich nicht, obwohl der Kleine sie mit einem Grashalm in den Ohren kitzelt.

»Wie geht es dir?«, frage ich Martin.

»Keine Ahnung.«

Jetzt sieht uns Felix näherkommen. Sein Blick fällt von mir auf den Hund. Mit ausgestreckten Armen stolpert uns das Kind entgegen. Es ist barfuß und für seine zwei Jahre erstaunlich schnell unterwegs. Vorsichtshalber halte ich Herrn Schwarz am Halsband fest, nicht dass seine Freude den Kleinen von den Füßen holt. Im Zeitlupentempo dreht sich Beate vom Rücken auf den Bauch, hebt den Kopf in unsere Richtung. Ich gehe in die Hocke. Ihr Sohn kann sich nicht entscheiden, ob er zuerst mit mir oder meiner Begleitung schmusen will. Mir scheint, als sehne er sich nach lustigen Lebewesen. Leise, sodass Beate uns nicht hört, sagt Martin: »Er fragt immer: ›Ola und Ina?‹«

»Weck«, antwortet Felix. Die Sonne über uns legt sich mir wie Blei ums Gemüt. Dies ist kein Garten, sondern der Vorhof der Hölle. Kein Kind sollte sich darin aufhalten müssen. Aber wer würde es jetzt wagen, Beate und Martin den Sohn abzunehmen, sei es auch nur für ein paar Tage? Der Zweijährige könnte das nicht verstehen. Hier hat er noch die Gesichter und Stimmen seiner Eltern, die Umgebung, die er kennt, auch wenn die Pflanzen und Menschen zu Schemen geworden sind.

»Hey Beate, wie geht es dir?« Ich setze mich neben sie auf den Rasen. Felix gräbt mit seinen kleinen Händen im warmen Fell des Schwarzen. In den Augen seiner Mutter keine Funken, nur Asche. Sie liegt jetzt auf der Seite, schaut mir durch halboffene Lider ins Gesicht. Was sie darin sucht, kann ich ihr nicht geben, das erkennt sie sofort.

»Schickt dich jemand?«

»Nein.«

»Keine Neuigkeiten?«

»Nein. Tut mir leid.«

»Was willst du dann hier?«

»Fragen, wie es dir geht. Dir meine Hilfe anbieten.«

»Hast du meine Kinder?«

»Nein.«

»Du hast ihre Sachen gefunden. Warum dann nicht die Lütten?«

»Der Hund hat sie gefunden, nicht ich. Die Sachen.«

»Dann sag deinem Köter, er soll meine Mädchen finden!« Den letzten Satz wirft mir Beate wie Dreck ins Gesicht. Der Schwarze ist alarmiert aufgesprungen, aus Versehen auf Felix' Hand getappt, der schreit, weil er sich erschreckt hat.

»Hau ab, Sibylle, du kannst mir nicht helfen! Du hast ihnen doch diese Scheißmärchen erzählt, in denen nichts stimmt. Von irgendeinem Nudelschiff, mit dem sie sonst wohin fahren können. Und dann findest du ihre Sachen am Kanal? Was, wenn sie auf einen Scheißkahn gesprungen sind mit einer Arschbombe wie deine Märchenviecher? Sie haben sich beim Sprung vielleicht den Hals gebrochen und der Kapitän wirft sie irgendwo über Bord! Was ist dann, Sibylle? Kannst du mir dann helfen, wenn sie sie im Sarg zurückbringen?« Ihre Verzweiflung flutet mich als schwarze Welle an. Unter anderen Umständen würde ich sie in die Arme nehmen, festhalten, zum Behältnis all ihrer Tränen werden, aber sie hat ihren Körper im Sitzen zusammengezogen, Felix wie ein Schutzschild an sich gedrückt. Der Kleine streichelt noch immer seinen

Handrücken, weint wie die Mutter und weint mit ihr. Ich weiß nichts zu sagen, kein Wort, kein halber Satz fällt mir ein, kein rettender Gedanke. Es war falsch zu kommen. Für mich gibt es hier nichts zu tun. Nichts kann ich hier halten, niemanden besänftigen, trösten. Wortlos gehe ich mit dem Hund zur Terrasse zurück, nicke Martin im Vorbeigehen zu, höre, wie mir Beate hinterher brüllt: »Verfluchte Märchenhexe – du bist schuld!« Vor dem Haus schimpfe ich leise mit mir, heiße mich Idiotin, blöde Kuh, wische Tränen des Selbstmitleids fort. Anstatt Richtung Breeke zu fahren, schlage ich den Weg zu Willems Hof ein, der unweit des Maisfeldes hinter dem Buchenwald liegt.

Bin ich schuld am Verschwinden von Viola und Celina? Aber man ruft doch kein Schicksal auf, wenn man einen Namen nennt oder Sachen der Vermissten findet. Das wäre Invokation oder Voodoo. Ich glaube an keinen Zauber. Doch: ich glaube an die Phantasie, die stabil in die Luft baut, wo das Mögliche einstürzt, die uns noch vor der Liebe zu retten vermag aus jedem Schmerz. Was ist Gott anderes als institutionalisierte Phantasie, ohne die der Mensch den Blick in den unendlich weiten Himmel nicht wagen würde? Nein, ich habe in meinen Märchenstunden nicht kenntlich gemacht, dass es sich um Erzählungen aus einer gedachten Welt handelt. Denn ich glaube an die Phantasie, deren Bilder real sind wie die Häuser in meinem Dorf, das Maisfeld zu meiner Rechten, der schwarze Hund neben dem Fahrrad. Bin ich eben eine Hexe, aber eine gute, die den Kindern gibt, was ihnen Eltern und Schule wegnehmen im Tausch für kleine Akku-Geräte, die ihren Blick auf ein winziges Display begrenzen, zweidimensionale Strichmännchen, die man mit dem Daumen einen Zentimeter nach oben springen lassen kann. Jede Hummel ist größer, 21 sssipppende Tauben schöner, wenn sie von einem Kind mit einer Butterblume in der Hand dirigiert werden. Ich will mir nicht vorstellen, dass die Mädchen, die ich doch gesichert habe, als ich sagte, alles an der Schleuse spiele sich nachts ab, dass sie diese Einschränkung nicht verstanden haben, tatsächlich aus Übermut von der Schleuse in die Tiefe gesprungen sind. Das kann nicht sein, da sind Kameras und Menschen, die rund um die Uhr arbeiten, die Monitore im Blick behalten. Nein, Beate braucht einen Haken für ihre Verzweiflung, eine verfügbare Schuldige. Angst und Wut müssen irgendwohin. Der Verstand sucht eine schnelle Lösung für die in Not geratene Seele und setzt die Logik außer Kraft. Etwas ist dann so, nur weil es sich denken lässt und verhindert, dass einem das Herz entzweibricht.

»Moin.«

»Moin.«

»Dein Vadder?«

»Stall.«

»Deine Mudder?«

»Stall.«

»Danke.« Mein Hund ist aufgeregt, zieht an der Leine. Als wir dem Gebäude näher kommen, reckt er die Nase, tänzelt mit den Hinterläufen wie ein Dressurpferd.

»Na, Schwarzer, hier warst du auch schon?« Willem und seine Frau Anne verteilen Heu in den Rinnen. Mit der Forke heben sie es vom Mittelgang rechts und links zur Seite. Das ist eine alte Bewegung, die sie bei *Was bin ich?* gemacht hätten, wären sie dort eingeladen gewesen. Hatte Robert Lembke jemals einen Bauern in seiner Sendung? Nur das Innenleben des Stalls will nicht mehr zur typischen Bewegung passen. Die gemauerten Wände sind bis oben gefliest, es gibt keine Fenster mehr, sondern waagerechte Lamellenöffnungen, zu klein für Schwalben. Sie könnten durch die großen Tore an den kurzen Gebäudeseiten in den Stall fliegen, da aber das Gebälk fehlt, die Wände glatt sind, bleibt ihnen kein Platz zum Nisten oder Ruhen. Ein moderner Kuhstall stinkt kaum noch. Die Belüftung und der Abtransport der Exkremente sind fast vollständig automatisiert. Trotzdem haben die Bauern nicht weniger Arbeit. Willem und Anne sitzen so viele Stunden am PC, wie sie auf den Äckern, in ihrem Wald oder in den Wirtschaftsgebäuden verbringen. Ob sie sich mit dem, was sie tun, noch identifizieren, habe ich nie wissen wollen; vermutlich würde Willem auf die Frage, was er sei, mit ›Willem‹ antworten, Anne mit ›Mutter und Putzfrau‹.

»Moin.«

»Moin.« Willem legt die Forke weg, geht in die Knie, mein Hund springt freudig um ihn herum, leckt ihm das bärtige Gesicht ab, dabei fällt Willems Basecap zu Boden, viele Haare hat er nicht mehr.

»Dich kennt er also auch«, sage ich.

»Wen noch?«

»Preetz.«

»Der alte Kinderhasser! Aber mit Tieren kann er. Wie kommst du zu dem Hund?« Willem krault den Bauch des Schwarzen, der auf dem Rücken liegt, sich vor Freude kaum einkriegt.

»Hab ihn verletzt in der Kanalunterführung gefunden. Ist aber nicht deiner?«

»Der stand vor ein paar Wochen bei uns aufm Hof, abgemagert. Anne mag keine Hunde. Hab ihm 'ne Kälberbox gegeben und ihn gefüttert. Nach ein paar Tagen war er wech.« Willems Frau hat sich auf ihrer Seite mit dem Heu bis zum Ende der Reihe gearbeitet. Wir sind keine Freundinnen, sie toleriert meine seltenen Besuche. Willem und ich sehen uns, wenn überhaupt, zufällig im Wald, auf seinen Feldern, einmal im Jahr bei Erwin oder mir im Haus. Er kommt nach wie vor zu unseren Geburtstagen, gratuliert, bringt einen Sack Essen mit und geht nach einem Bier wieder. Statt Bauer hätte Willem auch einen fantastischen Koch abgegeben. Er liebt Nahrungsmittel, versorgt mit Leidenschaft seine Familie und Freunde damit, als helfe eine Wurst oder ein Viertelreh jedes Problem lösen.

»Hast ihn adoptiert?«

»Ja.«

»Denn werde ich Futter für zwei einpacken, was?«

»Danke!« Anne hat ihre Forke weggestellt und macht mit der ihres Mannes seine Arbeit zu Ende. Willem, der Hund und ich gehen Richtung Wohnhaus, ein wunderschön gepflegtes Fachwerk, reetgedeckt. Auf einem der niedrigen Fenstersimse liegt eine rote Katze, vor der Tür eine schwarze und drei getigerte. Anne liebt Katzen.

»Wie geht's dir?«, fragt Willem. »Guckst traurig.«

»Ganz gut.«

»Feierst du übermorgen bei Erwin?«

»Nein.«

»Soll ich ihn abholen und zu dir bringen?«

»Nein.«

»Isser krank?«

»Glaub nicht.«

»Was ist? Du feierst doch nicht ohne Erwin Geburtstag!«

»Dieses Jahr schon.«

»Habt ihr gestritten?«

»Nö.«

»Nun komm, sach!«

»Er ist nicht mein Großvater.«

»Was?«

»Du hast richtig gehört.«

»Nein! Wie soll das denn angehen?«

»Er hat gesagt, dass er nicht der Vater meiner Mutter war.«

»Aber deine Großmutter hatte keinen andern. Nie im Leben.«

»Wie sagst du immer? ›Kannst den Leuten nur bis vor den Schädel gucken‹?«

»Du glaubst doch nicht, dass deine Oma …«

»Ich glaub gar nichts mehr, Willem, und nun ist gut.«

»Aber selbst wenn nicht, kannst doch trotzdem mit Erwin feiern? Hat dich ja großgezogen mit Lisbeth. Kann dir doch egal sein, wer der Vadder von deiner blöden Mudder war.«

»Lass gut sein, Willem.« Wir stehen in der Küche, er nimmt mich ungefragt in die Arme. Wenn Anne jetzt reinkommt, kriegt er Ärger, der bis Sonntag reicht, aber das wäre ihm egal. Er und ich kennen uns seit der Grundschule. Für Willem bin ich wie eine Schwester, das bleibt, und wenn Anne sich auf den Kopf stellt.

»Deshalb guckst du so traurig aus der Wäsche.« Er entlässt mich aus der Umarmung, schlägt mit der flachen Hand auf die Arbeitsplatte, dass der Schwarze und ich zusammenzucken.

»Nein, Syb, das kannst du Erwin nicht antun. Was, wenn der nächstes Jahr tot geht? Da willst du ohne ihn Geburtstag feiern? Das wirfst du dir ein Leben lang vor!«

»Mir egal.«

»Was wird das? Einen auf stur machen? Das kann ich besser, glaub man! Du feierst bei ihm und ich bring dich hin. Und den da auch.« Er streichelt Herrn Schwarz über den Kopf.

»Mal sehen. Ich denk drüber nach. Hast du Rehwürste?«

»Klar, letzte Woche frisch gemacht. Wie viele willste? Ach, komm her, Lütte!« Noch einmal werde ich umarmt. Jetzt ist Willem in seinem Element. In Windeseile räumt er mit seinen riesigen Händen Schränke und Kühltruhe leer, packt eine große Tasche und geht mit uns vor die Tür bis zu meinem Fahrrad.

»Du rufst mich an und sagst Bescheid, wann wir zu Erwin fahren. Verstanden?«

»Hm.« Zum Abschied küsse ich ihn auf die Wange. Anne kommt aus dem Stall mit Willems Basecap in der Hand.

Die Angst, nichts zu essen zu bekommen, habe ich nie ablegen können. Man könnte meinen, ich sei ein Kind von Flüchtlingen, die ihre Sorge um Nahrung in Form absurder Vorratshaltung und unstillbarer Gedanken an Essen an mich weitergegeben hätten. Aber meine Eltern ernährten sich überwiegend von Alkohol und sorgten sich nur um derartige Vorräte. Zwar hatten wir einen Kühlschrank und einen Schrank für haltbare Lebensmittel, doch weder der eine noch der andere wurde regelmäßig befüllt. Davon abhängig zu sein, dass meine Mutter außer Alkohol auch was zu essen einkauft, machte mir Angst. Eine Weile ging ich heimlich nach der Schule mit zu Willem, dessen kugelrunde Mutter am Hoftor auf das hungrige Kind wartete in der Sorge, es könne auf den letzten Metern entkräftet zusammenbrechen. Irgendjemand hat meiner Mutter von diesem Mittagstisch erzählt, und plötzlich hatten meine Oldies Angst um ihren Ruf. Nach den Prügeln für meinen angeblichen Verrat ließ mich meine Mutter drei Tage lang hungern. Damit ich die Strafe nicht unterlaufen konnte, wurde mir das Verlassen des Hauses verboten.

»In Zukunft isst du nur, wenn ich es erlaube. Wehe, du nimmst dir ungefragt aus den Schränken, dann gnade dir Gott!« Mutters Gebot einzuhalten, wäre zu schaffen gewesen, aber sie und mein Vater vergaßen ständig, was sie selbst gegessen hatten. An die Gnade Gottes habe ich nie geglaubt. Wenn überhaupt war Gott auf Seiten der Erwachsenen, anders ließ sich nicht erklären, warum Lehrer Frost die Kinder der Kriegsflüchtlinge mit seinem Siegelring schlagen durfte und mich meine Eltern grün und blau, ohne dass es irgendwen interessiert hätte. Ich konnte nicht verstehen, warum Gottes Name geheiligt werden sollte; mein Vater war er nicht, und ich hatte nie die Absicht, meinen Schuldigern zu vergeben. Was ein Lippenbekenntnis ist, wusste ich viel zu früh. Wenn ich wie jetzt Willems Lebensmittelspenden in Kühltruhe und Schränke räume, dann bedeutet mir das Essen nicht viel. Aber es in Form von Geschenken, Diebesgut oder vorzeitiger Feldernte erbeutet zu haben, macht aus meiner Kinderangst die Gewissheit, dass ich im Organisieren von Lebensmitteln autark bin. Sollten sie mir bei Netto wegen Diebstahl Ladenverbot erteilen, gehe ich bei Edeka klauen, und dann gibt es noch Lidl in Breeke und Aldi in Liestrup. Außerdem habe ich Carstens Hausschlüssel und seit gestern den Zweitschlüssel vom Pfarrhaus in Diekenkamp.

›Hey, Taubenflüsterer, Lust auf Kaffee und Kuchen in meinem Garten?‹
›Kann 16 Uhr, Kuchen von Emma?‹
›Ok. Kuchen, den du mitbringst.‹
›Auch für Jens? H_2O, Kaffee hast du?‹
›Just you and me. Ausreichend.‹

Carsten und ich haben uns im Bus kennengelernt. Er konnte damals schon gut zeichnen und schrieb für mich kurze Comics über unseren Schulalltag. In der Oberstufe besuchten wir zusammen den Englisch-Leistungskurs. Er hatte einen schrecklichen Akzent und scherte sich nicht um Fehler. Wir waren gleich beste Freunde, beim Abschreiben ein gutes Team. Erwin und Oma mochten ihn. Carsten war ein Sonntagskind. Bis zu der Sache mit Sassa hatte er keine einzige schwere Krise. In den umliegenden drei Landkreisen kennt er alle hübschen jungen Frauen, über die Hälfte intim. Sassa war die erste, die er geliebt hat. Dass sie Kinder wollte, beendete die Sache zwischen den beiden. Aus Carstens Sicht hätte das für einen zu langen Zeitraum Verantwortung bedeutet. Als Bürgermeister übernimmt er sie in vollem Umfang, deswegen wählen wir ihn. Wenn er eines Tages genug davon hat, wird er zurücktreten. Als Familienvater könnte er sich nicht aus der Verantwortung stehlen.

Zwischen ihm und mir hat es nur einen einzigen Kuss gegeben. Wir waren fünfzehn und betrunken auf meiner Geburtstagsparty. Jens lag mit Mumps im Bett. Danach sagte Carsten: »Geht nicht mit dir, lass mal Freunde bleiben.«

Ich habe Lust auf Spießigkeit. Mit dem Rollbrett schaffe ich den alten Holztisch aus dem Schuppen unter den Pflaumenbaum, finde die einzige Tischdecke, die ich besitze, und spüle zwei Gedecke vom alten Geschirr, das mir Emma überlassen hat. Mein Garten ist vogelleichenfrei. Da verstehen Carsten und ich keinen Spaß.

»Moin, altes Mädchen.«

»Sach mal?!

»Was denn? Bist du ja nicht mehr lange, wenn du Jens endlich erhörst, wie?! Aber ich bin Trauzeuge, damit das klar ist. Und bloß kein langes weißes Kleid in deinem Alter. Blumenmädchen gehen auch nicht mehr.«

»Noch ein Wort und ich schieße deine Tauben vom Himmel.« Wir gehen durchs Haus und den Wintergarten ins Freie. Es sind angenehme 25 Grad, ein leichter Wind trägt eine Hornisse zu uns an den Tisch. Herr Schwarz hat sich nach Carstens Begrüßung wieder auf die Decke gelegt. Sein Blick macht mir schlechtes Gewissen – schon der zweite Mann im Haus in zwei Tagen. Ob er mich verlässt, wenn noch mehr kommen?

»Für dich habe ich gedeckten Apfel und eine doppelte Portion Sahne mitgebracht.«

»Ein wahrer Freund weiß, was mir schmeckt! Und du?«

»Käsekuchen für 'n Vadder!« Er stopft sich den Mund voll damit, ich gieße ihm Kaffee ein.

»Lass hören«, nuschelt er.

»Was jetzt?«

»Mir egal, kannst am Ende anfangen, mittendrin oder bei vorgestern, als Jens' Fahrrad an deiner Rotbuche übernachtet hat.«

»Von wem weißt du das denn?«

»Hallo? Christine ist meine Buchhalterin und wohnt drei Häuser weiter von dir?«

»Na gut. Jens hat mich eingefangen nach dem Vorfall mit deinem Mieter.« Carsten schiebt den Teller beiseite, schluckt den letzten Bissen Kuchen runter.

»Was für einen Vorfall?«

»Stehle wollte mir eine scheuern.«

»Was? Warum das denn?«

»Ich habe ihm ein paar unangenehme Fragen gestellt. Es ging um Viola und Celina. Meine Aussage hat ihm nicht gepasst. Außerdem war er wohl angepisst, weil ich seiner Einladung zum Essen nicht gefolgt bin. Er ist ein Arschloch, Carsten. Hab ich dir gleich gesagt. Weißt du noch, als ich bei dir war, nachdem ich ihn das erste Mal getroffen hatte?«

»Wo war das?«

»An der Schleuse.«

»Die Ohrfeige?«

»Nein, das war im Wald vorm Kanal, Breeke-Seite.«

»Wann?«

»Vorgestern.«

»Den schmeiß' ich raus, vorher polier ich ihm die Fresse.«

»Ruhig, Brauner. Ich glaube, die Polizei hat Stehle schon auf dem Kicker.«

»Warum?«

»Weil ich ihn zwei Tage vorm Verschwinden der Mädchen mit den beiden an der Kirche gesehen habe. Das Eis der Mädchen war von ihm. Das habe ich der Polizei gesagt. Er denkt, ich will ihn reinreiten.«

»Wieso kauft der den Mädchen Eis und trifft sich mit ihnen?«

»Genau die Frage hört Stehle nicht gern, nicht von mir, nicht von der Polizei. Sag mal, kommst du als Bürgermeister vielleicht an Meldedaten ran?«

»Warum?«

»Es gibt in Stehles Lebenslauf eine zehnjährige Lücke, und ich wüsste gern, wo er in der Zeit war. Könnte doch sein, dass er im Gefängnis gesessen hat?«

»Hm. Ich wüsste schon jemanden, der mir die Information beschaffen kann, aber das ist nicht legal. Die Polizei wird sich den Typen genau ansehen, ist nicht unsere Sache. Hat er dich denn getroffen, ich meine mit der Ohrfeige?«

»Nein, hab mich weggeduckt, und den Rest hat Herr Schwarz erledigt. Stehles Arm musste im Krankenhaus genäht werden. Schade, Hundebisse können schöne Entzündungen hervorrufen.«

»Hast du ihn angezeigt?«

»Nein.«

»Warum nicht?«

»Er hat mich nicht getroffen. Und ich will nicht, dass er mich wegen Herrn Schwarz anzeigt. Die Polizei würde ihn dann erschießen.«

»So schnell töten die keinen Hund, der sein Frauchen verteidigt. Wie ist die Situation denn ausgegangen?«

»Wie ausgegangen?«

»Hat Stehle sich entschuldigt? Bist du weggelaufen? Was war mit dem Hund? Wieso hast du mich denn nicht sofort angerufen?«

»Ich bin dann mit dem Schwarzen abgehauen. Zuhause wollte ich mich beruhigen, war aber total durch den Wind. Die Situation hat mich an früher erinnert. Da habe ich Jens, den Profi-Trostspender angerufen, you know.«

»Brauchtest viel Trost, wie?« Er grinst breiter als die Wasserfrösche im Teich.

»Hm.«

»Und?«

»Und Nachbetreuung.«

»Und?«

»Einen Freund, der keine weiteren Fragen stellt.«

»Apropos: wo feierst du Geburtstag – hier oder bei Erwin?«

»Du bist heute schon der zweite, der fragt. Was ist an dem Scheißgeburtstag so wichtig?«

»Ist dein 50ster!«

16. Juli

Jemand hat das Büronummernschild mit einem handgeschriebenen Zettel überklebt: *Soko Viola/Celina Zi. 04.*

»Schau an, Stehle, Sie haben auch eine Vorladung bekommen.« Der alarmierte Blick des Alkis trifft mich ungerührt. Er wirkt wie einer, der etliche Male bei der Polizei gesessen hat. Sein Mund steht offen, die Schultern hängen tief wie nasse Wäsche, unter den Augen liegen Schatten einer durchwachten Nacht. Wie lange schon versucht er den Kopf klarzukriegen, um für die Befragung fit zu sein? Schade, dass ich Herrn Schwarz vorm Eingang anbinden musste, zu gerne hätte ich ihn an Stehles Armverband schnuppern lassen. Statt mich daneben auf die Bank zu setzen, nehme ich den Fensterplatz gegenüber der Tür.

Seit der Pressekonferenz mit den Eltern ist es in den Medien ruhig geworden. Die Tageszeitung hat heute Morgen mit einem Waldbrand in der Göhrde aufgemacht. Die dritte Seite war voller Grafiken zu den gefährdeten Waldgebieten Niedersachsens, kein Wort von Regen, keine Meldung zur Vermisstensache. Es gibt nichts Neues zu den Mädchen. Daran, dass sie weg sind, ein absurd schwebender Zustand, kann man sich nicht gewöhnen. Hat Büchners Woyzeck Recht – ist die Erde hohl? Hoffentlich hat keiner von uns mit dem Fuß ein Loch in sie gestampft und die Mädchen hinunter gestoßen.

»Frau Uhlen?«

»Ja?«

»Bitte kommen Sie.« Ein großer Mann mittleren Alters, das graue Haar auf drei Millimeter rasiert, hält mir die Tür auf. Kurz fällt sein Blick auf Stehle. Schwer zu erkennen, ob er weiß, wer der Wartende ist. Als ich an dem Mann vorbeigehe, reicht er mir die Hand: »Aders.« Das Zimmer Nummer 4 ist ein großer Raum. Die Tür, durch die ich ihn betrete, liegt in der Mitte der langen Seite. Ich habe mit einem kleinen Büro gerechnet. Stattdessen sehe ich ein Besprechungszimmer mit vielen, zu einem großen Rechteck verbundenen Tischen. Außer mir und Aders halten sich hier zehn weitere Personen auf. Es liegen aber sechzehn, teilweise geöffnete Notebooks verteilt auf dem Konferenztisch. Bis wir Aders' Sitzplatz erreichen, zähle ich acht herrenlose Smartphones, drei davon sind zum Aufladen an Tischsteckdosen angeschlossen. Der Beamte bietet mir den Platz neben seinem an. Ich rücke den Stuhl ein Stück ab, bevor ich mich setze.

»Wir haben Sie hier am Montag erwartet, Frau Uhlen.« Es klingt nach einer Feststellung.

»Ich habe eine E-Mail geschrieben. Hat sie Sie erreicht?« Er sieht mir in die Augen, benötigt mehrere Sekunden für die Einschätzung meiner Person. Betont langsam öffnet seine rechte Hand den Deckel eines Schnellhefters. Obenauf liegt ein Ausdruck meiner Nachricht. Beinahe bühnenreif diese Geste.

»Ihre schriftliche Einlassung ist detailliert. Es fehlen aber die Antworten auf meine Fragen, die Sie nicht wissen konnten. Darum habe ich Sie einladen lassen.« Aders macht klar, dass er die Gesprächsführung keinen Moment an mich abgeben wird. Seine Worte legen sich wie ein Korsett um mich. Das Atmen fällt mir schwer. Unsere Sitzpositionen, als würden wir auf einer Bank am Stadtweiher Enten beobachten, widersprechen der Psychologie des Gesprächs. Aders' Kollegen, die an uns vorbeigehen, der Lärmpegel, die hohe Temperatur … Ich wünschte, Herr Schwarz wäre bei mir.

»Vorladung stand auf Ihrer Einladung«, sage ich. Seine Gesichtsmuskeln bewegen sich nicht.

»Sie sind Autorin?«

»Eben.« Er lässt sich drei Sekunden Zeit, bevor er sagt: »Erstens, Frau Uhlen, worum es hier geht, ist kein Kriminalroman oder die Vorlage für einen. Wenn meine Kollegen Ihnen zugestehen, am Montag in die Dienststelle zu kommen, damit Ihr Sonntag nicht noch länger unterbrochen wird und Sie mit Jens Vossen essen gehen können, dann war das sehr nett von denen. Ich hätte Sie mit den Fundstücken ins Auto gesetzt und umgehend hierher gebracht. Zweitens: versuchen Sie nicht, mit mir zu spielen. Ich beiße auch Frauen und alte Leute. Verstanden?« Wenn Stehle mit Aders schon Kontakt hatte, weiß ich jetzt, warum er letzte Nacht nicht schlafen konnte.

»Was Sie gerade deutlich machen, Herr Aders, ist Ihre Anspannung. Sie stehen unter großem Druck und sind angepisst, weil ein krankes Arschloch zwei Kinder in seiner Hand hat, und zwar seit fast neun Tagen. Dass Sie mich zusammenfalten müssen, damit Sie größer und stärker erscheinen, ist mir unverständlich. Weder bin ich Ihr Gegner noch Sündenbock oder eine Verdächtige. Ich würde

Sie auch ohne Brustgetrommel ernst genommen haben. Erste Frage bitte.« Welchen Eindruck meine Worte auf mein Gegenüber machen, lässt sich nicht erkennen.

»Wann haben Sie Viola und Celina zum letzten Mal gesehen?« Aders muss Zeit ohne Ende haben. Er will Antworten, die längst protokolliert wurden von den Polizisten, die mit jedem in meinem Dorf gesprochen haben.

»Am 6. 7. um 14 Uhr.«

»Sie sahen sie zusammen mit Siegmar Stehle?«

»Korrekt.«

»Nach dem 6. 7. haben sie weder Viola noch Celina gesehen?«

»Korrekt.«

»Falsch!« Aders beugt sich weit zu mir vor, sagt: »Sie lügen, Frau Uhlen. Zum dritten Mal: wann haben sie die Kinder zuletzt gesehen?« Plötzlich rieselt es in meinem rechten Ohr, ein Geräusch, das ich manchmal höre, bevor mir schwindlig wird und der Blutdruck abfällt. Niedriger Blutdruck ist nicht schlimm, man hat nur größere Chancen, ohnmächtig zu werden, wenn sich die Gefäße plötzlich weiten und der ohnehin niedrige Druck absinkt wie je…

Irgendjemand tätschelt schmerzhaft meine Wangen. Ich schlage um mich, kann nicht erkennen, wessen Hände sich meines Gesichts bemächtigen. Ich höre Blut rauschen. Gedämpfte Stimmen sprechen Kauderwelsch. Ein Mann ruft meinen Namen, ruft mich auf wie früher Lehrer Frost. Ich muss aufstehen, wenn ich meinen Namen höre. Aus der Bank treten. Ich muss den Stuhl eng an den Tisch anstellen, mich selbst dahinter, Augen nach vorn zum Lehrer, laut und deutlich die korrekte Antwort geben: »6. 7., 14 Uhr.« Als Belohnung legt mir der laute Mann ein Stück feuchten Zucker in den Mund. Ich kenne den Geschmack: Effortil-Tropfen. Gleich steigt mein Blutdruck wieder. Ich stehe vom Boden auf, schüttle fremde Hände von meinen Armen und Schultern ab. Kann alleine stehen. Ein Griff an die schmerzende Stelle: rechte Schädelseite, eine Beule. Ich bin vom Stuhl gekippt, mit dem Kopf aufgeschlagen. Malheur, altvertraut. Zuletzt vor über zehn Jahren passiert. Nach Omas Abschiedsbesuch. Damals im Garten. Großes Malheur unter der Erde. Denn die Welt war immer hohl. Keine Frage, eine Feststellung. Was wir als Hölle fürchten, ist nur Magma. Dagegen erscheint der Himmel als schöner Ort. Wir haben die Wahl: unten verbrennen, oben ersticken.

»Wir nehmen sie mit ins Krankenhaus«, sagt ein Sanitäter.

»Nein. Ich bin okay.«

»Sollen wir Sie nach Hause fahren?«, fragt Aders.

»Ja.«

Wo ist der 8. Juli? Ich suche ihn im Block, als elektronische Datei, in meinem Kopf und finde ihn – nirgendwo. Es muss ihn gegeben haben. Selbst der größte Quader aus zur Ewigkeit verdichteten Minuten kann keinen ganzen Tag meines Lebens auslöschen. Niemals. Ich darf verdrängen, vergessen, etwas nicht wissen, selbst wenn ich es als wahr erkannt habe. Mehr als ein paar Minuten Ewigkeit aber darf ich nicht verlieren, nicht ohne jeden Anhalt, wo der Quader mein System ausgehebelt hat. 7. Juli: Am Ende meiner Runde, auf der ich die Flyer fürs Dorffest verteilt habe, war ich bei Carsten, davor bei Beate und Martin, die auf die Mädchen warteten. Wo war ich nach Carsten? In der Nacht? Was habe ich am 8. Juli tagsüber gemacht? Wenn Aders mich als Lügnerin bezeichnet, mir aber nicht bewusst ist, dass ich die Mädchen nach dem 6. Juli noch einmal gesehen habe, muss es jemanden geben, der mich mit ihnen beobachtet und darüber die Polizei informiert hat. Das kann erst kürzlich gewesen sein, sonst hätte die Diskrepanz zwischen meiner und der anderen Aussage Aders zu einer sofortigen Klärung veranlasst. Wann bekam die Polizei diese Information? Heute Morgen? Von Stehle?

Gewiss, mein Bewusstsein spielt mir ab und an einen Streich. Wie jedem Menschen. Manchmal höre ich etwas, das der andere nicht gesagt hat, sehe Details und verknüpfe sie mit phantasierten Begebenheiten. Oma war der einzige Mensch, der Verständnis dafür hatte, dass ich noch in einer anderen Welt lebe, die ich als Kind nur selten zugunsten der Erwachsenenwelt verließ. Wie jedes Kind. Nach wie vor sehe ich keine Notwendigkeit, mich für eine Welt zu entscheiden, solange ich weiß, wo die Tür ist, die beide verbindet. Einen Tag zu verlieren, ist aber etwas anderes als ein Streich des Bewusstseins.

Viele Wochen habe ich mich nach Omas Tod gefragt, wie ich vergessen konnte, dass meine Eltern im Garten unter der Erde liegen. Die Erinnerung an die traumatischen

Ereignisse jener Nacht mit ihnen zu begraben, war möglich, weil ich nach ihrem Verschwinden zu den Großeltern zog, mein Haus, das Grundstück jahrelang nicht betreten habe. Die Seele schützt sich, lagert aus, was das System überfordern und zum Erliegen bringen könnte. Aber einen ganzen Tag löschen? Jetzt, in Zeiten seelischen Friedens, die keine Gefahren für mich bergen? Ein Teil meines Bewusstseins wusste, dass der 8. 7. fehlt. Anders ist die Ohnmacht nicht zu erklären.

Es rumpelt in meinem Bauch. Die Angst kommt. Als Vorboten schickt sie Durchfall. Früher war es Übelkeit. Auf dem Weg zum Bad höre ich den Schwarzen leise fiepen. Werde ihn nachher beruhigen. Guter Hund, ist bei mir im Wohnzimmer geblieben. Hat gleich gemerkt, dass etwas nicht stimmt, als ich am Arm eines Beamten aus dem Eingang des Polizeigebäudes kam. Hätte er nicht gebellt, ich hätte ihn vergessen, wäre ohne ihn ins Auto gestiegen. Was die Nachbarn jetzt wohl denken? Zu spät ist mir eingefallen, den Polizisten zu bitten, Herrn Schwarz und mich vorm Dorf aussteigen zu lassen. Bin nicht die einzige Phantasiebegabte unseres Dorfes. Erst Jens' Fahrrad zwei Nächte hintereinander an meiner Rotbuche, dann werde ich von der Polizei nach Hause gebracht? Auch weiß ich nicht, was Beate oder Martin über meinen Besuch bei ihnen erzählt haben.

Was, wenn Aders mit mir gespielt hat? Mir fehlt ein Tag, das weiß er aber nicht. Dass ich die Mädchen nach dem 6. 7. noch einmal gesehen haben soll, kann ein Verhör-Trick gewesen sein. Mein Filmriss ist nur ein Beweis dafür, dass ich einen solchen habe. Aders' Behauptung könnte auf einer Falschaussage Stehles basieren. Ich muss Aders nicht glauben, wenn er mich der Lüge bezichtigt. Keinesfalls werde ich irgendjemandem gestehen, dass mir ein Tag fehlt. Und nur weil einer sagt, er habe mich mit den Mädchen nach dem 6. Juli zusammen gesehen, heißt das nicht, dass das als Beweis durchgeht. Ich muss beim nächsten Gespräch mit der Polizei herausfinden, wann und wo die Begegnung mit Viola und Celina stattgefunden haben soll. Mein Gegenüber darf aber nicht merken, dass meine Erinnerung eine 24-Stunden-Lücke hat. Schwierig, wenn es Aders ist, mit dem ich sprechen muss. Er macht nicht den Eindruck, dass er sich mehr als eine Wahrheit vorstellen kann.

Zwölf Uhr. Heute Morgen war es frisch, die Luft klar, jetzt liegt sie klebrig auf der Haut, hält mich, zieht an mir wie ein Spinnennetz. Wieder sind es über 30 Grad. Seit Wochen sinken die Pegelstände, den Kanal werden sie mit Wasser aus der Weser auffüllen, um die Schiffbarkeit zu gewährleisten. Die Entnahme durch die Bauern für die Bewässerung der Felder wurde gestoppt. Auf der Autofahrt nach Hause war beidseitig schwarzes Korn, vertrocknete Kartoffelpflanzen und kleinwüchsiger Mais zu sehen. In Jahren wie diesem hatte Oma die Küchentür immer offenstehen, die Bauern hätten ihr sonst die Klinke ruiniert, so oft wie sie mit Fragen kamen, deren Unterton flehend, manchmal verzweifelt war. Auf dem Land ist der Meteorologe auch Pastor.

»Los, Schwarzer, wir machen frischen Regen. Nur für uns beide.« Der Pumpenmotor läuft fast eine Minute, bevor aus dem Teichbrunnen endlich kaltes Grundwasser sprudelt, hochgeholt aus 50 Metern Tiefe. Ich stelle den Rasensprenger an, mich darunter, winke den Hund zu mir. Wir spielen wild unter dem Fächerregen, mein Gefährte scheint froh zu sein, dass ich wieder in Ordnung bin. Das erste Mal läuft er schnuppernd den ganzen Garten ab. Bevor er hinter der Haselnuss verschwindet, dreht er sich zu mir um. Ich ermuntere ihn, auch die rückwärtige Grundstücksgrenze zu erkunden. Durch die dicht stehenden meterhohen Koniferen, die den Einblick von der kurzen Seite des Gartens verwehren, wird er nicht aufs Nachbargrundstück gelangen können. Dazu müsste er noch die 50 Zentimeter dicke Hecke in Bieneckes Garten überwinden. Das schafft selbst die schmale Siam nicht, sie springt von der rechten Längsseite über einen niedrigen Zaun ins Vogelparadies. Früher war mein Garten voll düsterer Nadelgehölze und Altweiber-Sträucher. Bis auf die Pflanzen, die mir rundum Sichtschutz gewähren, habe ich alle Friedhofsgewächse rausgerissen.

Sie liegen nicht tief. Das Loch, das mein Vater gegraben hatte, war nur für eine Person gedacht. Mutter war wie ich dünn, Vaters Volumen doppelt so groß. In den alten Western, auch in modernen Krimis bleibt bei unorthodoxen Bestattungen nie Aushub übrig. John Wayne und Konsorten häuften zusätzlich große Steine aufs Grab. Wölfe und Kojoten sollten den toten Cowboy nicht freilegen können. Unwahrscheinlich, dass diese Tiere nach Beute graben, die sie nicht gejagt haben. Ich aber hatte Aushub übrig und viel Arbeit, ihn unter den Büschen zu verteilen.

Während der Jahre, die die Oldies tief in meinem Unbewussten ruhten, ich den Garten aber schon bewirtschaftete, nutzte ich den hinteren Bereich als Halde für Strauch- und Baumschnitt. Manchmal fuhr Willem einen Teil davon ab und kippte ihn in seinen Wald. Im Winter machten es sich Igellas Vorfahren unter den Ästen und Laubhaufen gemütlich. Eine der Honorarzahlungen für meinen Erstling, der Ende der 1980er Jahre die Phantasien von Stadtflüchtlingen mit Bildern eines berechenbaren Dorflebens versorgte, investierte ich in einen Gärtner, der innerhalb einer Woche den hinteren Bereich freiräumte und für die Anlage von Gemüsebeeten vorbereitete. Wo genau meine Oldies verrotten, kann ich nach einundvierzig Jahren nicht mehr sagen. Aus Angst vor Entdeckung habe ich nie gegoogelt, wie lange zwei übereinander liegende menschliche Körper zur Kompostierung brauchen. Ihre Knochen und Schädel liegen sicher noch unter dem knappen Meter Erde. Nach Omas Tod, der Wiederkehr meiner Erinnerung, habe ich die Beete aufgelöst, Rasen gesät und einen Kirschbaum gesetzt. Seine Früchte werden immer vor der Ernte madig. Die Stare fressen sie gern.

»Uhlen.«

»Aders. Wie geht es Ihnen?«

»Kreislauf ist stabil.«

»Und Sie?«

»Halbwegs.«

»Warum ich anrufe: wir brauchen Ihre Aussage. Wenn die Situation hier in der Dienststelle für Sie zu stressig ist, komme ich für ein Vorgespräch zu Ihnen. Sind Sie um 17 Uhr zuhause?«

»Heute gleich wieder? Ich weiß nicht …«

»Sie haben morgen Geburtstag. Da wollen Sie sicher feiern. Ist ja ein runder. Auf Papier können wir Ihre Aussage auch nächste Woche bringen. Aber ich hätte dann schon Antworten auf meine Fragen.«

»Geht es nicht am Telefon?«

»Nein. Dass ich zu Ihnen komme, ist ein Angebot, Frau Uhlen.«

»Schon verstanden. Dann um Fünf hier.«

Vier Stunden, um einen Tag wiederzufinden! In meinem Kopf ist ein riesiger nasser Schwamm. Ich bin zu durcheinander, um einen Gedanken vor den anderen zu setzen. Jens! Er muss mir beim Denken helfen, beim Beruhigen. Außerdem könnte er beim Gespräch dabei sein. Ich will Aders nicht allein gegenüber sitzen, schon gar nicht in meinen vier Wänden.

»Was gibt es, Syb? Ich habe gleich eine Taufe.«

»Kannst du danach zu mir kommen? Es ist ein Notfall. Ich brauche dich den Rest des Tages. Jedenfalls bis sieben Uhr. Geht das? Bitte?«

»Wirklich ein Notfall?«

»Definitiv.«

»Okay, ich bin kurz vor drei bei dir.«

»Danke!«

Carsten! Warum mir das nicht gleich eingefallen ist: er

muss wissen, wann ich am Abend des 7. 7. von ihm weggegangen bin und in welchem Zustand.

»Hey, was gibt's?«

»Hast du eine Minute?«

»So lange, bis mein Essen kommt.«

»Wo bist du?«

»Burger House, füttere die Schwäne mit Pizzabrötchen. Weißt du jetzt, wo du morgen feierst und was ich dir schenken soll?«

»Doppel-Nein. Sag mal, am Abend, nachdem ich die Flyer fürs Dorffest verteilt hatte, da war ich bei dir. Erinnerst du dich?«

»Ja, klar. Hast Sprüche wegen Sassa rausgehauen.«

»Genau, und über Stehle haben wir geredet und die Flüchtlinge, darüber, dass Sassa eine Familie gründen wollte.«

»Erinnere mich nicht daran! Du schreibst doch wohl nicht über mich und meine Frauengeschichten?«

»Nicht unter Verwendung deines Klarnamens. Nein, was anderes: Weißt du noch, wann ich in etwa von dir weg bin?«

»Nach Sonnenuntergang, circa zehn Uhr. Warum?«

»Wegen der Bienekes, sie sagen, der Schwarze hätte gejault um Mitternacht, aber da war ich dann ja längst zuhause.«

»Bienekes? Da tippe ich auf einen hochprozentigen Wolf.«

»Genau, mit roten Augen. Okay, das war's schon. Hast mir geholfen. Dein Essen immer noch nicht da?«

»Kommt gerade angelaufen.«

»Was ist es?«

»Halbes Rind auf Toast!«

»Guten Appetit.«

Ich überlege, ob ich die Mädchen am 7. 7. gesehen habe, ohne sie wahrzunehmen. Das könnte nur zwischen Schulschluss und ihrer Fahrt mit den Petersens ins Freibad gewesen sein. Am 7. 7. haben Erwin und ich Kuchen gegessen. Wann ich von ihm weggefahren bin, habe ich nicht notiert, aber dass ich danach bei den Flüchtlingen war, um die arabisch-sprachigen Flyer auszuliefern. Die Unterhaltung zwischen Said und mir dauerte etwa eine Stunde. Er erzählte von seiner vermissten Schwester Rana. Wann ich die alte Schule verlassen habe, weiß ich nicht mal ungefähr, nur, dass ich direkt nach Hause gefahren und erst am Abend zur Flyer-Verteilung wieder aufgebrochen bin. Hätte ich die Mädchen getroffen, nachdem ich von Carsten weg bin, zu einem Zeitpunkt, als die Lütten längst überfällig waren, würde Aders mich nicht nach Hause gebracht haben lassen. Ich wäre eine der beiden letzten Personen, die die Mädchen vor ihrem Verschwinden gesehen hätte. Wer immer die Person ist, die mich beobachtet haben will, muss sich fragen lassen, wieso sie ihre Aussage so lange zurückgehalten hat. Was gibt es Wichtigeres als die Information, wer die Kinder wo und wann zuletzt sah? Wie ich es auch drehe und wende, es fügt sich nicht ineinander. Und die ganze Zeit grummelt mein Bauch. Höre ich auf nachzudenken, muss ich sofort zur Toilette. Logik ist das wirksamste Mittel gegen Angst. Ich muss auf Jens warten. Er ist unbefangen. Hat sich jahrelang mit dem Gottesbeweis beschäftigt, da wird mein Gordischer Knoten ein Leichtes für ihn sein. Und essen, ich muss was essen, ohne Zucker funktioniert das Gehirn nicht. Ob ich Jens doch sage, dass mir der 8. Juli fehlt? Wenn er mir helfen soll, muss er das wissen. Nicht, dass er aus Versehen während des Gesprächs mit Aders in meine Taktik grätscht.

»Essen, Syb, du wolltest was essen!« Herr Schwarz schaut mich an, als hätte ich ihn nach der Quadratwurzel aus Acht gefragt.

»Willst du auch was essen, Trüffelchen? Komm, wir teilen uns eine Dose Ravioli.« Der Hund setzt sich neben mich auf seine Decke vorm Gartenhaus, zwei Drittel der kalten Nudeltaschen wandern aus der Dose in seinen Napf. Bevor ich mein Drittel ausgelöffelt habe, rumort es wieder in meinem Bauch. Keine Chance, solange ich Angst habe, bleibt mein Körper im Notfallmodus – mit leerem Magen und Darm flüchtet es sich schneller.

Ich zähle die Fugen zwischen den Kacheln gegenüber der Toilette. Es sind neun Längsfugen. Habe ich Viola und Celina getötet? Nein, es sind neun senkrechte Fugen, neun von der linken Mauerecke bis zum Türstock rechts. Habe ich? Wie viele waagerechte Fugen?

»Wie wäre es, wenn du mal abziehst zwischendurch?« Okay, also die waagerechten Fugen. Wann kommt Jens? Hat er gesagt kurz vor Vier? Ja. Vier Stunden, um einen Tag zu finden. Vier Stunden, bis Jens kommt. Nein. Aders kommt um Vier. Jens um Drei. Drei mal drei Fugen. Okay, aber wie viele waagerechte Reihen sind es?

»Oh Gott, bitte sag mir, dass ich die Kinder nicht getötet habe! Ich fleh dich an: lass mich die Kinder nicht getötet haben!« Die Fugen! Ich muss die Fugen zählen. Wenn ich die Fugen zählen kann, bin ich keine Mörderin. Neun in der Senkrechten.

»Komm schon, Sibylle! Zähl' die scheiß Fugen, zähl' sie verdammt!« Habe ich schon abgezogen? Meine Nase läuft, die Tränen sind schneller als der Rotz. Ich kriege die Fugen nicht gezählt. Nase putzen. Atmen. Im Spülkasten rauscht das Wasser. Aber schon viel zu lange. Oder? Der Schwimmer hängt. Wenn er hängt, läuft der Kasten nicht voll. Ich muss ... Verdammt, es läutet. Aders!

»Rübchen, wie siehst du denn aus? Komm mal her!« Jens nimmt mich in die Arme. Ich heule mich durch sein Hemd in die Brust, mache mich ganz klein. In seiner unschuldigen Brust werde ich mich verstecken.

»Wird alles gut, Große. Hey, wird alles gut. Was ist denn los?« Er küsst mich. Wir stehen im Winkel zwischen Haustür und Gästetoilette. Der Geruch ist mir peinlich. Habe ich abgezogen?

»Geh schon mal ins Wohnzimmer. Ich mache Kaffee für uns, ja?«

»Nein, du bist schon aufgeregt. Gib mir eine Flasche Wasser und erzähl, was passiert ist.« Einem Geysir gleich sprudelt es aus mir heraus. Alles sage ich Jens, auch das Schlimmste: den Verlust eines ganzen Tages.

»Es steht nichts darüber in deinem Block?«

»Nein. Und nicht in meinem Kopf. Ich hab Angst, dass

die Polizei mich verdächtigt, wenn sie mitkriegen, dass ich einen Filmriss habe. Was soll ich tun? Aders kommt um Vier.« Schon wieder Tränen. Keinen Satz kriege ich raus, ohne dass meine Stimme wegbricht.

»Gerade hast du gesagt, Aders kommt um Fünf.«

»Ja, um Fünf. Sag ich doch.«

»Gib mir mal Papier und Stift, bitte.« Jens macht drei senkrechte Spalten für den 6., 7. und 8. Juli. Aus meinen Notizen lese ich ihm vor, wo ich war mit den ungefähren Uhrzeiten.

»Wann setzt deine Erinnerung aus? Kannst du dich noch daran erinnern, dass du dich von Carsten verabschiedet hast?«

»Nein. Die Bilder, die ich sehe, fühlen sich nach Lückenfüllerphantasien an.«

»Wann setzt die Erinnerung wieder ein?«

»In der Nacht auf den Neunten.«

»Du erinnerst dich an kein merkwürdiges Gefühl am Neunten? Einen Filmriss realisiert man zuerst an Kleinigkeiten, daran, dass was fehlt. Du erinnerst dich an keinen Zeitsprung, an keine Brüche?«

»Negativ, auch da habe ich das Gefühl, ich phantasiere das mehr, als dass ich es wirklich weiß. Ich kann mich an die vielen Polizisten erinnern, die sich auf dem Parkplatz vor den Supermärkten versammelt hatten. Ich habe mich gefragt, wo sie aufs Klo gehen, jeder hatte eine Flasche Wasser in der Hand. Die Hunde hechelten, bekamen Wasser in Schüsseln und Näpfen. Dann habe ich Carsten gesehen. Er hat mir erzählt, dass die Flüchtlinge ihre Hilfe angeboten haben. Sie wollten suchen helfen. Er hat mit dem Einsatzleiter gesprochen. Da habe ich gehört, dass der ADAC und die Brandschutzpatrouille informiert sind für den Fall, dass sie was aus der Luft entdecken. Da war keine Lücke, Jens.«

»Woher wusstest du, dass Viola und Celina am 7. 7. nicht nach Hause gekommen sind?« Mein Bauch! Ich renne zur Toilette. Wie viele Kachelreihen sind es von oben nach unten? Die Fugen, Sibylle, zähl die Fugen! Zählen gegen die Angst. Das Wasser, das ich getrunken habe, kommt nicht aus der Blase. Weiterzählen: fünf, sechs, sieben, wir müssen unsere Eltern lieben, acht, neun, zehn, Kinderleid wird nie vergehn.

»Sibylle? Alles okay?«

»Ja. Nein. Ich komme gleich raus.« Ich spüle, öffne das Fenster. Bevor ich die Toilette verlasse, zähle ich die Reihen zu Ende. Sechzehn.

17. Juli

Sie schlafen. Jens schnorchelt einer Seeschlange hinterher, die Hundepfoten laufen über eine Traumwiese. Drei Uhr nachts, der Himmel hat mir zum Geburtstag eine Lichterkette über den Garten gehängt. Zwei Sterne funkeln wie Großmutters Augen. Gerne würde ich glauben, dass sie schützend über mich wacht, aber um zu glauben, weiß ich zu viel und zu wenig.

Mein Verdacht, ich könnte den Mädchen etwas getan haben, bestürzte Jens. Warum ich mich in Zweifel ziehe, fragte er. Glauben könne sich nur, wer seinem Verstand vertraue, antwortete ich. Wer sich aber jahrzehntelang eine erfundene Geschichte geglaubt und nun den Verlust eines ganzen Tages zu beklagen habe, wisse nur eines: weder Verstand noch Glaube seien Garanten. Jens versprach, meinen fehlenden Glauben durch seinen auszugleichen. Nicht er, ich stünde mit meiner Haltung alleine da, denn außer ihm und Gott gebe es noch ein halbes Dorf, Freunde, einen Großvater und etliche Tiere, die mir bedenkenlos vertrauten. Trotzdem suchten wir auf meinen Wunsch hin alle Kellerräume und den Garten ab, bevor Aders klingelte.

Fünfzig also. Wenn mir Oma zwei Sternschnuppen schenkt, tausche ich sie gegen Viola und Celina. Vielleicht kann nur eine Gabe des Himmels die Kinder aus der Hölle der Erwachsenen zurückbringen. Werden sie jemals wieder singend an einem Gartenzaun entlanglaufen, selbstvergessen Stockrosen und Hummeln streicheln? Wird ihnen unser Dorf je wieder etwas anderes bedeuten als ein Ort, der sie vom Erdboden verschluckte? Ihre Mutter muss sich vor der Pressekonferenz ähnliche Gedanken gemacht haben. Sicher ist sie mit einem Psychologen mögliche Szenarien durchgegangen für den Fall, dass die Kinder lebend zu ihr zurückkehren. In die Kamera sagte Beate: »Bitte zerstören Sie sie nicht!« Weil ihr bewusst war, dass man körperliche Verletzungen heilen kann, nicht aber kaputte Kinderseelen?

Ich habe vergessen, Willem zurückzurufen. Sein Anruf platzte mitten ins Gespräch mit Aders. Wenn ich ihm nachts eine SMS schicke, denkt Anne, wir haben was miteinander. Die Aussicht, Erwin heute zu sehen, macht mir mehr Sorgen als Freude. Auch ohne genetische Verbundenheit gehören wir beide nicht zu jenen, die so tun können, als sei nichts gewesen. Andererseits: Willem abzusagen, ist keine Option. Am liebsten würde ich mit ihm, Jens und Herrn Schwarz auf große Fahrt gehen. Wir stehlen ein schönes Boot und versuchen noch einmal unser Glück bis Hamburg. Mein Hund macht das Maskottchen, die Jungs rudern, ich liege im Bug, halte Ausschau nach Kanal-Walen und herrenlosen Holzbeinen.

»Was machst du mitten in der Nacht im Garten?« Jens hat meinen Morgenmantel mitgebracht.

»Ich dachte, ich probiere es mit der Sterntaler-Nummer.«

»Einen Moment!« Er wirft mir das Stoffknäuel zu, geht zurück ins Haus. Herr Schwarz hebt den Kopf, schnüffelt am Frottee: »Schon klar, ist deiner.« Ich überlasse ihm das

Kleidungsstück. Jens kommt zurück, noch immer in Unterhosen und T-Shirt, die rechte Hand hinterm Rücken, in der linken trägt er ein Windlicht; leise singt er Happy Birthday. Mein Hund wird jetzt richtig munter, denkt wohl, Jens veranstalte das Theater für ihn. Ich rücke dem Tier auf den Pelz, um Platz auf der Decke zu schaffen, aber der Mann bleibt nach dem Singen stehen, schaut zu mir runter, sagt: »Halt dein Hemdchen auf« und lässt aus der rechten Hand etwas fallen, das einen Sekundenbruchteil funkelt. Ich greife in mein T-Shirt, der Schwarze fährt mit der Schnauze unter meinem Arm durch. Jens hat neben mir Platz genommen, das Windlicht vor uns abgestellt. Endlich bekomme ich das Blinkeding zu fassen, das ich im Kerzenschein sofort wiedererkenne. Jens verschwimmt hinter meiner Rührung. Ich spüre die feuchte Zunge des Hundes, der versucht, mir den Ring aus der Hand zu lutschen. Irgendeine Frau in meinem Garten heult, wird von einem Mann umarmt, der flüstert: »Ich nehme das als Ja.«

Intime Stunden später sitzen wir wieder im Garten, jetzt an einem Tisch, auf dem eine Kanne Kaffee, zwei Tassen und Zwieback stehen.

»Bei der Diät kein Wunder, dass dir der Ring noch passt!«

»Von wegen! Damals habe ich ihn am Mittelfinger getragen, für die anderen war er zu groß.«

»Schade, dass deine Oma das nicht mehr erlebt. Wusstest du, dass sie mich nach deiner Absage noch oft getröstet hat?«

»Nur geahnt. Sie hat nie etwas an einen Dritten weitergegeben.«

»Stimmt, die Gründe für deine Entscheidung wollte sie mir nicht verraten.«

»Mir hat sie sogar verschwiegen, dass Erwin nicht mein Großvater ist.« Jens' Mund klappt weit auf. Man könnte ihm einen halben Zwieback auf die Zunge legen.

»Was? Von wem weißt du das? Seit wann?«

»Von Erwin. Am Montag beim Kaffee trinken hat er es mir vor die Füße geworfen.« Das Erstaunen zieht in Jens' Gesicht große Kreise. Lisbeth und Erwin rangierten als Paar direkt hinter seinen Eltern. Für überhöhte Liebesbeziehungen hatte er immer ein Faible.

»Wusste es deine Mutter?«

»Wohl kaum, mit der Info hätte sie mir Oma madig gemacht und Erwin als Großvater entrissen.«

»Wer war denn ihr leiblicher Vater?«

»Keine Ahnung, bin abgehauen, bevor Erwin ins Detail gehen konnte.«

»Das heißt, er weiß es?«

»Hm.«

»Bist du nicht neugierig? Hast du schon gerechnet, wer sich wann wo aufgehalten hat? Deine Mutter war Jahrgang 1937, richtig?«

»Brrrr, großer Brauner. Das, was ich jetzt dringend wissen muss, ist in meinem Kopf unauffindbar. Mein krumm gewachsener Stammbaum interessiert mich nicht die Bohne.«

»Könntest Erwin heute auf der Feier fragen.«

»Feier? Ihr habt doch nicht …?« Jens kann nichts vor mir verbergen, will es auch gar nicht.

»Rübchen, es ist dein Fünfzigster!«

»Aber Willem … ich habe ihn nicht zurückgerufen.«

»Der hat sich nur pro forma gemeldet.«

»Das hört sich groß an. Sag mir, dass das keine riesige Sause wird.«

»Verlobung am fünfzigsten Geburtstag! Was glaubst du denn?«

»Spinnt ihr? Gerade jetzt, wo die Mädchen … Deshalb haben wir das Dorffest abgesagt.«

»Habe ich mit Carsten besprochen. Im Dorf ist eine ungute Stimmung. Die Leute sind dankbar für jeden Anlass, der ihnen erlaubt zu lachen und zu feiern. Meinst du nicht?«

»Ende des Monats ist Schützenfest, bis dahin werden sie wohl warten können. Außerdem: was sollen die denn essen? Und trinken? Ich habe nur vier Stühle. Wann kommen die denn?«

»Heute Abend. Ist für alles gesorgt. Willem bringt genug zum Grillen mit, Salate, Kuchen und Getränke – du brauchst dich um nichts kümmern. Vielleicht findest du ein hübsches Kleid im Schrank. Wir sollten vorher noch duschen, unser Geruch könnte jemanden schwängern.«

»Du musst mir mit Erwin helfen. Ich kann nicht auf ihn zugehen.«

Aders' gestriges Verhalten in meinen vier Wänden war tadellos. Die offene Art, in der er Jens begrüßte und dessen

Beisein im Gespräch mit einem Kopfnicken zur Kenntnis nahm, überraschte mich. Die beiden Männer waren sich am Sonntag bei Beate zum ersten Mal begegnet. Er hatte Jens noch in seinem Arbeitsspeicher: »Der Pastor der Gemeinde, Herr Vossen – nicht?« Aders ist Chef der Sonderkommission. Sein stoppelkurzes graues Haar täuscht über sein eigentliches Alter hinweg. Ich schätze ihn auf maximal 35 Jahre. Er muss über erstaunliche Fähigkeiten oder Verbindungen verfügen, sonst würde er die Ermittlungen nicht leiten. Woraus der Mann seine durchdringende Autorität schöpft, ließ er keine Sekunde lang erkennen, überzeugte mit ihr aber auch Jens.

»Ich komme direkt zur Sache. Es gibt jemanden, der ausgesagt hat, Sie am 7. 7. nach 20 Uhr mit Viola Fleske und Celina Asbeck gesehen zu haben. Sie bestreiten das?« Natürlich hatte ich ihre vollen Namen zuvor schon gehört, aber die Art, wie Aders sie aussprach, ließ mich frösteln. Auf dem Dorf reden sich die meisten Leute mit Du und Vornamen an, weil wir uns kennen und weil das Du in Norddeutschland keine Respektlosigkeit ist. Bei Kindern sind mir Nachnamen egal. In meiner Märchenstunde überforderte mich schon die schiere Menge an Vornamen. Dass ich die der Mädchen kenne, liegt an der Vehemenz, mit der mich Viola jedes Mal angegangen ist, wenn ich mich nicht an ihren und den ihrer Schwester erinnern konnte.

»Aber wir können uns doch an deinen Namen erinnern, wieso du nicht an unsere?«

»Ich bin eine alte Frau und soll mir merken, wie jedes Kind in der Märchenstunde heißt? Ihr müsst euch nur meinen Namen merken. Das ist leichter.«

»Nö, ich kenne alle Namen von den Kindern in meiner Klasse. Wie die Lehrerin. Die ist auch alt.«

»Genau!«, setzte die Jüngere nach. Nach der dritten Standpauke lernte ich sie stur auswendig: Viola ist ein Veilchen, Celina himmlisch.

»Frau Uhlen?«

»Ja? – Selbstverständlich bestreite ich das. Wer behauptet das denn?«

»Würde mich auch interessieren«, sagte Jens.

»Herr Vossen, ich habe kein Problem damit, wenn Sie beim Gespräch mit Frau Uhlen anwesend sind, aber bitte nicht mehr.«

»Mir werden Sie schon sagen müssen, wer mich gesehen haben will!«

»Vorher möchte ich von Ihnen wissen, wo Sie am 7. 7. waren, und zwar in der Zeit von 19 bis 22 Uhr.«

»Überall im Dorf. Ich war mit dem Fahrrad unterwegs, um die Flyer fürs Fest zu verteilen.«

»Sie waren auch bei der Familie der beiden Mädchen?«

»Ja, Martin hatte mich hereingebeten. Wir gingen durchs Haus in den Garten und …«

»Einen Moment, da ist eine Unstimmigkeit.« Aders blätterte in seinem Schnellhefter. Obgleich ganz real, hatte die Situation etwas Unwirkliches. Mein Blick fiel zuerst auf Aders' grazile Hände. Von dort wanderte er zu seinen speckigen Schultern, dem dürren Hals, dem Kopf mit einem Gesicht, das in seiner Derbheit nicht zum Verstand passt. Ein Körper wie aus Resten verschiedener Bausatzsysteme zusammengesetzt.

»Herr Sasse sagte, er sei mit seiner Frau im Garten gewesen. Sie hätten einen Streit gehabt, in den Sie, Frau Uhlen, hineinplatztzten, als Sie seitlich am Haus vorbei in den Garten kamen.«

»Genau, die Spannung zwischen den beiden war dick wie Eintopf.«

»Sie sagten gerade, Sie seien mit Herrn Sasse durchs Haus gegangen, nachdem er Sie hereingebeten habe.«

»Ach so, nein, das war nicht am Sonntag, stimmt. Das war gestern.«

»Am 7. 7. abends sind Sie demnach über den seitlichen Zuweg in den Garten der Familie gelangt?«

»Korrekt.«

»Warum?«

»Sie meinen, warum ich nicht läutete?« Aders nickte.

»Hm. Es ist seit Wochen heiß, die Leute leben fast nur noch in ihren Gärten, grillen, wässern ihr Grünzeug, spielen mit den Kindern. Außerdem kenne ich die Familie und weiß, dass sie keinen Hund haben, der mich anfällt, sobald ich das Grundstück betrete.«

»Hätte Frau Sasse die Flyer nicht mit der Post verteilen können?«

»Auf keinen Fall, Beate würde ihren Job verlieren, wenn sie in der Funktion als Zustellerin etwas privat in die Briefkästen steckt.« Aders Mundwinkel zucken. Reine Rhetorik, Ablenkungsfrage, und ich bin darauf reingefallen.

»Wann etwa sind Sie bei den Sasses gewesen?«

»20 Uhr, aus dem Wohnzimmer war der Tagesschau-

Jingle zu hören.«

»Wie lange haben Sie sich dort aufgehalten?«

»Ich denke, die Tagesschau lief noch, als ich ging. Wir haben ein paar Sätze gewechselt. Beate hat mich gefragt, ob ich die Lütten gesehen hätte. Ihr war klar, dass ich beim Verteilen der Flyer durch jede Dorfstraße gekommen sein musste.«

»Aber Sie hatten die Kinder nicht gesehen?«

»Nein. Ich sagte ihr, dass die Petersen-Mädchen schon im Nachthemd waren, als ich Nicole den Flyer gab. Beate wusste das bereits, weil sie mit Nicole telefoniert hatte. Ich habe dann noch einen Scherz gemacht, dass die Lütten vielleicht in einem Garten sitzen, wo es was anderes zu essen gibt als das Gemüse, das Martin auf dem Grill hatte. Dann bin ich gegangen, die Luft zwischen den beiden war mir zu dick. Ich sagte Beate, ich würde die Mädchen nach Hause schicken, wenn ich sie sähe.«

»Wen haben Sie danach aufgesucht?«

»Es war schon ziemlich spät, ich hatte beim Verteilen der Flyer getrödelt, also habe ich noch im Rosenkamp welche verteilt, aber den Leuten nicht persönlich in die Hand gedrückt, sondern in die Briefkästen geworfen. Den Rest auf dem Weg zu Carsten Rosche, dem Bürgermeister.«

»Waren Sie mit Herrn Rosche verabredet? Für welche Zeit?«

»Nein, verabredet kann man nicht sagen. Carsten und ich sind seit der Schule befreundet. Einmal die Woche sehen wir uns mindestens. Kann immer sein, dass einer beim anderen unangemeldet reinschneit. Ich hoffte auf gegrillte Würstchen und kaltes Bier.«

»Und?«

»Was und?«

»Ihre Hoffnung?«

»Er hatte nur Bier zur Hand.«

»Sie sind bei Herrn Rosche vorbeigefahren, um ihm einen Flyer zu geben?«

»Nein, Carsten und ich haben den Flyer konzipiert, außerdem: wenn einer weiß, wann das Dorffest stattfindet, dann Carsten. Ich wollte mit ihm den Tag ausklingen lassen, ein bisschen schnacken.« Aders setzte ein befremdetes Gesicht auf. Ich wusste, er würde am Wort »schnacken« einhaken, um zu überspielen, dass er sich über alles von mir Berichtete bereits informiert hatte. Es war nicht leicht, bei der Sache und im Gespräch mit Aders zu bleiben. Es ärgerte mich, dass Carsten mir am Telefon nichts von seiner Unterhaltung mit Aders gesagt hatte. Selbst wenn Aders nach mir mit Carsten telefoniert oder ihn persönlich gesprochen hatte vorm Mittagessen im Burger House, hätte Carsten mich davon in Kenntnis setzen können. Ich hoffte, dass er Aders umgekehrt auch nichts von meinem Anruf erzählt hatte. Meine Frage, wann ich am 7. 7. abends von ihm weggegangen war, würde ein ungutes Licht auf meine Erinnerungsfähigkeit werfen. Vorsichtshalber legte ich mir in Gedanken noch ein paar mehr Biere zurecht, im Fall, dass Aders den in Rede stehenden Zeitraum von 19 bis 22 Uhr ausdehnen würde.

»Worüber haben Sie und Herr Rosche geschnackt?«

»Über seine Ex, über die Flüchtlinge, ob sie zum Dorffest

kommen, über Stehle, meinen Verleger und Herrn Schwarz.« Aders schrieb fast so schnell, wie ich sprach. Seine Füße mussten Größe 46 haben. Kein Bausatz-Paar, eine Sonderanfertigung.

»Wer ist Herr Schwarz?«

»Der Hund, der sie gerade ansieht.« Aders strich den Namen durch.

»Wann sind Sie von Herrn Rosche weggegangen?«

»Gegen 22 Uhr.«

»Wohin wollten Sie?«

»Nach Hause.«

»Sind Sie jemandem auf dem Heimweg begegnet?«

»Nicht, dass ich wüsste.« Eine Schweißperle, die lange in der Kuhle unterhalb des Schädelknochens ausgeharrt hatte, rann eilig meine Wirbelsäule hinunter. Kaum am Hosenbund angekommen, machte sich eine zweite Perle auf den Weg, gefolgt von einer dritten. Ich sah auf Aders' hoher Stirn jenen Animationsfilm, in dem Giraffen eine Rampe in einem Schwimmbad hinaufgaloppieren, um vom Zehnmeterbrett wunderbare Giraffensalti, Giraffenarschbomben und Giraffenhechtsprünge zu machen. Hätten meine Angstperlen gewusst, dass sie vorm Absprung vom Steißbein jäh im Hosenbund versickern, sie hätten wohl die Achselschweißroute genommen.

»Sie wissen nicht, ob Sie jemandem begegnet sind?«

»Herr Aders, ich war betrunken, müde, meine Blase war über den Eichstrich voll. Selbst wenn irgendwo in der Nähe der drei Straßenlampen, die dieses Dorf in eine Ahnung von Licht tauchen, jemand gewesen wäre, ich hätte ihn nicht wahrgenommen, was nicht ausschließt, dass mich jemand auf meinem Fahrrad gesehen hat und dachte, ich sehe ihn auch. Sie wollten wissen, wo ich am 7. 7. in der Zeit zwischen 19 und 22 Uhr war, das habe ich Ihnen gesagt.«

»Sie vergaßen das Gespräch mit Herrn Stehle zu erwähnen.«

»Welches Gespräch? Als ich ihm die Einladung geben wollte, hat er mich keines Blickes gewürdigt. Machte einen auf drei Affen. Würde mich nicht wundern, wenn er behauptet, mich mit den Lütten gesehen zu haben. Wo wir gerade bei Verdächtigungen sind: ich wette einen Zehner, dass ihm das nach dem 13. 7. eingefallen ist. Stimmt's?« Aders sah mich lange an. Jens räusperte sich zwei Mal. Jetzt, da der Angstschweiß aufgebraucht war, quoll mir Fatalismus aus den Poren. Da war eine Spur Empathie in Aders' Blick. Vielleicht hatte er sie schon am Vormittag für mich empfunden, ich sie nur nicht bemerkt, verwirrt durch den vorm Zimmer wartenden Stehle, der unruhigen Situation im Raum einer Sonderkommission.

»Welchen Weg haben Sie von Herrn Rosche nach Hause genommen?«

»Den kürzesten: Wredekamp raus, dann links am Seniorenheim vorbei, durch die Tostedter, dann rechts den Pfad zwischen Dorfwiese und Kartoffelfeld, dauert keine zehn Minuten, könnte ich blind fahren. Jetzt sind Sie an der Reihe: Stehle – ja oder nein?«

»Ja.«

»Und wann soll das gewesen sein?«

»Zwischen 20 und 20 Uhr 30.«

»Mit den Lütten? Wo soll ich sie getroffen haben?«

»An der Kirche. Friedhofseite.« Jens räusperte sich, holte Luft, um etwas zu sagen. Aders schüttelte den Kopf.

»Und das ist dem Arschloch wann eingefallen? Erst kürzlich, stimmt's? Sie wären sonst längst bei mir aufgeschlagen, um das zu klären.« Jens legte seine Hand auf meine, murmelte irgendwas Beruhigendes. Der Schwarze platzierte sich zwischen uns und Aders, der seitlich von mir auf dem Sessel saß.

»Ich hatte vor, Herrn Stehle heute Vormittag mit zum Gespräch zu bitten, um seine Beobachtung mit Ihnen gemeinsam zu klären.«

»Wann hat Stehle gesagt, er hätte mich mit den Mädchen gesehen?«

»Gestern. Bevor Sie fragen: Herr Stehle hat einen Grund für seine späte Aussage angeführt.«

»Welchen?«

»Sie hätten ihn am Tag darauf, als feststand, dass die Kinder verschwunden waren, gebeten, uns nichts davon zu sagen, denn Sie hätten die beiden nur aufgefordert, sofort nach Hause zu fahren.« Ich versuchte, mir nicht anmerken zu lassen, dass mich die Erwähnung des 8. 7. alarmierte. Erstaunt zog ich die Augenbrauen hoch, war aber schlau genug, nichts zum 8. 7. zu sagen, nichts zu leugnen, wovon ich keine Kenntnis haben und was reine Erfindung des Trinkers sein konnte.

»Erscheinen Ihnen Stehles Angaben und Gründe plausibel? Sie nannten mich heute Morgen eine Lügnerin.« Welche der beiden Hände, die wie Waschweiber miteinander plapperten, meine, welche Jens' Hand war, erinnere ich nicht mehr. Mag sein, dass ich ihm eine kaum einzuhaltende Wut zwischen die Finger rieb, die er versuchte wegzuschmeicheln. Woran ich mich erinnere, ist Aders' Blick auf unsere nonverbale Kommunikation. Weder urteilte er, noch kommentierte der Kriminalist seine Beobachtung.

»Ich verfolge jeden Hinweis. Das ist meine Aufgabe. Es tut mir leid, dass ich Sie heute Morgen hart angegangen bin. Das war nicht zweckdienlich.«

»Kommt nicht oft vor, dass sich jemand entschuldigt. Danke. Wenn Sie mir jetzt noch meine Frage beantworten.«

»Teilen Sie mir bitte Ihre Vermutung mit, warum sich Herr Stehle dazu entschloss, doch auszusagen, dass er Sie am 7. 7. mit den Vermissten gesehen hat.« Ich ließ Jens' Hand los, griff nach dem Wasserglas, trank, winkelte ein Bein an und setzte mich darauf. Eine Sitzhaltung wie in der Märchenstunde, dachte ich und erzählte Aders meine Wahrheit.

»Ich habe Stehle am 6. Juli mit Viola und Celina zusammen gesehen. Sie saßen auf der Bank an der Kirche. Dass auf dieser Bank jemand sitzt, kommt vielleicht zweimal im Jahr vor. Er und die Mädchen haben mich nicht gesehen; ich stand hinter dem Gebüsch auf der gegenüberliegenden Seite vom Friedhof. Die Mädchen hatten beide ein Eis in der Hand. Mir war sofort klar, dass Stehle ihnen das Eis gekauft haben musste, weil die Lütten kein Taschengeld bekommen und, wenn es nach ihrer Mutter ginge, überhaupt keinen Zucker zu sich nehmen sollen. Diese Beobachtung habe ich Ihren Leuten mitgeteilt. Auch die Vermutung, dass das Eis von Stehle gekauft worden sein muss. Irgendwas an dieser Szene stimmte aber nicht. Es hat ein paar Tage gedauert, bis ich darauf kam, was es war.« Aders' professionelle Neugier und Aufmerksamkeit uferten nicht aus, dennoch schien er, eine Spur tiefer zu atmen, seine Haltung wurde straffer, die müden Augen wieder wach. Er nickte zum Zeichen, dass ich fortfahren sollte.

»Am 6. 7. waren es über 30 Grad. Als ich die Szene beobachtete, leckte Celina am Eis, Viola war am Erzählen, das Eis lief über ihre Finger. Neben der Bank standen die Räder der Mädchen. Der Supermarkt ist nach meiner Schätzung mindestens 500 Meter von der Kirche entfernt. Das heißt, Stehle …«

»… war mit den Mädchen verabredet und hat das Eis mitgebracht«, warf Aders ein.

»Genau. Denn hätte er die beiden zufällig vorm Supermarkt getroffen und ihnen dort das Eis gekauft, wäre es von ihnen längst gegessen worden oder auf dem Weg zur Kirche geschmolzen.« Aders nickte wieder.

»Ich habe Stehle am Montag …«

»… den 13. 7.?«

»Am Montag, den 13. 7. habe ich Stehle darauf angesprochen. Genau genommen hatten er und ich eine Auseinandersetzung deswegen. Er beschwerte sich, dass ich Ihren Kollegen von seinem Treffen mit den Mädchen berichtet hatte. Die Vernehmung sei unangenehm gewesen.

Er faselte irgendwas von eiskaufendem Kinderschänder und dass die Polizei ihn hart angefasst hätte. Ich habe ein bisschen nachgehakt, ihn gefragt, wo das Eis herkam. Stehle wurde aggressiv, gab dann aber zu, dass er es in einer Kühltasche mitgebracht hatte, weil er mit den Mädchen verabredet war. Die beiden waren angeblich ein paar Tage vorher bei ihm am Gartenzaun gewesen, hätten sich beschwert, dass sie zuhause kein Eis kriegen. Stehle hätte ihnen ja eines geben können, wenn er - wie behauptet - ein Sixpack im Kühlschrank hatte. Ich glaube aber, dass er das Eis erst kaufte, nachdem die Lütten ihn angebettelt haben und er sich mit ihnen verabredet hatte.«

»Haben Sie ihn das gefragt? Warum er den Kindern nicht gleich ein Eis geschenkt hat, statt sich mit ihnen zu verabreden?«

»Dazu kam es nicht mehr. Er stand vor mir, brüllte auf mich nieder, irgendwas in der Art: er könnte auch denunzieren und ich wäre infam. Ich habe dann trotzdem auf dem Punkt bestanden, dass ich es merkwürdig finde, wenn sich ein alter Sack mit zwei Kindern verabredet, um ihnen ein Eis zu spendieren. Außerdem habe ich gleich noch gefragt, wo er in den zehn Jahren war, die sich auch beim besten Willen im Internet nicht recherchieren lassen. Ich fragte ihn, ob er im Knast gewesen wäre, da ist er ausgerastet und hat sich vergessen. Haben Sie den Verband an seinem Arm bemerkt?« Aders nickte.

»Das war Herr Schwarz, hat Stehle daran gehindert, mir eine zu scheuern. Sie sehen, Herr Aders, der Mann hatte allen Grund, sich an etwas zu erinnern, das nicht stattgefunden hat, und eine erfundene Vereinbarung nicht einzuhalten. Da ich seine Entschuldigung nicht entgegengenommen habe, musste er befürchten, dass ich Ihnen von der Eisgeschichte erzähle. Da hat er schnell den ersten Zug gemacht, um Ihre Aufmerksamkeit auf mich zu lenken. Nun sind Sie an der Reihe: sind Stehle und seine vermeintliche Beobachtung für Sie glaubwürdig?« Aders schrieb noch etwas auf, bevor er mich ansah.

»Erstmal vielen Dank für Ihre Erläuterung. Das sind interessante Informationen, die in meine Bewertung der Angaben von Herrn Stehle einfließen werden. Mehr möchte ich dazu nicht sagen.«

»Trotzdem, Herr Aders, gestatten Sie mir noch eine Frage.« Da er weder nickte, noch den Kopf schüttelte, sprach ich weiter: »Hat es Sie nicht verwundert, dass sich jemand als vielleicht letzte Person, die die Kinder gesehen hat, ins Spiel bringt? Wenn es wahr wäre, dass er mich mit den Lütten sah, hätte Stehle sie schließlich auch gesehen.« Aders lächelte müde, als sei er daran gewöhnt, dass man seine Intelligenz unterschätzt: »Ich bin lange genug in diesem Job, um mich nicht mehr zu wundern, Frau Uhlen. Keine Sorge, wir sind eine fähige Ermittlergruppe. Gibt es noch etwas, das Ihnen jetzt in dieser Sache einfällt? Vielleicht eine Beobachtung in den letzten Tagen? Eine Hintergrundinformation zu den beiden Mädchen?«

»Nein, nichts, was Sie nicht selbst zwischenzeitlich zusammengetragen haben. Was mich allerdings erstaunt, ist, dass die Räder der Mädchen am anderen Ende des Dorfes gefunden wurden und nicht dort lagen, wo die Badesachen waren beziehungsweise umgekehrt, die Badesachen nicht bei den Rädern lagen. Aber das haben Sie sich wohl auch längst gefragt?«

»Wir wissen, wie die Räder in die abgebrannte Scheune gekommen sind. Morgen wird es eine weitere Pressekonferenz geben und eine Erläuterung zu dieser Sache.« Damit war das Gespräch für ihn beendet. Aders stand auf, schüttelte mir und Jens die Hand und verließ mein Haus.

Ein weiteres Mal sehe ich Jens hinterher, wie er auf dem Rad davonfährt. Am frühen Abend will er zurück sein, bevor Willem mit Erwin und den Sachen für die Party eintrifft. Würde mich nicht wundern, wenn Erwin Willem eine Abfuhr erteilt, bockig auf seinem Küchenstuhl oder dem Sessel im Wohnzimmer sitzen bleibt. Der alte Mann könnte darauf bestehen, nicht von mir persönlich eingeladen worden zu sein. Willem wird auch Emma gnädig stimmen müssen, sie schmollt sicher noch, weil ich mich nicht für ihren Streit mit Erwin habe einspannen lassen. Willem ist nicht unbegrenzt geduldig; sollten die beiden Alten zu lange zicken, wird er sich in sein Auto setzen und ohne sie hierher kommen.

Jens hat mich gebeten, darüber nachzudenken, ob ich seinen Namen annehmen möchte. Unter Uhlen könnte ich weiterhin veröffentlichen, mit Vossen endlich die leidige Familiengeschichte abschütteln. Irgendwie haben in meiner Familie alle einen richtigen und einen falschen Namen. Warum nicht diese Tradition fortsetzen? Erwin grübelt bis heute, ob Lisbeth ihn wegen des Vornamens geheiratet hat, um mit ihm immer wieder ihre erste Liebe aufzurufen. Meine Mutter hieß, bis sie meinen Vater heiratete, Uhlen wie der, dessen Tochter sie zu sein glaubte. An mir blieb ihr Mädchenname haften; erst zwei Jahre nach meiner Geburt konnte sie sich entschließen, meinen Erzeuger zu ehelichen, was die Frage aufwirft, ob sie vielleicht denselben Fauxpas wie meine Großmutter begangen hat – am Ende bin auch ich nicht die Tochter meines Vaters gewesen, nur ein Kuckuckskind.

Jetzt, da er weg ist, Herr Schwarz und ich das Haus wieder für uns alleine haben, frage ich mich, ob ich Jens hätte widersprechen sollen. Zwar vertrauen wir beide dem Prinzip des Für-Immer, aber in unterschiedlichen Bereichen. Sein Für-Immer verbindet Menschen, stellt dauerhafte Beziehungen her, meines hält mich auf der Scholle, sickert in den Boden unter meinen Füßen. Mein Dorf war mir höchst selten Insel der Glückseligkeit, doch immer ein sicherer Grund. Natürlich hat es sich verändert, die Eröffnung des Elbe-Seitenkanals 1976 habe ich von der Breeke-Seite erlebt, als ich bei den Großeltern lebte. Es ist ein wenig gewachsen, aber unsere Eiche, neben der ein riesiger Findling mit dem Gründungsjahr des Dorfes liegt, überlebt auch die nächsten hundert Herbststürme. Und sollte sich eine einzige Eichenprozessionsspinnerraupe auf ihr blicken lassen, wird sie von uns mit der Pinzette abgetragen und kompostiert. Zwar hängen an den Wänden meines Hauses noch immer ein paar Kinderschreie, die Reste alter Angst finden sich auf dem Dachboden, unter den Dielen in der Küche, aber ihr Klang ist mir vertraut, ich habe ihn geschaffen und müsste mehr als meinen Nachnamen und die mit ihm verbundene Geschichte hinter mir lassen. Wer kein Dummkopf ist, weiß, dass wir dem Kindheitskokon nie ganz entwachsen, die Heimat nur mit den Füßen verlassen.

»Na, Schwarzer, Lust auf ein Stehle-Häppchen?« Gestern dachte ich, mir wäre egal, welche Lügenmärchen man über mich erzählt. Heute sehe ich das anders. Der Säufer soll keinen Tag länger in dem Glauben leben, er hätte hier die Stelle des Dorfschreibers sicher. Nie war sie vakant, nie wird sie mit ihm besetzt werden. Stehles Kopf mache ich mir selbst zum Geschenk. Zur Feier des Tages ziehe ich nach dem Duschen ein grünes Kleid an. Jeder, der mich heute sieht, soll sich an mich erinnern, Zeuge sein für meine Wege durchs Dorf. Bevor ich mit Hund das Haus verlasse, lese ich meine E-Mails. Die Bank gratuliert mir zum neuen Lebensjahr, ebenso eBay und Kurt. Außerdem bin ich noch auf der Geburtstagsliste der Schule. Die Sekretärin, die jetzt dem neuen Direktor dient, gratuliert »unserer Märchentante« im Namen des Kollegiums. Wenn Viola und Celina nicht wiederkehren, führt auch für mich kein Weg in die kleine Aula zurück. Den Blick blauer Mädchenaugen vermisse ich lieber unter freiem Himmel.

»Moin Bille und alles Gute!«, ruft mir Günter, der pensionierte Lehrer von gegenüber, zu. Ich winke ihm freundlich. Mein Hund läuft munter neben dem Fahrrad auf dem Gehweg, als habe er nie eine Prellung gehabt. Der Bluterguss hat sich endlich aufgelöst wie die letzten Reste des

Fremdelns. Würde ich mit Herrn Schwarz heute Preetz besuchen, bliebe er sicher nicht bei ihm. Bevor ich Stehle von meinem Hund zerfleischen lasse, werde ich mir beim Bäcker ein Stück Käsekuchen und einen Cappuccino gönnen. Auf der anderen Seite der Hauptstraße liegt das Kalbsknochengeschäft. Den Weg dorthin fände Herr Schwarz gewiss allein. Dass eine Frau in einem grünen Kleid auf dem Fahrrad durch Hadleyville fährt, ist an sich schon ein Ereignis, dass ich es bin eine Sensation. Mit Grace Kelleys Taille-Hüfte-Verhältnis kann ich als Zaunlatte leider nicht mithalten, aber dank Emma, die das Kleid genäht hat, wirke ich darin sehr feminin.

»Die Uhlen – dich habe ich ewig nicht mehr gesehen. Was verschafft mir die Ehre?«

»Dein Käsekuchen und dass ich heute Geburtstag habe.«

»Den Geburtstag hast du dir doch ausgedacht!«

»Nein, Babsi, auf Verlangen zeige ich dir gerne meinen Personalausweis.« Barbara hasst es, wenn man sie Babsi nennt, aber Barbara hasst mich sowieso. Jeder trifft im Laufe seines Lebens auf einen anderen, den er aus erfundenen Gründen nicht leiden kann. Sie und ich sind solche Menschen füreinander. Babsi ist klein, dick und ähnelt einer Tierrasse, die beim Biobauern frei, sonst in Ställen gehalten wird. Ziemlich sicher hat Babsi eine Milchleiste länger als mein Unterarm. Leider werden daran nie Achtlinge anliegen, weil Babsi von keinem Kerl bemerkt wird. Aus ihrer Perspektive ist das alles meine Schuld. Wenn es mich nicht gäbe, wäre die Stelle der hochnäsigen Prinzessin frei. Dann könnte das alte Mädchen endlich selbst Hof halten, statt auf dem der Eltern zu leben, wo Babsi vor vierzig Jahren im Kuhstall zur Welt kam, als ihre Mutter versuchte, einem trächtigen Tier beim Kalben zu helfen. Babsis Vater schlief derweil seinen Rausch aus und verpasste, ohne es je bereut zu haben, die Geburt eines Kälbchens und seiner einzigen Tochter. In dieser Reihenfolge erzählt er das noch heute, wenn er voll ist. Dass sich Babsis und mein Weg unschön kreuzten, ist aus meiner Perspektive ihre Schuld, sie hat mich vor ewigen Zeiten bei Willem als Hochzeiterin eingespannt. Babsi ist das älteste Kind, da wäre vom Hof gewiss was abgefallen, das Willem seinem hätte zuschlagen können, doch Willem wollte nicht. Er dachte nicht daran, mir nach der Frage: »Wie findest du eigentlich die Babsi?« weiter zuzuhören.

»Da steige ich nicht drauf und wenn die Menschheit ausstirbt«, war seine Antwort, die ich in abgeschwächter Form an Babsi weitergab.

»Ich glaube, der Willem steht nicht auf Frauen.«

»Blödsinn, ich hab den doch in der Disse knutschen sehen mit einer aus Rinkamp.«

»Frauen wie dich, Babsi.«

»Was soll das denn heißen?«

»Willem hat es eher mit Gazellen.«

»Was redest du für einen Scheiß? Wieso Gazellen? Verstehe ich nicht!«

»Er mag keine kleinen dicken Mädels.« Ich wollte sie noch trösten, habe ihr mein Taschentuch angeboten, aber sie schlug nach mir und flennte niederschmetternd. Statt

Bäuerin und Mutter wurde sie Bäckereifachverkäuferin. Mit Kindern kann sie aber, vor allem mit dünnen wie Viola und Celina. Ich glaube, die beiden haben von Barbara immer ein süßes Teilchen bekommen.

»Das erste Stück Käsekuchen spendiere ich dir zum Geburtstag.«

»Echt? Das ist ja nett von dir. Danke.«

»Wie alt wirst du?«

»Neunundzwanzig. Wie immer.« Sie weiß, dass ich scherze, kriegt aber kein Lächeln zustande.

»Okay, ich gestehe: fünfzig.« Jetzt hat sie ein Grinsen im Gesicht, das von einem Schweineöhrchen zum anderen reicht.

»So alt?!«

»Ja, und immer noch Größe 34 trotz Wechseljahre.«

»Und der Hund da draußen ist dein Freund?«

»Richtig, und Jens Vossen mein Verlobter. Ich würde dich ja zu meiner Party einladen, aber Willem kommt mit Anne, seiner Frau. Die willst du bestimmt nicht zusammen sehen. Oder?« Mit einem Lächeln stelle ich den leeren Teller und die Tasse auf den Kuchentresen, lege zwei Euro für den Cappuccino daneben und verabschiede mich mit: »Danke, Babsi.«

Der Schwarze und ich wechseln die Straßenseite.

»Zum zweiten Mal in einem Monat in meinem Laden! Ist kein Kleid, was du anhast, oder?«

»Doch, zur Feier des Tages. Mein Hund und ich haben Geburtstag.«

»Gratuliere, Bille. Wie alt?«

»Der Hund wird fünf, bei mir hängt eine Null dran.«

»Du machst Sachen, schaffst dir einen Mischling an, der am 17. Juli geboren wurde. Meinen Glückwunsch euch beiden!« Der Fleischer, dessen Namen ich mir nicht merken kann, der sauer wird, wenn ich ihn ersatzweise mit »Heinz« anspreche, verkneift sich das breite Grinsen nicht.

»Ja, ich hätte dann gerne das preisgünstigste Rinderherz. Den Knochen bitte dranlassen.« Ich zeige ihm mein schönstes Lächeln, fahre mit der rechten Hand durchs frisch gewaschene offene Haar und höre mich das Wort Schmierentheater denken.

»Knochen dranlassen, ist klar.« Zum Fleisch packt er mir etliche Markknochen ein und berechnet für das ganze Paket fünf Euro. Geschenkt. Ich bedanke mich herzlich und werde vorm Laden vom aufgeregt bellenden Schwarzen empfangen.

»Ganz ruhig. Belohnung gibt es nach getaner Arbeit.« Fleisch soll man bei Hitze nicht durch die Gegend fahren, aber was ich Stehle zu sagen habe, wird nicht lange dauern.

Seelenruhig sitzt er in einem Schaukelstuhl unterm Apfelbaum. Sein weißer Armverband beißt sich mit dem khakifarbenen Kurzarmhemd, zu dem er wie immer Hemingway-Shorts trägt.

»Schau mal, Schwarzer, Beinknochen.« Keinesfalls werde ich das Grundstück betreten. Ich stelle das Fahrrad auf der Straße ab und ziehe die Leine vom Lenker. Unnötig, der Hund will den Korb mit der Fleischtüte nicht unbewacht lassen. Stehle scheint zu dösen, weder hebt er den Kopf, noch gibt er auf andere Art zu erkennen, dass er die Bewegung vorm Gartenzaun wahrgenommen hat. Zeit, die schmale Straße hinunter zu sehen, ob ein Nachbar meine Anwesenheit bemerkt. Carstens Ferienhaus ist das letzte im Dorf in westlicher Richtung. Auf der gegenüberliegenden Seite beginnt die große Wiese, in der ich gerne liege, wenn das Gras hoch steht. Das vorletzte Haus bewohnt eine uralte Frau, deren Namen ich nicht kenne. Sie war einmal Bäuerin. Ihr Grundstück ähnelt einem Zen-Garten. Hoher blauer Rittersporn bildet einen Kreis, als sei er mit dem Zirkel gesät worden. Der Körper der Alten biegt sich zu einer Haarnadel, wenn sie ihre Beete harkt und pflegt, Rabatten beschneidet, Unkraut rupft und Kies kämmt. Vor einiger Zeit habe ich sie mit dem Tele beobachtet, um sie ein einziges Mal in aufrechter Haltung zu sehen. Eine Senkrechte hat das Mütterchen nicht mehr geschafft.

Meine Hand wandert vom Hundehalsband zur Fleischtüte im Fahrradkorb. Wie erwartet, bellt Herr Schwarz und Stehle hebt den Kopf. Er steht auf, geht zügig zum Gartentor, öffnet es, sagt: »Frau Uhlen, guten Tag.« Ich sehe ihn an, kann mich noch nicht dazu durchringen, den Mund aufzumachen. Mein Gegenüber ist bereits irritiert: »Sind Sie wieder wohlauf? Was verschafft mir die Ehre?« Er grinst, kann nicht verheimlichen, dass er sich gebauchpinselt fühlt, weil ich zu ihm gekommen bin, nachdem ich auf keinen seiner Versöhnungsversuche reagiert habe. Er scheint tatsächlich zu denken, dass mich seine Falschaussage in Schwierigkeiten gebracht hat. Die Selbstgefälligkeit trieft ihm aus allen Poren. Schon möglich, dass er mich gesehen hat, als ich von Beate wegging und die restlichen Flyer verteilte. Der Rosenkamp liegt auf der anderen Seite der Kate. Wenn Stehle im hinteren Teil des Gartens war oder auf dem Hängeboden des Hauses, von dem ein Fenster Richtung Rosenkamp geht, hätte er mich beim Verlassen des Grundstücks sehen können.

»Mir geht es blendend.«

»Wir waren doch nicht verabredet – oder? Nettes Kleid übrigens.« Erst jetzt, da Stehle seinen Blick auf meine Körpermitte richtet, wird mir bewusst, dass ich die Fleischtüte aus dem Korb genommen habe. Ich halte sie mit beiden Händen vorm Bauch. Herr Schwarz sitzt links neben mir. Seine Aufmerksamkeit gilt dem Paket in meinen Händen. Der Alki hat das Grundstück verlassen, hinter ihm ist das Gartentor ins Schloss gefallen. Er lehnt am rechten Mauerpfosten, die Arme vorm Brustkorb verschränkt. Zwischen uns sind etwa fünf Meter – Stillleben mit Fleischtüte.

»Ich hörte, Sie leiden unter Halluzinationen, da dachte ich: schau mal nach dem Kollegen, nicht, dass er sich auf der Jagd nach weißen Mäusen versehentlich mit dem Gewehr erschießt.« Für eine Sekunde schaut ein kleiner Junge aus seinem Gesicht, unsicher, ob er greinen oder grinsen soll.

»Wie aufmerksam von Ihnen. Ja, auf dem Dorf da kümmert man sich umeinander. Und? Hat mir die brave Landpomeranze einen trockenen Kuchen mitgebracht?«

»Nein, ich habe hier etwas, das Ihnen ganz und gar abgeht: Herz und Rückgrat! Um Ihr Mütchen zu kühlen und Ihre Eitelkeit zu befriedigen, um mir eins auszuwischen, hetzen Sie die Polizei auf mich, obwohl das Leben zweier Kinder auf dem Spiel steht? Das ist widerlich! Unfassbar dumm! Mit Ihrer Aussage haben Sie sich in den Fokus der Ermittlungen gebracht, mehr als durch die Eissache. Mein Gespräch mit Herrn Aders war für ihn sehr aufschlussreich. Sie wollen Krieg? Den können Sie haben, und zwar auf allen Ebenen.«

»Ich sagte bereits, auch ich kann denunzieren. Dieses Dorf gehört nicht Ihnen, und ich bin nicht Ihre Marionette!«

»Völlig richtig, Stehle, Sie hängen lieber am Alkohol und lassen kleine Mädchen um Ihr Ego tanzen.«

Stehle kommt zwei Schritte auf mich zu. Es ist fast wie beim letzten Mal: wenn ich ihn ein bisschen angehe, verliert er die Beherrschung. Als er den dritten Schritt macht, werfe ich die Tüte zwischen uns auf den Boden. Sofort springt der Schwarze an die Stelle, knurrt Stehle über das Fleisch hinweg an. Mein Hund fletscht die Zähne, ich bleibe hinter ihm. Stehle zieht sich aufs Grundstück zurück, sagt: »Krieg? Den kann ich besser als du!«

Wie sehr mich Stehles Kriegseintritt beruhigt. Hätte er mir gegenüber seine Lügen aufrechterhalten, sei es nur, um mich in einem Katz-und-Maus-Spiel zu verunsichern, wäre ich verloren gewesen. Aber der Säufer weiß nicht, dass mir der 8. 7. fehlt, er alles behaupten kann, weil mir

Widerspruch unmöglich ist. Gut, dass Stehle seinen Aggressionen verlässlich unterliegt. Taktik kann er nur auf der Kurzstrecke. Umso schneller hänge ich ihn ab.

Wie zu jedem Geburtstag schenkt mir der Himmel wunderschönes Wetter. Achtundzwanzig Grad, Wolkenfetzen segeln mit dem Wind nach Norden, die Beregnungsanlagen der Bauern laufen Tag und Nacht, meine Sprinkler seit heute Morgen. Wäre der Brunnen nicht so tief gebohrt, würde aus ihm wegen des niedrigen Grundwasserspiegels kein Wasser mehr zu fördern sein, ich müsste es über die Hausleitung entnehmen. Bei der Größe meines Gartens unbezahlbar. Ich ertappe mich bei der Überlegung, was mir Erwin schenken wird, was Emma und Carsten. Ihn werde ich fragen, warum er sein Gespräch mit Aders nicht erwähnt hat. Seit er von Sassa getrennt ist, zieht er sich zurück. Verständlich, wenn man von heute auf morgen sitzen gelassen wird. Sassa nutzte eine lange Gemeinderatssitzung, um ihre Sachen zu packen und von einer Spedition abfahren zu lassen. Wohin weiß Carsten bis heute nicht.

»Was ist denn passiert, dass sie sich so plötzlich aus eurem Leben kickt?«

»Woher soll ich wissen, was in ihrem Kopf vorgeht?«

»Worüber habt ihr denn gestritten?«

»Wir haben nicht gestritten!«

»Aber grundlos reißt dich Sassa doch nicht wie ein altes Pflaster vom Knie?« Carstens Blick ließ mich verstummen. Sassa wurde für jedes weitere Gespräch zur persona non grata erklärt. Ihren Namen zu erwähnen, ist noch immer riskant. Ich mochte diese junge Frau. Zwischen ihr und Carsten lagen neunzehn Jahre. Sie war hübsch und aufmunternd, wie Sonnenschein im Winter. An meinem letzten Geburtstag war sie auf einen Sprung vorbeigekommen, hatte mir selbst gebackene Mandarinen-Muffins mitgebracht und angeboten, meine Bücher in der Eisfabrik, wo sie Schicht arbeitete, an ihre Kolleginnen zu verkaufen.

Viel drängender als den Namen meines genetischen Großvaters möchte ich von Erwin wissen, ob er sich an frühere Gedächtnisverluste bei mir erinnert. So sehr ich auch in meinem Kopf wandere, ich finde keinen Weg zum 8. 7. Ab und an tippe ich das Wort Amnesie in die Suchmaschine. Multiple Persönlichkeit habe ich auch schon eingegeben, aber kein Mal auf Enter gedrückt. Wenn mein Bewusstsein ein undurchsichtiges Tuch über einen Tag legt, will ich versuchen, ihm zu vertrauen. Vielleicht hat Jens Recht, dass mich mein Verstand schützt und die Informationen in einem sicheren Moment freigibt.

»Und wenn er das niemals macht?«

»Dann fehlt dir ein Tag deines Lebens. Reißt das eine Lücke?«

»Nein.«

»Ich schenke dir vorsorglich einen von meinen, einen glücklichen Mittwoch meiner Kindheit.« Jens legte seine Hände übereinander, als wollte er einen Schneeball formen. Was er verborgen hielt, wog so schwer, dass es ihn vom Bett auf den Boden zog.

»Kasperle!«, lachte ich. Mit Müh und Not kämpfte er sich samt imaginiertem Inhalt wieder über die Bettkante und legte mir einen schwer glücklichen Mittwoch erst in den Schoß, dann ins Ohr, in das er von seinem achten Geburtstag erzählte.

»Du schenkst mir einen Geburtstag zum Geburtstag?«

»Passt perfekt, nicht?«

Flüchtlingskinder haben die Räder der Mädchen am Kanal gefunden, nicht weit vom Gebüsch, unter dem die Badetasche und Helme lagen. Weil sie ahnten, dass sie die Fahrräder nicht würden behalten dürfen, versteckten sie sie in Haukes Scheune hinter den Heuballen, um später heimlich mit ihnen zu fahren. Es hat einige Tage gedauert, bis die Information von den verkohlten Rädern zu den Arabisch sprechenden Kindern gelangte. Das schlechte Gewissen drängte einen zehnjährigen Jungen, sich seinem älteren Bruder anzuvertrauen, der sich an Said wandte. Die Pressekonferenz, die Aders für heute angekündigt hatte, gibt es nicht, nur diese Meldung verbunden mit der Bitte, sich mit Hinweisen zum Verbleib der Mädchen an die Polizei zu wenden. Nach wie vor kein Wort über ein Auto oder eine Person, die man im Zusammenhang mit dem Verschwinden der Kinder sucht. Kein Wort über genetische Spuren an den Badesachen.

Wäre Beate eine schlechte Mutter, Martin ein mieser Ersatzvater, könnte man hoffen, die Mädchen hätten sich auf einem Schiff versteckt, um von Zuhause abzuhauen. Aber Beate ist eine liebevolle Mutter, Martin unter der Woche ein guter Ersatzvater, bis die Mädchen am Sonnabend von den leiblichen Vätern abgeholt werden. Viola ist sich der

Verantwortung einer größeren Schwester bewusst. Das Mädchen hat Struktur und findet festen Halt in sich. Beides würde es nicht aufgeben für eine Spritztour mit Celina im Schlepptau. Wegen der neuen Erkenntnisse wird der Kanal noch einmal von der Schleuse bis zum Hafen in der Kreisstadt gesperrt, Polizeitaucher sollen den Grund absuchen. Hoffentlich finden sie keines der beiden Kleider, keine Unterwäsche, keine Schuhe.

Willem singt, Erwin krächzt, Emma schrillt: »Hoch soll sie leben, hoch soll sie leben, drei Mal hoch!« Eine Loriot-Szene. Das Lied ist scheußlich, Emmas Stimme schlimm. Bevor ich Willem umarmen kann, verzieht er sich nach draußen, um Bänke, Tische und Essen in meinen Garten zu schleppen. Herrn Schwarz habe ich in Sicherheit gebracht. Er darf in meinem Bett auf seinem Morgenmantel schlafen. Die Begrüßung zwischen Erwin und mir fällt schräg aus. Er murmelt: »Alles Gute zum Geburtstag, mein Kind.« Ich presse mir ein »Danke dir« ab, das Wort Opa hat sich im Hals verkeilt. Immer mehr Leute kommen in mein Haus, gehen zielstrebig durchs Wohnzimmer in den Garten durch. Ein paar von ihnen belagern Erwin. Er war ihr Arzt, und es scheint, als wirke seine bloße Anwesenheit auf manche wie ein Heilmittel. Endlich sehe ich Jens – mit einem riesigen Blumenstrauß. Statt Jeans trägt er eine braune Leinenhose, dazu ein weißes Hemd. Sein dunkles Haar ist frisch gewaschen, die braunen Augen strahlen mich an, als wären wir allein. Warum wollte ich seine Liebe all die Jahre nicht? Ich hatte Gründe, aber heute erinnere ich mich an keinen.

»Komm her, Rübe.« Jens küsst mich im Schutz der Blumen.

»Deutlicher hättest du es nicht machen können«, sage ich.

»Was denn?«

»Dass zwischen uns was läuft.«

»Der Kuss?«

»Die Größe des Blumenstraußes!« Er legt ihn mir in die Arme.

»Selbst gepflückt.«

»Die Stengel mit den Zähnen über Grund abgebissen?«

»Woher weißt du das?« Ich versorge die Blumen, spüre Jens' Blick in meinem Rücken.

»Das Kleid gefällt dir?«, sage ich, ohne mich umzudrehen.

»Ein Rübchen zum Anbeißen: oben Rot, unten Grün!«

»Erwin ist schon da.«

»Ich gehe zu ihm. Kommst du nach?«

»Ich brauche noch einen Moment.«

Herr Schwarz freut sich, als ich mit einem Stückchen Rinderherz ins Schlafzimmer komme, und macht mir Platz. Ein paar Minuten will ich die Augen schließen, den Partylärm, der vom Garten ins Haus dringt, ausblenden. Zartes Klopfen an der Tür weckt mich. Jens führt Erwin zum Sessel, der dem Bett gegenüber steht. Bevor er die Tür schließt, bringt er uns zwei Flaschen Flens, sagt: »Bis weißer Rauch aufsteigt.«

»Wie geht es dir?«, fragt Erwin.

»Jede Stunde anders.«

»Passiert viel im Moment, Großes.«

»Der halbe Monat kommt mir wie ein Jahr vor.«

»Man würde die Stücke gern kleiner schneiden.«

»Hm.«

»Jens hat mir ein paar Sachen erzählt.«

»Zum Beispiel?«

»Von deiner amnestischen Episode.«

»Hm.«

»Und dass die Sache mit Preetz stimmt.«

»Das erste Mal, das er mir was Gutes angetan hat.«

»Von dem anderen habe ich nichts gewusst bis vorhin.«

»Dass er Kinder abschießt?«

»Du hast uns nichts gesagt.«

»Wir dachten, ein Erwachsener darf das.«

»Du kanntest Gewalt.«

»Die anderen auch. Denk an Frost. Keiner hat ihm den Siegelring weggenommen.«

»Lisbeth hat sich immer vorgeworfen, dass sie deine Not mit den Eltern nicht geahnt hat. Wir wussten schon, dass es schwierig ist, aber nicht wie schlimm es wirklich war.«

»Lange her.«

»Sagst nie wieder Opa zu mir?«

»Ist das wichtig?«

»Deine Mutter zu lieben, ist mir schwer gefallen. Dich zu lieben, ist leicht.«

»Weißt du, ob sie meinen Vater betrogen hat? Ich meine wegen der späten Heirat. Lisbeth und sie – da wäre eine gewisse Ähnlichkeit.«

»Urteilst du über Lisbeth? Das steht dir nicht zu.«

»Ich stelle nur fest. Ihr wart ja schon verheiratet, als sie schwanger wurde. Wenn du von ihrem Verhältnis gewusst hast, wäre meine Mutter kein Kuckuckskind gewesen. Oder?«

»Ob ich es wusste?«

»Hm.«

»Nein.«

»Wann hat sie dir gesagt, dass es nicht deine Tochter ist?«

»Das habe ich selbst herausgefunden.«

»Ach?«

»Na, als Arzt?« Ich überlege einen Moment.

»Entweder bist du nicht zeugungsfähig, was ich annehme, sonst wären mehr Kinder entstanden, oder die Blutgruppen passten nicht zueinander.«

»Ich habe Lisbeth geliebt. Es war schwer für mich, dass sie sich zuerst in den anderen Erwin verliebt hatte. Er ließ sie sitzen. Daran wäre sie fast zugrunde gegangen. Ich war nicht ihr einziger stiller Bewunderer. Anfangs hat sie mich doch nur wegen des Namens genommen. Du kannst dir nicht vorstellen, wie schön sie war. Alle hat sie beeindruckt.«

»Du klingst ehrfürchtig.«

»Ja. Die Ehrfurcht habe ich nie verloren, obwohl wir so lange verheiratet waren. Leider.«

»Leider verheiratet?«

»Nein, die Ehrfurcht. Sie hatte schon Erfahrungen, ich

aber keine, weil ich mich immer nur nach ihr sehnte. Erst habe ich gesagt, ich will warten, bis ich ihr Mann bin. Aber dann wollte es nicht klappen. Ich konnte nicht fassen, dass sie mich geheiratet hat. Das war ja damals was Unauflösliches. Ich habe in Berlin studiert, das weißt du. Oft konnte ich mir die Heimfahrt nicht leisten. Lisbeth wohnte und arbeitete auf dem Rittergut Sodenstedt. Der Graf und sein Sohn stellten ihr nach. Obwohl sie verheiratet war! Der Preetz war noch ein halbes Kind, aber vom Arbeiten auf dem Hof und Rittergut schon stark, groß sowieso. Der hat Lisbeth mehr als einmal gerettet vor der Gewalt und Schlimmerem. «Ich wollte es ihm danken, dem Lumpenritter, er war so verliebt in mich.» Das war ihre Erklärung, als ich ihr sagte, dass es nicht mein Kind sein kann. Kam nach sieben Monaten voll entwickelt zur Welt. An Wunder glaubt man im vierten Semester Medizin nicht mehr, und als ich den Säugling sah, erinnerte ich mich an all das Vergebliche bei den wenigen Besuchen.«

»Deine Liebe hat das nicht zerstört?«

»Aber nein, ich hatte ein schlechtes Gewissen. Wäre doch meine Aufgabe gewesen, sie zu schützen und zu lieben wie ein richtiger Mann. Geschafft habe ich es nie. Geliebt hat sie mich trotzdem.«

»Preetz also.«

»Ja. Deine Mutter, du auch, ihr kommt nach ihm: groß, dünn, die blasse Haut. Während ich weg war in Russland, hat er sich um Lisbeth und das Kind gekümmert. Ihn hat ja sein Vater raushalten können. War ganz eng mit dem Gauleiter und ein Bauer mit nur einem Sohn. Das war sein

Argument.«

»Weiß er es?«

»Von mir nicht. Ob Lisbeth es ihm irgendwann gesagt hat? Solange deine Mutter da war, sicher nicht, dann wäre er zu uns gekommen. Aber da er dich vor dem Fremden gerettet hat, nehme ich an, dass er es weiß.«

»Preetz ging es nur um den Hund.« Herr Schwarz hebt den Kopf, ich streichle ihn.

»Er hing an Stehles Unterarm. Stehle wollte ihn schlagen, damit er auslässt. Dem Hund hat Preetz geholfen, mir nur indirekt. Die beiden kennen sich. Herr Schwarz ist bei ihm geblieben, als ich Preetz gebeten habe, ihn sich anzuschauen. Hat es sich dann aber anders überlegt, mein Held.«

»Jetzt schmust du mit ihm?«

»Ja.«

»Bist du noch böse auf mich?«

»Nein.«

»Ich dir auch nicht.«

»Weswegen warst du es?«

»Ohne ein Wort bist du gegangen. Ich wusste nicht, ob du zurückkommst. Einen Blinden ohne einen Ton sitzen zu lassen, ist schrecklich. Das weißt du.«

»Stimmt. Entschuldige bitte.« Seine Hand legt sich in meine, als hätte sie die ganze Zeit auf nichts anderes gewartet. Ich küsse den Alten auf Wange und Stirn, ziehe ihn in den Stand, gebe ihm den Stock in die freie Hand.

»Aber das Wichtigste hat dir Jens nicht erzählt.« Großvater lacht, als hätte er den besten Witz seines Lebens gehört: »Dass ihr irgendwann heiraten werdet, wusste jeder außer dir.«

18. Juli

»Wer ist es?«

»Sag ich nicht.«

»Warum nicht?«

»Dann willst du deinen Ring zurück.«

»So schlimm?«

»Rate mal.«

»Der Glöckner von Notre Dame.«

»Schlimmer.«

»Jopi Heesters.«

»Was bist du fies.«

»Aber schon tot?«

»Negativ.«

»Jetzt weiß ich es. Deine Figur! Ich hätte sofort darauf kommen müssen.«

»An wen denkst du?«

»Ich will meinen Ring zurück.«

»Los sag schon!«

»Ein Maibaum. Deine langen Beine, die hölzerne Art ...«

»Raus aus meinem Bett, Schwarzkutte!« Jens verlässt das Zimmer, mein Hund wähnt einen Platz frei. Er hat vor der Tür sein Rudel bewacht.

»Komm rein, Großer.« Ich lege ihm den Morgenmantel vors Bett. Vom Geld, das mir Emma gestern in die Hand gedrückt hat, werde ich mir einen eigenen kaufen. Aus der Küche zieht Duft frisch gemahlenen Kaffees herein. Willem hat gestern Tonnen von Grillfleisch und Würsten angeschleppt, die Nachbarn Salate und Kuchen. Jens bekommt das erste Mal ein richtiges Frühstück bei mir.

Die Party endete in einem mittelschweren Besäufnis. Willem musste als Einziger fahren. Als er Erwin und Emma nach Hause brachte, hatte er drei Bier, die restlichen zehn nach seiner Rückkehr. Anne, die auf dem Hof geblieben war, weigerte sich, ihn abzuholen, also tauschten wir seinen Autoschlüssel gegen mein Fahrrad. Nur Carsten hatte schlechte Laune. Sie wurde nicht besser, als ich ihm von Stehles Falschaussage und dessen aggressiver Anwandlung vom Nachmittag erzählte.

»Kannst du seinen Mietvertrag kündigen?«

»Ja, aber erst zu Ende August«, brummte er.

»Brauchst du seine Miete?«

»Hab genug Anfragen für den Herbst. Ich kann das Haus sofort wieder vermieten.«

»Fein.« Jens kam zu uns herüber, legte seinen Arm um meine Taille.

»Und? Wann wird geheiratet?«, fragte Carsten.

»Nach dem Verlobungsjahr«, antwortete ich. Jens kniff mich in die Seite.

»Was? Ich brauche Zeit, um deinen Antrag zu prüfen!« Anstelle einer Antwort küsste er mich vor allen Leuten. Verlegen biss ich ihn in die Zunge. Er wich zurück.

»Der Pastor und das Biest!«, rief einer.

»Der Titel ihres nächsten Romans!«, ein anderer.

»Eine Kurzgeschichte ist es bei den beiden ja nun nicht.« Allseitiges Gelächter.

»Warte, bis wir alleine sind«, flüsterte ich Jens zu.

»Ich mache seit Stunden nichts anderes.« Spätabends fand ich Carsten auf meinem Stuhl unterm Pflaumenbaum. Ich gab ihm eine geöffnete Flasche Pils: »Hier, gegen Kummer.« Als er daneben griff, merkte ich, dass er betrunken war.

»Was ist los? Schießt du dich wegen Sassa ab?«

»Ach Scheiße!« Schwere Zunge, wegwerfende Handbewegung.

»Ist was mit den Tauben oder stresst dich die Aufregung um die Mädchen?« Er brummte irgendwas Unverständliches, kickte Steine in den Teich, traf einen Frosch.

»Vorsicht, meine Ersatzprinzen!«

»Ja, so seid ihr. Wenn einer nicht passt, weg damit. Der nächste wartet schon.«

»Carsten, was ist denn los?« Ich legte eine Hand auf seine Schulter. Er schüttelte sich.

»Wir waren ewig nicht mehr zusammen angeln. Wie wäre es am Sonntag? Ich hole dich um vier Uhr ab?«

»Mit Kaffee!«

»Willst du gleich einen?«

»Hm.« In der Zeit, die der Kaffee brauchte, hatte sich Carsten mit Korn zulaufen lassen. Er schlief angelehnt am Baum.

»Können wir ihn alleine lassen?«, fragte Christine.

»Wenn er vom Stuhl kippt, schlägt er sich auf den Steinen den Schädel auf«, antwortete ich, »den kriegen wir nicht gestemmt, sollen die Männer machen.« Zu dritt schleiften sie Carsten ins Wohnzimmer und legten ihn aufs Sofa. Als Jens gegen drei Uhr zur Toilette ging, war er verschwunden.

»Preetz?«

»Hm.«

»Und dann macht Erwin ausgerechnet in Breeke eine Praxis auf und setzt ihm Lisbeth in unerreichbarer Nähe vor die Nase.«

»Ich glaube, er konnte die Praxis für sehr kleines Geld übernehmen. Lisbeth und er sind damals noch in Naturalien bezahlt worden.«

»Wirst du es ihm sagen?«

»Warum sollte ich? Es täte ihm vielleicht weh. Außerdem will ich ihn nicht auf Erwin hetzen. Preetz ist alt, aber immer noch hinterhältig.«

»Carsten war gestern völlig daneben. Weißt du warum?«

»Er hat einen Frauenhasserspruch abgelassen. Kriegt wohl die Sache mit Sassa nicht verdaut. Wir gehen morgen angeln. Hast du Gottesdienst?«

»In Diekenkamp. Was hältst du von einer Hochzeit im September?« Er flirtet mich über die Kaffeetasse an.

»Perfekt: über ein Jahr Zeit zum Nachdenken.«

»Rübenhexe!«

»Wo du es sagst. Kirchlich ist nicht. Bin ausgetreten, vor Jahren schon.«

»Erzähl mir was Neues.«

»Ich will in einem sündigen Rot heiraten.«

»Solange es ein Kleid ist.«

»Meinen Namen will ich auch behalten.«

»Wie es dir gefällt.«

»Ich werde das Haus nicht aufgeben. Du weißt, warum.«

»Es gibt keine Bedingung, Syb, die unsere Hochzeit verhindert. September ist abgemacht.«

»Hm.«

»Hast du mit Erwin gestern über deinen verlorenen Tag gesprochen?«

»Hat sich nicht ergeben. Ich fahre heute rüber, dann können wir in Ruhe reden. Hoffentlich bringt Willem mein Fahrrad bald zurück.« Jens will mir beim Aufräumen von Haus und Garten helfen, aber ich schicke ihn fort, um mich von den vielen Menschen und Gesprächen zu erholen.

Die gestrige Party war die erste, die in diesem Haus gefeiert wurde. Meinen Eltern war jeder Besuch unerwünscht. Es gab keine Treffen von Nachbarn in unserem Garten, wechselseitige Einladungen zum Grillen oder Kindergeburtstage unterm Pflaumenbaum. Schade, dass mein Vater das Grab so weit hinten im Garten ausgehoben hat. Das halbe Dorf wäre gestern darüber hinweg gegangen.

Die Idee, bei Jens in Diekenkamp zu wohnen, gefällt mir, wenn ich für den Moment vergesse, dass mir die Bewohner fremd sind, das Dorf keinen Supermarkt hat, keinen Bahnhof, keine Kängurus, keine alte Schule mit vielen Flüchtlingen, keine neue Schule für sechs Grundschulklassen, keinen Gründungsstein nebst Eiche, keinen Bäcker, keine Post, keine Apotheke, keine Sparkasse, keinen Fleischer und keine schnurgerade Hauptstraße. Die Diekenkamper Kirche ist keine hundert Jahre alt, es wären von dort drei Kilometer mehr zum Badesee. Nein, ich kann unmöglich zu Jens ziehen. Lieber wäre mir, er zöge in mein Haus und sein Gott vollbrächte im Garten ein biologisches Wunder.

Um nach dem gestrigen Gelage wieder Ordnung zu schaffen, brauche ich gottseidank keines. Erstaunlich, wie sozial meine Gäste waren. Papp- und Plastikgeschirr haben sie in den von Willem aufgestellten Müllsack geworfen, leere Flaschen in die Kästen zurückgetragen, und irgendeiner hat einen leeren Blumentopf mit Erde gefüllt, in dem die Raucher ihre Kippen entsorgt haben. Ich klappe die Bänke und Tische zusammen, stelle den Grill und die restliche Kohle für den Abtransport neben Willems Anhänger. Er würde mir bestimmt helfen, die Oldies heimlich auszubuddeln und woanders zu entsorgen. Aber ich kann es ihm nicht sagen. Schlimm genug, dass ich Jens dieses Wissen auf die Schulter gelegt habe. Ich werde im Spätherbst graben, wenn es früh dunkelt, die Nachbarn letzte Obstbäume abgeerntet und ihre Gärten winterfest gemacht haben. Die Hecken an den drei Seiten müssen noch Laub tragen. Ihren Rückschnitt lege ich auf Ende November. Vorsichtshalber schichte ich zur Hausseite einen Komposthaufen auf, um die Grabungsarbeiten vor überraschendem Besuch zu verbergen. Wenn es mir nicht gelingt, den Spaten anzusetzen, muss ich eine andere Lösung finden.

Auf keinen Fall gehe ich zur Polizei und liefere mich der

öffentlichen Beurteilung meiner Vergangenheit aus. Früher oder später wird jeder, der ein Martyrium und seine Peiniger überlebt hat, in den Mantel des Zweifels gehüllt, weil an Grausamkeit nicht geschehen sein darf, was für andere Menschen unvorstellbar ist. Steigt ein Opfer aus dem Verlies hinauf und sagt: ›Seht her, hier bin ich, die Überlebende eines Monsters, das wie du ein Mensch ist‹, dann trauen wir plötzlich unseren Ohren nicht mehr, in die jener Mund hineinruft auf der Suche nach der Gemeinschaft, die sie nicht schützte. Die Gräuel, vor denen wir unseren Mitmenschen nicht bewahrt haben, verweisen wir in den Bereich der Fiktion, damit wir unbehelligt bleiben. Der Verdacht, ein Kind von so einer trage, wenn nicht vererbt, dann durch die Misshandlung, das Schlechte in die heile Welt, äußert sich auf allen Ebenen: zuerst in den Augen, die einen anschauen, als sei man Kandidat einer Freak-Show, dann in kleinen Bemerkungen, die andeuten, man war vielleicht ein schwieriges Kind, das einer harten Hand bedurfte. Am Ende kommt immer einer, der jede Erzählung als Erfindung abtut und sich vom sichtbaren Beweis wie Narben auf dem Rücken wortlos abwendet. Doch was soll ein Opfer mit all den Bildern und Schmerzen tun, als sie auszustellen und davon zu berichten? Wenn wir diesem Menschen nicht mutig zuhören, einen Versehrten nicht wieder in unsere Gemeinschaft aufnehmen, sondern ins Verlies zurückstoßen, wird er jemanden zerstören. Sich selbst oder einen anderen.

Ich erinnere mich nicht mehr, wann mir bewusst wurde, dass meine Großeltern die Ausmaße meiner Not nicht wahrnahmen, ihr Mut nicht ausreichte, um das für mich Unsagbare zu sehen. Aber es gab diesen Moment, in dem mir klar wurde, ich bin meinen Eltern ausgeliefert. Dass sich mein Vater mit meiner Mutter eines Abends bis aufs Blut stritt, empfand ich als unglaubliches Glück, auch wenn ich beim Anblick meiner toten Mutter, deren Schädel zertrümmert war, schrie wie am Spieß.

»Halt dein Maul«, brüllte mein Vater. Er setzte sich auf den Boden neben die Leiche, ich stand an der Wohnzimmertür, der Mund schockoffen. Dass mein Vater auch mich erschlagen würde, schien mir sicher und durch kein Schweigen abzuwenden. Es war nur eine Frage der Zeit, die er brauchte, um sich an mich zu erinnern. Irgendwann stand er auf, öffnete die Tür zum Wintergarten, ging in den Garten, holte Spaten und Schaufel aus dem Holzschuppen und verschwand an der hinteren Grundstücksgrenze.

Das Blut meiner Mutter roch unangenehm. Ihre Augen starrten ins Leere. Ich wusste, dass sie mir nie wieder etwas antun, mich nie mehr erniedrigen und hungern lassen konnte. Einen Moment spürte ich Erleichterung – ein kurzes Glück, denn selbst wenn mich mein Vater heute am Leben ließ, würde er mich sicher an einem anderen Tag totprügeln. Ich war immer an allem schuld, bestimmt auch am Tod dieser Frau. Mein Blick fiel auf Mutters rechte Hand, die mit dem Rücken auf dem Teppich lag. Die Finger waren angewinkelt, als hätten sie eben noch ein Glas gehalten. Die schönen grausamen Hände meiner Mutter. Obgleich ich weiß, dass Frauen gewalttätig sind wie Männer, wundere ich mich noch heute beim Anblick zarter Hände, die schützend einen Ordner vor den Kopf halten, gefaltet im Schoß einer Angeklagten liegen oder auf ihrem Gesicht. Ich kann mich an keine zärtliche Berührung dieser Hand erinnern. Sie quetschte meine kleine, wenn ich über die Straße geschleift wurde, weil meine Schritte zu kurz waren; sie schlug mich, hielt einen Gürtel oder eine Kartoffelreibe, einen Kleiderbügel, den Teppichklopfer, all die Geräte, die Spuren auf meiner Haut hinterließen und mich dazu zwangen, im Sommer lange Hosen und Ärmel zu tragen. Wehrlos lag diese Hand nun auf dem Teppich. Ich wollte sie schlagen, wollte die Hand meiner Mutter schlagen, bis sie schreit, eine vor Schmerzen schreiende Hand, deren Mund ich mit jener Socke verschlossen hätte, die sie mir am Vortag in den Schlund gestopft hatte, dass ich fast erstickt wäre.

»Hol die grüne Decke und eine Plastiktüte«, sagte mein Vater, als er zurückkam. Ich rannte in die Küche und brachte ihm beides. Er zog die Tüte über den kaputten Kopf, legte die Decke auf meine Mutter, wickelte ihren langen dünnen Körper darin ein und schulterte ihn wie ein Cowboy den Sattel.

»Du kommst mit.« Als er das sagte, war mir klar, er würde auch mich verbuddeln, vielleicht nicht einmal vorher töten, einfach hineinstoßen und kiloweise Erde auf mich kippen. Die Vorstellung, meiner Mutter für immer nah zu sein, erschreckte mich mehr als der Erdregen, der mich begraben würde. Als wir am Loch standen, es war eine Vollmondnacht, legte er den toten Körper an den Rand und schubste ihn hinunter. Zwei stumme Kinderhände griffen nach dem Spaten, hoben ihn hoch über den gebückten Vater und ließen ihn mit der ganzen Kraft meiner Angst auf seinen Kopf fallen. In dieser Nacht blieb viel Erde übrig. An den folgenden Tagen goss ich die Stelle, trampelte wieder und wieder den Boden fest, schüttete weitere Erde auf, letzte Reste in die Hecken. Zuletzt verteilte ich Grassamen und deckte die Fläche mit Strauchschnitt zu. Ich ging regelmäßig zur Schule. Nachmittags putzte ich jede Ecke des Wohnzimmers, schnitt den blutgetränkten Flokati mit der Gartenschere in kleine Stücke, die ich in der Feuerschale verbrannte.

»Moin moin.« Willem strahlt mit der Sonne um die Wette.

»Komm rein. Bist ja schon wieder fit und nüchtern. Wie machst du das so schnell?«

»Anne hat mir heute Morgen einen Einlauf verpasst.«

»Willst du Kaffee?«

»Danke, ich habe es eilig, muss die Beregnung bei den Kartoffeln versetzen.«

»Sieht schlecht aus dieses Jahr mit der Frucht?«

»Frag nicht! Mir fehlt das Heu für die Kühe, dazu die Kosten fürs Bewässern und am Ende hab ich Kartoffeln so groß wie Tischtennisbälle. Nächstes Jahr baue ich Wein an!« Wir beladen seinen Hänger mit den Tischen und Bänken. Der Schwarze freut sich, Willem zu sehen, läuft um ihn herum, bringt den kräftigen Kerl beinahe zum Stolpern. Von den vielen Lebensmitteln will er nichts wieder mitnehmen. Ich verspreche, alle Behältnisse zurückzubringen, damit sich Anne nicht scheiden lässt.

Bevor der Hund und ich zu Erwin aufbrechen, dusche ich das Tier nass ab. Es ist noch keine zehn Uhr, das Außenthermometer aber schon bei 29 Grad. Ich entscheide mich für den Weg über den Kanal, auch auf die Gefahr, Stehle im Wäldchen zu begegnen. Werde Carsten morgen bitten, mir Bescheid zu sagen, bevor er ihm die Kate kündigt. Was auch immer in Stehle gärt und brodelt, ich werde nicht den Fehler machen, ihn zu unterschätzen. Er hat weniger als ich zu verlieren.

Auf dem schmalen Weg entlang dem Rapsfeld kommt uns eine Wandergruppe entgegen. Es sind überwiegend Frauen, keine ist unter Sechzig. Ich schicke den Hund auf den Feldstreifen, steige vom Rad, damit wir an den Leuten vorbeikommen. Sie sind guter Dinge, unterhalten sich lautstark über das späte Frühstück, das sie im Schleusenrestaurant zu sich genommen haben. Auch andere Gesprächsfetzen fliegen durch die Luft: »Hier war das?«, »immer noch vermisst?«, »die arme Mutter«, »erschießen den Kerl«, »früher gab es das nicht«. Irgendwie fühle ich mich verantwortlich für ein Geschehen, das weit über unsere Dorfgrenze hinaus wahrgenommen wird. Die Wanderinnen sprechen schwäbischen Dialekt. In ihren Gesichtern lese ich stumme Fragen: ›Was ist das für ein Dorf? Ist es nicht intakt? Wie konnten Kinder unbemerkt von hier verschwinden? In welchem Haus wohnt das Ungeheuer?‹ Nach der Ausgrenzung des Einzelnen beginnt die einer Gruppe, springt über auf die Region, die Bevölkerung eines ganzen Landes. Das Böse muss verortet werden. Wehe, es bewegt sich frei von einem Kopf zum andern, einer Gegend zur nächsten. Wie der Wolf. Nicht seine Existenz ist das Problem, dass er wandert, macht ihn gefährlich. Gerne würde ich den Leuten hinterherrufen: ›Auch im Schwabenland verschwinden Kinder, vielleicht legt gerade jetzt einer Hand an eure Enkelinnen. Und? Sagt das etwas über euch aus oder die Stadt, aus der ihr hierhergekommen seid? Natürlich nicht! Also nehmt eure Sensationsgier und Gruselgefühle schön mit nach Hause!‹

Weit und breit kein Stehle zu sehen, weder an der Schleuse noch im Wald. Da er nicht weiß, wer ihn hier von den Füßen geholt hat, meidet er hoffentlich diesen Weg bis Ende August.

Ich würde Preetz gerne weiterhin mit alten Augen sehen, aber mein Blick hat sich über Nacht verändert. Erkenntnis lässt sich nicht ausspucken wie verschimmeltes Brot. Meinen Spruch mit den Genen, den Erwin zitierte, würde mir heute nicht mehr aus dem Mund fallen. Früher brauchte ich ihn, um die Hoffnung zu bewahren, dass ich keine Alkoholikerin werde, nicht gewalttätig, nicht dumm und niederträchtig. Es gab dieses eine Mal, als ich einer Lehrerin gegenüber laut und ausfallend geworden bin, weil sie auf meine Auskunft, ich sei »verwaist«, sagte: »Schau in den Spiegel, dort findest du deine Eltern.« Sie hatte es gut gemeint, tröstend. Die anderen Schüler hatten auf die Frage nach den Eltern Antwort geben können. Mich erboste ihr Spruch derart, dass ich nach der Stunde zu ihr ging und sie anbrüllte: »Meine Eltern sind weg und mein Gesicht gehört mir. Basta!«

Nun ertappe ich mich dabei, eine Linie zu ziehen von Preetz über meine Mutter zu mir und darüber nachzudenken, was ich im Biologie-Kurs über Vererbung gelernt habe, etwa zum langen Hals der Lamarck-Giraffe, den sie, wie der Zoologe behauptete, durch das Strecken nach Futter erworben und an die Nachkommen weitergegeben habe. Der Körper ist mir egal, nicht aber der Charakter. Die Antwort auf meine Frage, wie sie so eine Tochter großziehen konnten, ist mir Erwin noch schuldig. Nur weil sie nicht von ihm ist, entledigt ihn das nicht der Verantwortung für ihre Erziehung. Denke ich an Lisbeth und ihn, wie sie mit mir umgingen, was sie mich lehrten, wird die Niedertracht meiner Mutter gänzlich unerklärlich. Stimmt Erwins Erzählung, war selbst Preetz in jungen Jahren nicht der schlechte Mensch und Kinderhasser, als den ich ihn kenne. Großmutter hat mir bestätigt, dass sie nichts von ihrer Tochter bei mir entdecken könne. Opa versicherte als Arzt, ihr Alkoholismus sei kein Fatum für mich, weil keiner mit Gewissheit sagen könne, ob Sucht vererbt oder erworben werde. Ob Großmutter etwas von sich selbst in ihrer Tochter wiedererkannte?

»Das kann ich dir nicht sagen«, antwortet Erwin, »du weißt, Lisbeth hat keinen in sich reinschauen lassen.«

»Nicht einmal dich?«

»Ich bin Naturwissenschaftler. Sie fühlte sich von mir in ihrem Wesen nicht verstanden.«

»Ich vermute, Oma wusste um das Selbstzerstörerische in ihrer Tochter.«

»Sie hat in jeden reingesehen. Aber in deine Mutter?«

»Habt ihr damals überlegt, wo meine Eltern sein könnten?« Erwin legt den Kopf schief, sucht stumm in seiner Erinnerung.

»Dass sie nicht wiederkämen, hat Lisbeth gesagt. Ob sie wüsste, wo sie seien, habe ich gefragt, aber keine Antwort erhalten. Wir waren nicht unglücklich darüber, dass deine Eltern verschwunden blieben. Ich bezweifle, dass Lisbeth ihre Tochter geliebt hat. Dich hat sie geliebt, das ist sicher.«

»Warum haben meine Eltern erst lange nach meiner Geburt geheiratet? War damals eine Schande, unverheiratet schwanger zu werden.«

»Die Tochter vom Arzt! Was haben die Leute geredet über uns. Und erst, als sie immer dicker wurde. Dachten, ich mache ihr das Kind weg oder ein Kollege in der Stadt.«

»Das ist keine Antwort, Opa.«

»Dann stell die Frage, die dich tatsächlich interessiert.«

»War er mein Vater oder nicht?«

»Ich weiß es nicht, Sibylle. Kann sein, dass die Frauen darüber geredet haben.«

»Hast du meine Mutter gefragt, warum sie ihn nicht heiratet?«

»Nein, deine Mutter hat sich von uns nichts sagen oder fragen lassen. Aus irgendeinem Grund war sie immer böse auf Lisbeth und mich. Als sie klein war, hat sie behauptet, wir hätten sie ihren richtigen Eltern weggenommen. War das ein Aufstand im Dorf.«

»Vielleicht hat sie gespürt, dass du nicht ihr Vater bist

und deshalb gedacht, dass sie aus einer anderen Familie stammt.«

»Wirst du mit Preetz sprechen?« In Erwins Stimme schwingt Sorge mit.

»Nein, dann hätte ich Angst, er streckt dich mit seiner Schleuder nieder.«

»Was glaubst du, was deinen Eltern widerfahren ist?« Erwin hebt den Kopf. Könnte er sehen, würden sich unsere Blicke treffen.

»Irgendeine Form von Gerechtigkeit«, sage ich beiläufig. Er lächelt, weiß, dass ich ihn lächeln sehe.

»Sag Opa, hatte ich früher schon mal Gedächtnislücken? Jens hat dir gestern erzählt, dass mir ein Tag fehlt, ausgerechnet der Tag nach dem Verschwinden der Mädchen.«

»Das einzige Mal, dass du verwirrt warst, war nach der Sache mit deinen Eltern. Dein Verhalten war unangemessen. Jedes andere Kind hätte am nächsten Tag Alarm geschlagen. Du bist zur Schule gegangen, ohne einen Ton zu sagen. Du wusstest nicht mehr, wann deine Eltern nach Hamburg gefahren waren. Du meintest an ihrem Hochzeitstag, aber der lag schon ein paar Tage zurück. Die Polizei glaubte, du hättest dich selbst versorgt. Ich habe ihnen gesagt, du stündest unter Schock und irrst dich.«

»In den Jahren danach? Gab es einen Zwischenfall oder etwas, woran du dich erinnern kannst?« Er greift sich mit der Hand ans Kinn, brummt halblaut und schüttelt den Kopf.

»Nein, nachdem klar war, dass wir die Vormundschaft übernehmen, hast du dich vollkommen stabilisiert, keine

Zeichen von Amnesie. Mach dir keine Sorgen. Auf einen Tag mehr oder weniger kommt es nicht an.«

»Doch, wenn dich ein Stehle bei der Polizei hinhängt.«

»Wie kann der dich hinhängen?«

»Er hat ausgesagt, er hätte mich abends mit den Mädchen gesehen, am 7. 7.«

»Aber du hast sie nicht gesehen?«

»Nein. Seine Aussage steht gegen meine. Ich fühle mich nicht sicher, weil mir die Erinnerung fehlt. Der Polizist wollte wissen, wie ich nach Hause gefahren bin. Ich habe ihm die übliche Strecke genannt, aber dass ich sie tatsächlich gefahren bin, weiß ich nicht.«

»Was hast du bei Carsten getrunken?«

»Drei Bier und eine Cola in zwei Stunden.«

»Woher weißt du, dass es zwei Stunden waren? Trägst du jetzt eine Uhr?«

»Ich habe Carsten gefragt, weil ich es nicht wusste. Mir ist nicht mal aufgefallen, dass mir ein Tag fehlt. Kannst du dir das vorstellen? Was war mit dem Hund? Habe ich ihn gefüttert? War ich draußen mit ihm? Wen habe ich am 8. 7. getroffen? Wenn ich anfange, darüber nachzudenken, wird mir schlecht.« Er sucht mit seiner Hand auf dem Tisch nach meiner. Ich strecke sie ihm entgegen, schiebe meine Hand unter seine.

»Schsch. Ganz ruhig. Wir sind selten Herr unserer Sinne, viel öfter ihr Knecht. Nimmst du Medikamente?«

»Keine Tabletten, keine Drogen, drei Bier.«

»Vielleicht war die Droge im Bier?«

»Dann hätte Carsten dasselbe Problem.«

»Nur wenn ihr euch die Flaschen geteilt habt.«

»Aber …«

»Es gibt zwei Möglichkeiten. Erstens, die amnestische Episode ist die Reaktion auf ein traumatisches Ereignis. Das Verschwinden der beiden Kinder könnte dein Kindheitstrauma reaktiviert haben …«

»Aber zum Zeitpunkt, an dem meine Erinnerung aussetzt, wusste ich nicht, dass die Mädchen verschwunden sind. Diese Möglichkeit passt nicht.«

»Zweitens, etwas hat dich narkotisiert. Zu deinem Einwand: Wenn das Gehirn Erinnerung löscht, dann gründlich. Was du auch erlebt hast an dem Tag, du erinnerst dich nur an das, was dir passt. Angenommen, du hättest die Kinder am Nachmittag gesehen und ihnen gewunken. Abends überfährst du sie mit dem Auto …«

»Opa!«

»Unterbrich mich nicht! Du überfährst aus Versehen die Mädchen. Der Schock überfordert dich. Nicht nur der Unfall wird gelöscht, sondern auch die Situation eine Stunde vorher. Du würdest dich an keine Begegnung mit den Mädchen erinnern.«

»Das heißt, ich habe was Schlimmes getan?«

»Unsinn, du kannst keinem ein Leid antun, aber du verdrängst, was deine Idylle stört. Konfrontationen vermeidest du. Deine Kindheit hat dich nicht gestählt. Du hältst dich für Siegfried, aber der warst du nie.« Zwischen den alten Mann und mich legt sich eine stillschweigende Übereinkunft, diese Wahrheit nicht weiter zu diskutieren. Selten, dass mir Großvater etwas über mich sagt. Ich will nicht und weine doch. Verwundbar zu sein, hat mich mein Leben lang geängstigt. Dass mein Wunsch nach einem Körper gebadet in Drachenblut für Erwin spürbar ist, verwirrt mich.

»Was hätte Oma zu der Sache gesagt?«

»Dass die Wahrheit von sich aus ans Licht kommt.«

»Und was meinst du?«

»Kannst statt Wahrheit auch Erinnerung einsetzen. Ist alles noch da und kommt zur rechten Zeit ins Bewusstsein.«

»Hast du Lust, mit mir und dem Hund ein paar Schritte durchs Dorf zu gehen?« Der Alte klappt seine Blindenuhr auf, tastet das Ziffernblatt ab, schließt den Deckel, sagt: »Erst schneidest du mir die Haare, dann bringst du mich in den Garten. Ich will Gras unter den Füßen spüren.«

Wie ich Opas Haar liebe! Es ist nur noch halb so dicht wie früher, aber noch immer sieht man kein Stück seines Schädels. Lisbeth liebte es auch. Wenn sie an ihm vorbeiging, legte sie manchmal eine Hand auf sein Haupt. Erwin bewegte sich keinen Millimeter mehr. Nahm sie ihre Hand wieder fort, lächelte er selig.

Er steht an der schmalen Seite der Wiese. Bis zum ersten Hindernis in gerader Richtung, das ist der Stamm eines großen Kirschbaums, kann er zehn Meter gehen. Könnte Erwin Tango tanzen, wäre ich jung und schön wie Al Pacinos Filmpartnerin in *Der Duft der Frauen*, griffe ich jetzt seine linke Hand, legte die meine auf seine rechte Schulter. Wir würden ein Lied summen, um uns zu begleiten. Der alte Mann führte noch einmal eine Frau übers Parkett, unsere nackten Füße bekämen beim Drehen grasgrüne Sohlen. Herr Schwarz stünde am Rand, hielte Opas gefalteten Blindenstock im Maul, folgte uns nur mit den Augen. In den Büschen ums Wiesen-Karree säßen auf halber Höhe Vögel, oben in den Bäumen Eichhörnchen und eine Siamkatze, die für die Dauer unseres Tangos die Jagd einstellen würde. Was ist der Konjunktiv anderes als eine Qual, als ein Synonym für Ungewissheit?

Herr Schwarz legt den gefalteten Blindenstock ab, sich selbst daneben. Erwin knöpft sein Hemd auf, lässt das Kleidungsstück ins Gras fallen, hebt das rechte Bein, macht langsam einen Schritt nach vorn. Seit mehr als neunzig Jahren tragen ihn diese Beine, die ohne Krampfadern sind. Die kurzen Hosen, in denen sie stecken, habe ich ihm zum Siebzigsten geschenkt. Bei seiner alten Shorts schimmerten schon die Unterhosen durch. Zu keiner Zeit hat Erwin mehr als achtzig Kilo gewogen, war immer ein 190 cm langer Schlacks. Sein nackter Oberkörper sieht von hinten aus wie der eines Frührentners. Zeiten der Entbehrung und eine sichere Liebe machen einen Körper stark. Er geht fast bis zur Mitte der Wiese. Die Sonne beobachtet ihn, bescheint sein Gesicht, das er ihr entgegenstreckt, als sehe er sie ganz klar. Die Lippen seines Mundes bewegen sich. Was hat er der Sonne zu sagen? Er winkt mich zu sich. Ich schlüpfe aus den Sandalen, gehe über den Rasen zu ihm, räuspere mich, damit er weiß, von wo ich komme.

»Wann heiratest du ihn?«

»Im September.«

»Bis dahin warte ich noch.«

Wie gerne würde ich jetzt mit Herrn Schwarz im hohen Gras meiner Dorfwiese liegen, er auf dem Bauch, ich auf dem Rücken, den Blick nach oben gerichtet zu den beiden kleinen Wolken, die nicht mehr als einen Hundenapf voll Wasser bergen. Aber die Sonne hat die Wiese längst verbrannt. Wir gehen stattdessen zum Badesee. Wenn ich mir vom Geburtstagsgeld einen Fahrradanhänger leiste, damit der Hund bei sengender Hitze nicht nebenher laufen muss, werden wir bestimmt nie wieder so einen heißen Sommer bekommen. An der Apotheke streikt die elektronische Anzeige, weder schlägt uns eine Stunde, noch gibt es eine messbare Temperatur. Rechts und links im Rinnstein von Hadleyvilles Hauptstraße liegen vertrocknete Blätter, vermischt mit altem Blütenstaub, Rußpartikeln vom Scheunenbrand und Dreck, den kein Regen in die Kanalisation gespült hat. Würde mich nicht wundern, wenn wie im Western erste Steppenläufer auf mich zurollen. Tatsächlich wächst Ruthenisches Salzkraut auch bei uns auf dem sandigen Boden Richtung Süden entlang des Bahndamms, aber unsere Flächen sind nicht verödet und zu klein, als dass diese kugelartigen Büsche mit dem Wind durch eine von Menschen und Gott verlassene Gegend geweht würden.

Emma wollte unbedingt, dass ich zum Mittagessen bleibe. Wie immer hat sie Erwin eine Familienportion ins Haus geschleppt. Das hätte ihr gefallen, mit uns gemeinsam am Küchentisch zu sitzen (sie auf Lisbeths Platz) und meinem Großvater das Essen zu einem Brei zu vermischen (was er wie jeder Blinde hasst), um noch einmal ein Ehefrauengefühl zu spüren. Aber seit Opa angedeutet hat, dass ich vielleicht etwas sah, das mit dem Verschwinden der Mädchen in Zusammenhang steht, ist mir der Appetit vergangen. Nun wird Emma wieder tagelang böse auf mich sein. Dass Erwin angeblich allein essen wollte und uns beide wegschickte, war eine Finte, dessen Zweck, mich in die Freiheit zu entlassen, ihr nicht entgangen ist.

Je länger ich über seine Worte nachdenke, desto plausibler erscheint mir die Variante, dass nicht Stehle mich, sondern ich ihn gesehen habe, nicht zwischen acht und halb neun, sondern nach 22 Uhr auf dem Heimweg von Carsten. War dumm von mir, anzunehmen, das Stelldichein mit den Mädchen wäre das erste gewesen. Die Szene an der Kirche war vielleicht schon das x-te Treffen der drei. Niemand von uns hat registriert, dass sich zwischen den Kindern und Carstens Mieter eine Beziehung angebahnt hat. An dem betreffenden Abend sind Viola und Celina statt nach Hause zu gehen von der rückwärtigen Seite in Stehles Garten gelangt. Er hat ihnen Pommes Frites oder Eis gegeben. Violas Sorge, dass sie Ärger kriegt, wenn sie und Celina nicht nach Hause kommen, hat er mit der Lüge beschwichtigt, er werde der Mutter gleich persönlich sagen, dass sie bei ihm seien. Zum Schein ist er auf der Rosenkamp-Seite seines Gartens hinausgegangen, gerade als ich von Beate wegfuhr und noch schnell ein paar Flyer in die Briefkästen warf. Dass ich auf meinem weiteren Weg zwangsläufig an der Kirche vorbeikomme, war ihm klar. Mein Treffen mit den Mädchen würde er bezeugen. Müde vom Freibad und mit vollen Bäuchen sind Viola und Celina in der Zwischenzeit eingeschlafen. Stehle hat ihnen K.o.-Tropfen in die Limonade gemischt. Ihre Tasche, Räder und Helme trug er ins Gartenhaus. Soweit ich weiß, hat die Kate keinen Keller. Er wird die betäubten Mädchen auf den Hängeboden gebracht haben. Als es dunkel war, lud er ihre Sachen ins Auto und entsorgte sie am Kanal, wo die Flüchtlingskinder die Räder am nächsten Morgen entdeckten und mitnahmen. Oder – er hatte nicht nur ihre Sachen, sondern auch die Kinder im Auto. Ich bin ihm zufällig über den Weg gelaufen beziehungsweise gefahren, die Scheinwerfer seines Wagens waren nicht angestellt. Keinesfalls durfte ich mich daran erinnern, Stehle spätabends begegnet zu sein. Eine Flasche Wasser mit dem Narkotikum hatte er noch bei sich für den Fall, dass die Mädchen im Auto zu Bewusstsein gekommen wären. Er gab sie mir, ich habe sie auf den Schreck wegen des Beinahe-Unfalls getrunken. Er brachte mich und das Fahrrad nach Hause, legte mich ins Bett, gab zwei K.o.-Tropfen in den Wassernapf des Hundes, zog die Haustür zu, lehnte das Rad an den Zaun. Setzt voraus, Stehle hat ein Auto (durchs Dorf fahren ständig welche mit Kennzeichen HH, eines wird ihm gehören) und Erfahrungen mit anderen Drogen als Alkohol.

Am See ist die Hölle los. Fünf große Polizeibullys, etliche Streifenwagen und drei dunkle BMW mit Blaulicht auf dem Dach stehen am Ufer. Ich stoppe, leine Herrn Schwarz an. Das kleine Stück Strand ist mit einer Sichtschutzplane verstellt, der ganze See abgesperrt. Von der

Ferne hört man die Durchsage der Polizei, die die Passanten auffordert, das Ufergebiet zu verlassen. Mir wird schlecht. Angst packt mich mit riesigen Händen, stellt mich von einer Sekunde zur nächsten auf den Kopf. Ich würge an einer bitteren Gewissheit und übergebe mich. Der Hund schnuppert an mir, winselt leise. Wir stehen etwa vierzig Meter entfernt von der Absperrung auf dem schmalen Weg, der erst an letzten Häusern vorbei, dann durch einen Streifen Gebüsch und Krüppelkiefern zum Strandabschnitt führt. Mit Laub und Kiessand decke ich mein Frühstück zu, drehe das Fahrrad in die Richtung, aus der wir gekommen sind, und gehe mit dem Schwarzen nach Hause.

19. Juli

Ich will es nicht wissen. Sind nicht meine Kinder. Wären sie es, wüsste ich, wen oder was die Polizei am See gefunden hat. Nein, nicht die Mädchen! Vielleicht Stehle, der in der Mittagshitze wieder den See durchschwimmen wollte. Auf halber Strecke ein grausamer Stich – Herzinfarkt! Mit der rechten Hand griff er sich an die Brust, mit dem linken Arm versuchte er, sich über Wasser zu halten, aber der Schmerz lähmte ihn. Sein Hirn bekam zu wenig Sauerstoff, vergaß den Befehl an die Beine – Stehles Kopf unter Wasser. Er verschluckte sich, hustete, krampfte. Noch weniger Sauerstoff erreichte das Gehirn. Letzter Blick übers Wasser, das Ufer so fern. Dann der zweite Stich. Im Schmerz reglos treibend, erkannte er: ich sterbe! Um sich zu bedauern, blieb keine Zeit.

»Moin.«

»Moin.«

»Dein bestellter Kaffee.« Carsten nimmt die Thermoskanne entgegen. Seine Boxershorts fallen ihm fast von den Hüften. Die letzten Tage haben ihn ausgezehrt. Beim Anblick der Kanne erinnert er sich an unsere Verabredung zum Angeln. Es ist halb vier Uhr morgens. Der Schwarze und ich sind zu Fuß gekommen. Die Köderbox trug der Hund im Fang, während ich zwei Angeln, Blinker, Kühltruhe und Rucksack schleppte. Liegt alles schon in Carstens Wagen. Wir Dörfler schließen weder Autos noch Räder ab. In manchen Haustüren stecken tagsüber die Schlüssel von außen, wenn die Bewohner in ihren Vorgärten arbeiten oder dem Nachbarn katzentote Vögel überbringen. Zuerst wollte ich Carstens Haustür mit dem Zweitschlüssel öffnen und ihn mit einer Tasse Kaffee wecken, entschied mich dann aber gegen die romantische Variante. Er braucht eine Viertelstunde.

»Fertig?«

»Sowas von.« Endlich nimmt er den Schwarzen wahr, der ihn freundlich angeht.

»Wohin?«, frage ich.

»Ilmenau?«

»Höhe Ammendorf?«

»Jau.«

Wir haben die Landstraße für uns allein bis zu einem jungen Fuchs, den Carsten rechtzeitig sieht. Mit Hupen und Aufblenden weckt er den Kleinen, der partout nicht aufstehen und die Fahrbahn räumen will. Ich steige aus, gehe händeklatschend auf das Tier zu, das sich endlich bedroht fühlt und ins angrenzende Feld tapert. Als ich zurückkomme, sitzt Carsten auf dem Beifahrersitz, streichelt den Hund, der zwischen unseren Sachen schläft.

»Fahr du, mir geht's wie dem Fuchs«, sagt Carsten, kippt die Rückenlehne nach hinten und macht die Augen zu. Sein Kombi fährt sich wie ein Sofa auf Rollen.

Carsten hat das Fahren von seinem Bruder Ralf gelernt, danach brachte er es mir bei im Auto seines Opas. Der hatte einen VW Käfer, Baujahr 1956, mit 60.000 Kilometern in seiner Garage eingemottet und sich beim Nachsehen gewundert, woher die 5.000 Extrakilometer kamen. Der alte Mann war sicher gewesen, dass er und der Käfer mit 60 in Rente gegangen waren. Wir konnten das richtigstellen.

»Ich will mich aber umdrehen!«

»Du musst mit Spiegel fahren«, sagte Carsten.

»Die Karre hat nur einen! Das Auto von meinem Opa hat zwei Außenspiegel!«

»Nur Mädchen fahren rückwärts mit umdrehen. Das sieht scheiße aus.«

»Wieso soll ich überhaupt die ganze Zeit rückwärtsfahren? Ich will vorwärts fahren und durch Kurven brettern, nicht immer nur in einem Gang!«

»Zuerst musst du rückwärtsfahren lernen. War bei Ralf auch so. Du kannst nicht mal rückwärts die Einfahrt rausfahren. Mach mal zehn Meter, ohne am Lenkrad zu zupfen.«

»Okay, von hier bis da hinten zur Scheune – geradeaus und ohne umdrehen. Wenn ich genau vors Tor komme, fahren wir eine Stunde lang vorwärts!«

»Schaffst du eh nicht.«

In der Fahrschule hatte ich denselben Lehrer wie Ralf. Der Mann konnte es nicht fassen, dass eine junge Frau ein Auto nur mit Hilfe der Spiegel eine Stunde rückwärts durch den Übungsparcours steuerte, als wäre das die übliche Fahrtrichtung.

Die Felder rechts und links der Straße bieten in der Morgendämmerung ein eigenartiges Bild. Was sich prall und grün der Sonne entgegenstrecken sollte, hängt halb vertrocknet über der Erde oder ist wie der Weizen schwarz verbrannt. Ein Maisfeld linkerhand ist derart wachstumsverzögert, dass die Ernte nur mehr für die Biogasanlage taugt. Selbst wenn es ab morgen eine Woche lang regnen würde, weder Kartoffeln, Zuckerrüben noch der Mais könnten die Entwicklung aufholen, die die Trockenheit unmöglich gemacht hat. Nicht nur die Öko-Bauern, auch konventionelle Landwirte, die Weidewiesen für ihre Rinder vorhalten, lassen die Tiere seit Tagen im Stall stehen. Fliegen und Bremsen würden ihnen das Leben auf Wiesen, die den Namen nicht verdienen, unerträglich machen.

Carsten schnarcht. Der Mann müffelt stärker als der Hund. Die Trennung von Sassa ist zu lange her, als dass sie Carstens verwahrlosten Zustand erklären könnte. Als Bürgermeister wird ihn die Sache mit den Mädchen in die Zange nehmen. Die Organisation der Sucheinsätze, Presseanfragen, die Zusammenarbeit mit der Polizei – das alles kommt zum normalen Geschäft hinzu, das wegen der Flüchtlinge ohnehin auf Hochtouren läuft.

Die ersten Tage nach Sassas Abgang war Carsten wütend, weil sie ihn bloßgestellt hatte. Aber dann fing er sich, machte einen auf obercool und flirtete nieder, was ihm hübsch und hormonell bedürftig erschien. Halb rechnete ich damit, dass er sich ein Kompensationsgeschenk leistet – eine teure Uhr oder eine chinesische Supertaube mit vier Flügeln für 35.000 Yuan. Nach den ersten Nächten mit potenziellen Nachfolgerinnen wurde ihm bewusst, wie sehr er sich in den vier Jahren an Sassa und ihre Vorliebe für kitschige Jahreszeitendekoration gewöhnt hatte. Wenn man die beiden besuchte, gab es nie Zweifel, ob gerade Ostern, Pfingsten, Erntedank, Mittsommer (Sassa fand Skandinavien toll), Herbst, Halloween, die Adventszeit oder Weihnachten anstand. Mit derselben Regelmäßigkeit, mit der Sassa umdekorierte, versuchten wir, uns von ihrer fast kindlichen Dekor-Lust zu distanzieren. Vergeblich. Sassas Freude über ihr Werk im Haus, am Haus und um das Haus herum inklusive Garage war stärker.

»Könnte die Tochter von Doris Day sein«, sagte ich zu Carsten, nachdem mich die beiden das erste Mal zum Essen eingeladen hatten. Sassa war nach einem Monat bei ihm eingezogen.

»Sie ist älter, als sie aussieht.«

»Schon fünfundzwanzig?«

»Siebenundzwanzig und sehr reif für ihr Alter.« Ich konnte mir das Lachen nicht verkneifen. Sassa hatte uns den halben Abend mit ihren Vorstellungen von einer Traumhochzeit gelangweilt. Sie wollte rosafarbene Servietten, auf denen kleine blaue Frösche gedruckt sein sollten, dasselbe Blau wie in Carstens Augen. Sie war ungefähr so reif wie Pflaumen im Juni. Was mich dennoch für sie einnahm, war ihr fester Glaube an die Möglichkeit eines guten Schicksals. Wenn sie nur alles richtig machte, würde sich ihr Leben fügen, wie sie es sich wünschte. Davon war sie überzeugt, davon überzeugte sie uns. Sassa gab Carsten drei Jahre Zeit, um ihr einen Antrag und das erste Kind zu machen. Das vierte Jahr hat er mit beruflichem Stress und dem richtigen Termin rausgeschunden. Dass ihn Sassa von jetzt auf sofort sitzen lassen würde, hätte ich ihr nicht zugetraut. Bestimmt hat sie eine Liste gemacht, in welcher Reihenfolge sie ihre Sachen packt. Nicht ein einziges Deko-Entchen (Sommerkollektion), keinen Steinspatz (Vorgarten, ganzjährig) und keine Strohblume (Erntedank) hat sie vergessen.

»Sind wir da?«

»Ja.«

Routiniert leise richten Carsten und ich uns auf dem hölzernen Steg ein, der bei Ammendorf in die Ilmenau gebaut ist und eigentlich als Anleger für Paddler dient. Carstens Auto habe ich im Wald geparkt, damit es nach Sonnenaufgang im Schatten steht. Herr Schwarz will nicht zwischen unseren Sachen auf der Holzplattform liegen. Er sucht sich über dem Anleger eine Stelle im Gras. Carsten geht auf Aal, bestückt seine Grundangel mit einem kleinen Fischfetzen. Ich stelle mich mit einer Flugangel ins Wasser und versuche mit künstlicher Fliege und einer unübertroffenen Wurftechnik eine Äsche zu locken. Der Pegel ist etwa einen Meter zwanzig hoch.

Auch das Angeln hat mir Carsten beigebracht. Wir waren siebzehn.

»Kannst du ihn für mich betäuben?«

»Nein, Syb, ich habe dir so oft gezeigt, wie es geht. Du musst es selbst können. Bei der Prüfung bin ich auch nicht dabei, um dir zu helfen.« Carsten hatte seine Fischerprüfung schon mit fünfzehn abgelegt. In anderen Ländern töten Angler ihren Fang nicht. In Norwegen lösen sie den Haken aus dem Maul des Tieres, legen den Fisch in den Eimer und lassen ihn ersticken. In Deutschland schreibt das Gesetz vor, den Fisch zu betäuben und dann zu töten. Danach legt man den Fang in die mitgebrachten Kühlboxen. Die, die Carsten und ich uns angeschafft haben, kann man als Sitzhocker verwenden. Als Jens, Willem, dessen damalige Freundin Susi, Carsten und ich nach dem Abitur zwei Wochen in Norwegen waren, filetierten wir die frisch geangelten Makrelen, Dornhechte und Petermännchen noch im Boot oder am Felsen, von dem aus wir, mit Ausnahme von Jens, unsere Blinker ins Meer warfen. Die Filets verpackten wir in Plastikbeutel und schichteten sie in die Kühltruhe, die uns Willems Vater zusammen mit seinem VW-Bus für unsere Fahrt überlassen hatte. Der Herzstich war nicht das Problem, sondern der betäubende Schlag auf den Kopf des Fisches mit einem schweren Messerknauf oder einem anderen Gegenstand. Man muss mit der einen Hand den nach Luft ringenden, zappelnden Fisch festhalten, was nur mit einem Baumwoll- oder Leinentuch gelingt. Dann schlägt man auf den Kopf. Bleiben seine Augen starr, ist der Fisch betäubt. Schnellstmöglich sticht man dem Tier von unten ins Herz. Eine alternative Tötungsmethode ist der Kiemenschnitt. Dabei durchtrennt man mit einem sehr scharfen Messer unter den angehobenen Kiemen die Herzarterie. Um die Kiemen anzuheben, braucht man einen Finger der festhaltenden linken Hand. Mir ist das Lockern des Griffs zu riskant, deshalb steche ich ins Herz. Damit ich blind den Kopf für die Betäubung treffe, zermatschte ich vor der Fischerprüfung kiloweise Gurken und Bananen mit dem Knauf meines Fischmessers. Manchmal gab mir Carsten einen toten Fisch zum Üben.

»Das ist total bescheuert, Syb. Wenn du nicht hinsiehst, wirst du dir irgendwann auf die Hand hauen und eine Kapsel oder einen Knochen zertrümmern.«

»Wenn ich blind wäre, müsste ich den Fisch trotzdem betäuben.«

»Sie würden dich nicht für die Prüfung zulassen, wenn du blind wärst. Außerdem sehen die doch, dass du den Kopf wegdrehst.«

»Bei der Prüfung mache ich die Augen zu. Das klappt schon.«

Wäre es mir nicht peinlich und wüsste ich nicht, dass er ablehnen würde, ich fragte Carsten, ob wir es wie früher machen können – ich ziehe sie an Land, er betäubt und tötet sie.

An seiner Angel hängt ein Glöckchen. Er sitzt auf der Kühlbox mit dem Rücken an die Uferwand gelehnt. Die Augen sind geschlossen.

Warum sollte mich Carsten betäubt haben? Anzunehmen, mein bester Freund könnte etwas tun, das mir schadet, ist absurd. Hätte Erwin eine Ahnung, wer meine Eltern begrub, und wüsste er, wie viele Jahre die damaligen Geschehnisse in meiner Erinnerung verschollen waren, ich stünde auf seiner Verdächtigenliste ganz oben.

Carsten ist über jeden Zweifel erhaben. Ich vertraue ihm

bedingungslos alles an, wofür verzeihende Liebe nicht nötig ist. Dass wir nie Liebende sein wollten, hat uns über die Jahrzehnte eine unverbrüchliche Nähe eingebracht. Zwischen uns gibt es nur ein strittiges Thema: seine gepachtete Jagd. Wir meiden es weiträumig. Ich kann ihm den Unterschied, der für mich zwischen dem Angeln von Fischen und dem Schießen eines Säugetieres besteht, nicht begreiflich machen. Selbstverständlich kenne ich die kribbelnde Aufregung, wenn ein Fisch kurz am Köder zieht oder ihn samt Haken verschluckt. Der Zug auf der Angel sagt mir sofort, ob der Haken an einer Pflanze festhängt oder ob ein Fisch gebissen hat. Dass Carsten beim Anlegen auf ein Reh dieselbe Erregung spürt, spreche ich ihm nicht ab. Aber es ist ein Unterschied, ob dich ein Fisch ansieht oder ein Reh, ob man ein Tier tötet, mit dem man eine Beziehung aufbauen kann, wenn man dessen Vertrauen über Futter und gute Erfahrungen gewonnen hat, oder eines, das in einem anderen Biotop lebt und bei der kleinsten Berührung wegschwimmt. Wie inkonsequent und romantisch verquast meine Unterscheidung ist, wie ambivalent mein Verhältnis zur Jagd, kann er natürlich nicht nachvollziehen. Willems Rehwürste esse ich wie jeder, der kein Vegetarier ist. Mein schlechtes Gewissen deswegen ändert nichts am Tod des Tieres, es offenbart nur mein zwiespältiges Verhältnis zu Fisch und Fleisch.

Das Glöckchen bimmelt. Carstens Fang ist veritabel, länger als 50 Zentimeter. Blitzschnell holt er ihn an Land und fixiert das Tier mit dem Aaltöter. Im Gegensatz zu allen anderen Fischen betäubt man einen Aal nicht, sondern durchtrennt ihm sofort die Wirbelsäule, entnimmt ihm danach Herz und alle anderen Innereien, um beim Braten keine unangenehmen Überraschungen zu erleben. Durch die Unruhe flussaufwärts kann ich meine Äsche für eine Weile vergessen.

»Denn der Herr gibt es den Seinen im Schlaf«, sage ich ein bisschen neidisch.

»Willst du die Hälfte?«

»Ja, klar! Danke.« Carsten wirft die Fischabfälle zurück in die Ilmenau. Schnecken und kleinere Raubfische werden sich darum kümmern. Er wäscht sich die Hände im Flusswasser, wischt sie an seiner Jeans ab. Herr Schwarz beobachtet uns von oben. Der Geruch des hingehaltenen Aals widert ihn an. Schnaubend dreht er den Kopf weg.

»Fleischfresser«, sagt Carsten und will den Hund streicheln, aber Herr Schwarz entzieht sich der nach Fisch stinkenden Hand.

»Kaffee?« Ich nicke, Carsten schenkt in zwei Plastikbecher ein. Seine Angel hat er schon wieder mit Köder bestückt, ausgeworfen und im Ständer abgelegt. Da wird noch ein zweiter Aal beißen. Das Fangglück dieses Mannes hat Horden von sogenannten Sportfischern in die Verzweiflung getrieben. («Das Fangen und Töten von Fischen ist kein Sport!« »Nicht schon wieder, Syb, das nervt. Männer wollen sich vergleichen. Sportangeln ist eine Möglichkeit. Stell den Pokal wieder hin und lass gut sein.«)

»Wie geht es dir?«, frage ich.

»Du meinst wegen Freitag?«

»Nicht nur.«

»Gestern dachte ich, mein Kopp bricht in Stücke. Was habe ich bei dir getrunken?«

»Viel von allem. Wie hieß dein Kater?«

»Godzilla.«

»Warum hast du dich abgeschossen?« Er trinkt einen Schluck Kaffee.

»Alles Mist momentan.« Ich sehe ihn von der Seite an. Wir sitzen auf unseren Kühlboxen an die Uferwand gelehnt.

»Arbeit oder privat?«

»Ja.«

»Du siehst müde aus. Vergessen, dass wir zum Angeln verabredet waren?«

»Der Fund am See, kurz vor Mitternacht sind die letzten Polizisten aus dem Rathaus raus. Einer musste abschließen.«

»Nicht mal vier Stunden Schlaf.«

»Du fragst mich kein Loch in den Bauch?«

»Ich will es nicht wissen!« Er sieht in meinen Augen nach, ob ich es ernst meine.

Auf der gegenüberliegenden Flussseite kommt ein Rehbock aus dem Wald. Wir atmen flach, bewegen uns keinen Millimeter. Ich wage es nicht, über mir nach dem Schwarzen zu sehen. Schläft er, weckt ihn meine Kopfbewegung und macht ihn auf das Wild aufmerksam. Hat er das Tier schon gesehen, bestätige ich ihn, dann bellt er vielleicht. Hinter dem Rehbock verlassen zwei Ricken die Deckung. Die Tiere haben Durst, wollen zum Fluss. Zehn Meter von uns ist ein abgeschrägtes Stück Ufer mit Steinen befestigt.

»Glöckchen«, hauche ich.

»Mist«, flüstert Carsten. Er kann nichts tun. Bewegt er sich, um das Glöckchen aus der Angel zu haken, sind die Rehe fort. Ob sie später einen zweiten Anlauf riskieren, ist ungewiss. Wir wollen beide, dass die Tiere trinken, bevor es noch wärmer wird. Außer der Ilmenau gibt es hier keine andere Wasserquelle. Wenn es jetzt nicht klappt, müssen sie im Wald bis zum Sonnenuntergang warten. Der Rehbock schaut in unsere Richtung, sieht uns. Es ist windstill. Weil wir uns nicht bewegen, werden wir als gefahrlos eingeschätzt. Das Tier nähert sich, hinter ihm die beiden Ricken. Bevor das Reh den Kopf zum Trinken senkt, sieht es uns an. Todsicher senkt Carsten wie ich den Blick nach unten, weicht dem Kontakt aus, damit uns das Tier nicht als Lebewesen identifiziert. Ich nehme eine minimale Bewegung im Gras über mir wahr. Herr Schwarz wird im Schlaf eine Pfote bewegt haben. Mit etwas Abstand positionieren sich die Ricken neben dem Bock. Sie vertrauen seiner Entscheidung, achten nicht auf uns.

Am Ende des Giraffenfilms stellen sich die zehn Tiere nebeneinander an der Längsseite des Schwimmbeckens auf, spreizen die Vorderläufe und senken die Köpfe kaskadenartig ins Becken. Die Rehe sind echt. Beinahe glaube ich, sie schlucken zu hören. Mit meinen Augen schieße ich von ihnen ein Foto nach dem anderen. Nie wieder werde ich Wurst essen oder Rehragout. Mein Blick fällt auf das Glöckchen an Carstens Angel. Die Tiere trinken in langen Zügen so viel sie können, als wüssten sie, dass der Tag lang und heiß wird. Plötzlich springt eine Forelle nach einer Fliege aus dem Wasser. Bevor der Schreck die Rehe aufgerichtet hat, ist sie schon wieder im Fluss. Der Bock hat genug getrunken, geht vorsichtig rückwärts. Eine Ricke folgt ihm, die andere hat den Kopf wieder über dem Wasser. Trinkt sie schneller? Die anderen beiden haben trabend den Waldrand fast erreicht, als ein Schuss fällt. Noch einer! Carsten springt wie das dritte Reh in den Fluss, ich hinterher. Das hilflose Tier treibt mit der Strömung auf uns zu.

»Du hinten die Läufe!«, schreit er und packt die Ricke wie ein Ringer um Hals und Brust. Sie strampelt in Todesangst. Irgendwie kriege ich einen Hinterlauf zu fassen, schnell den zweiten.

»Hab sie!« Zusammen hieven wir das Tier und uns auf die Plattform, ohne die Griffe zu lösen. Der Schwarze bellt, springt aufgeregt hin und her.

»Platz!«, brüllt Carsten. Zu mir: »Halt die Läufe fest.« Unsere Angelsachen fliegen durcheinander, eine Box fällt um. Herr Schwarz hat sich tatsächlich hingelegt, verbellt weiter das Reh. Für eine Sekunde treffen mich dessen riesige Augen, das angstvolle Weiß. Carsten kniet auf dem Hals des Tieres, zieht sich mit einer Hand das T-Shirt aus. Gemeinsam schaffen wir es, damit alle vier Läufe zusammenzubinden.

»Steig hinauf. Du packst sie an den Läufen und ziehst, ich drücke sie von unten hoch.« Es gelingt. Die Ricke liegt auf dem Gras.

»Halt den Hund fest«, sagt er und löst das T-Shirt. Das Reh springt in den Stand und flüchtet zu einer Baumgruppe. Als ich mich umdrehe, ist Carsten schon wieder im Fluss. Er steigt an der Stelle aus dem Wasser, wo die Rehe getrunken haben.

»Was?«, rufe ich ihm hinterher. Herr Schwarz bellt, will ihm folgen.

»Die Schweine hole ich mir. Es ist Schonzeit!« Er trabt über die Wiese. Kurz hält er bei den Tieren an, prüft, ob sie tot sind, dann verschwindet er im Wald.

Ich sortiere unsere Angelsachen, wasche das T-Shirt in der Ilmenau, hänge es zum Trocknen in den nächsten Baum. Es war Carstens Box, die umgefallen und aufgegangen ist. Seine Aalhälfte ist wieder im Wasser, ich finde sie nicht, packe meine Hälfte in seine Box. Die Grundangel liegt neben dem Ständer, das Glöckchen wird durch die Holzbohlen gefallen sein. Carstens Stofftasche mit Müsli-Riegeln, Thermoskanne und Kleinkram ist nass geworden. Auch sie hänge ich in den Baum, lege den Inhalt zum Trocknen ins Gras. Sein Smartphone ist heil geblieben. Als ich es berühre, leuchtet das Display auf: vier verpasste Anrufe, acht ungelesene SMS. Den Ordner mit Fotos hat er an die erste Stelle gesetzt. Bei meinem alten Knochen ist dort das Mitteilungen-Icon, an zweiter Stelle habe ich die Kontakte. Carsten würde es nicht sehen, dass ich den Foto-Ordner geöffnet habe. Vermutlich. Sicher bin ich nicht. Für ein Smartphone hat mein Geld nie gereicht. Man könnte auch fragen, ob er sich neuerdings für Fotografie interessiert oder sich einen Facebook-Account zugelegt hat, den er stündlich mit neuen Selfies füttert. Sind wahrscheinlich nur Fotos von Sassa, Carstens Kate für ferienwohnungen.de und etliche Bilder von Tauben gespeichert. Langweiliges Zeug, das mich weder interessiert noch etwas angeht. Bin nicht neugierig. Der von Erwin gesäte Zweifel wurde längst in irgendeine Himmelsrichtung verweht. Er wäre ohnehin nie auf meinem Grund angewachsen. Ein Tropfen Wasser trifft mich im Nacken. Dann Carstens Blick.

»Blattschuss«, sage ich. Das tonnenschwere Smartphone fällt ins Gras. Der Schwarze schnuppert daran, schiebt seinen Kopf unter meine leere Hand.

»Wer von uns hat geschossen?« Er setzt sich neben mich auf die Erde, nimmt sein blödes Mobiltelefon, wischt hin und her, während er lautstill auf meine Antwort wartet.

»Hast mich erwischt. Aber ich habe nur überlegt.«

»Ob du mein Vertrauen missbrauchst?«

»Ob meines ausreicht.«

»Und?«

»Ich habe keine Datei geöffnet.«

»Glück gehabt. Wir beide.« Carsten tippt auf das Display, hält das Telefon ans Ohr: »Moin. … Ja sehr früher Morgen. … Ein Sonntagmorgen, ich weiß. Hör mal, in deinem Revier hat einer einen Bock und eine Ricke geschossen. Die liegen zwischen der Ilmenau und dem kleinen Waldstück vor Ammendorf. Kennst du den Anleger für Paddler? … Ja. … Genau! … Gegenüber davon. Ich bin dem noch hinterher. … Nein, habe ich nicht. … Okay, tschüss!« Auf meinen fragenden Blick sagt er: »Jürgen kommt gleich die Tiere abholen.« Er schaut sich suchend um, fragt: »Wo ist mein T-Shirt?«

»Da drüben im Baum.«

»Pack deine Sachen zusammen. Wir fahren rüber ins Wendland, frühstücken.«

Er steigt auf der Fahrerseite ein. Es ist halb sechs, draußen 23 Grad warm. Die Stimmung im Auto kühl. Stumm sitzen wir in feuchten Sachen. Unsere Gedanken müssen den Raum mehrfach falten, um genug Platz zu finden. Keine Ahnung, wie Carsten das mit dem beidseitigen Glück gemeint hat. Als ich ihn fragen wollte, begann er zu telefonieren. Jetzt dümpelt mein Mut wie seine Aalhälfte am Grund.

»Seit wann haben wir ein Vertrauensproblem?«, eröffnet er. Wir fahren an Windrädern vorbei und vertrockneten Maisfeldern, Birken- und Kiefernwäldern. Ein Streichholz genügte, um alles bis zur Elbe brandzuroden.

»Noch nicht lange.«

»Und warum?«

»Waren Kleinigkeiten. Eine Handvoll. In den letzten Tagen.« Wer fragt führt, denke ich.

»Beispiel?«

»Du hast mir nichts von deinem Gespräch mit Aders gesagt.«

»Mit dem spreche ich täglich.«

»Ich habe dich am Donnerstag angerufen. Erinnerst du dich? Du warst im Burger House und hast auf dein Essen gewartet.«

»Und?«

»Am Nachmittag war Aders bei mir, um Stehles Aussage abzuklären. Du hattest vorher mit ihm über den

Abend des 7. Juli gesprochen. Er wusste schon, wann ich bei dir war und wie lange. Wieso hast du mir das nicht erzählt?«

»Warum hätte ich das tun sollen?« Er hatte also mit Aders gesprochen.

»Ich hätte es dir gesagt im umgekehrten Fall.«

»Warum?«

»Damit du vorbereitet bist.«

»Das ist jetzt so ein Frauen-Kommunikationsding?«

»Warum wertest du das ab?«

»Warum machst du aus einer Mücke einen Elefanten? Nächste Kleinigkeit bitte.«

»Du hast auf der Party einen Frauenhasserspruch abgelassen.«

»Welchen? Ich war hackedicht.«

»Von wegen Frauen würden Männer gleich aussortieren, wenn einer nicht passt.«

»Stimmt doch.«

»Blödsinn! Vier Jahre warst du mit Sassa zusammen, bevor sie die Reißleine gezogen hat. Was das Aussortieren von Frauen betrifft, bist du Schützenkönig. Deine Wege sind gepflastert mit halben Herzen.«

»Mag sein, aber was hat der Spruch mit deinem Vertrauen zu tun? Komm mal auf den Punkt. Du wolltest in meinem Handy schnüffeln. Warum?«

»Das klingt, als hätte ich es darauf angelegt. So war es nicht. Das Ding ist angegangen, als ich es abgetrocknet habe. Ich wunderte mich, dass dein Foto-Ordner an erster Stelle steht, nicht die Kontakte.«

»Und?«

»Ich habe überlegt, ob ich auf den Ordner klicke.«

»Hättest du, wenn ich nicht gekommen wäre?«

»Nein.«

»Normale Neugier, was hat das mit Vertrauen zu tun? Da ist noch was.«

»Hm.«

Wir fahren auf der schnurgeraden Straße Richtung Tamgow, rechts und links kilometerlanger Birkenwald, nur von Forst- und Reiterwegen unterbrochen. Er will zum kleinen vegetarischen Lokal, das am Ufer des Tamgower Sees liegt.

»Wieso haben wir beide Glück gehabt?«

»Bitte?«

»Du hast gesagt, wir hätten beide Glück gehabt, dass ich keine Datei geöffnet habe. Warum?«

»Weil dein Vertrauen gerade so ausreichte, um meines nicht zu missbrauchen. Und jetzt will ich Kaffee und Brötchen, und sobald ich satt bin, will ich hören, was du für ein Problem mit mir hast.«

Wir sind da. Auf dem Parkplatz stehen viele Wagen mit Berliner und Hamburger Kennzeichen, teure Cabrios und SUV. Sie gehören den Eigentümern der aufwändig renovierten, zu großen Wohnhäusern umgebauten Bauernhöfe. Es ist Hauptsaison. Die Zweitwohnsitzer verbringen ihre Wochenenden auf dem Land, mischen sich stundenweise unters Volk, reiten auf Zweitpferden durch die Elbtalauen oder cruisen mit 200 PS durch die Landschaft, ohne dass sie jemand überholt oder ihnen entgegenkommt. Bis auf das Areal ums Atommülllager bei Gorleben ist hier nichts abgesperrt oder als Privatwald gekennzeichnet. Manche bleiben auch ein paar Wochen, nehmen die Enkel während der Ferien in Frischluftpflege. In der kalten Jahreszeit stehen ihre Häuser verschlossen um eine Dorfeiche, erholen sich vom authentischen Landleben der Großstädter. Die Menschen, die immer hier leben, sind wieder unter sich, fallen zurück in ihre Einsilbigkeit – im Winter bei Ostwind das beste Mittel gegen kalte Zähne.

Die Terrassenkellnerin bringt außer der Karte gleich einen Napf mit Wasser für den Hund. Carsten bestellt eine Kanne Kaffee, fragt mich, was er mir vom Büfett mitbringen soll, Herr Schwarz flirtet mit einem Pinscher-Mädchen, ich suche nach dem Grund für mein Unbehagen. Erwins Idee mit dem Narkotikum ist es nicht allein, auch wenn dieser Wackerstein mächtiger in meinen Eingeweiden rumpelt, als ich es wahrhaben will. Dass mir ein ganzer Tag abhandengekommen ist, verunsichert mich zutiefst. Jahrelang habe ich im Glauben gelebt, mir könnte nichts mehr entgleiten. Bis zum Verschwinden von Viola und Celina war mein Leben nach allen Seiten abgesichert, alles unter Kontrolle. Schreiben heißt Leben schaffen, Wirklichkeiten. Das geht nur, wenn man auf sicherem Grund steht, zwischen faktischer und phantasierter Realität unterscheiden kann. Man muss seine Sinne beisammen haben, sonst wird man vom Wanderer zwischen den Welten zum Irrlicht. Über den verlorenen Tag kann ich mit Carsten nicht sprechen. Sofort würde er die Zweifel an ihm als meine eigenen identifizieren. Ich kenne Carsten seit der Schulzeit. Er ist wie ein Bruder für mich. Nicht der, den ich anrufe, wenn ich seelische Not habe, aber einer, der alles stehen und liegen lässt, wenn ich ihm einen verletzten Hund melde, oder Stehle den Mietvertrag kündigt, weil der mich bedroht. Beim Gedanken, dass ich an seiner Integrität zweifle, komme ich mir schäbig vor. Wäre ich ihm eine gute, eine solidarische Freundin wäre mir das Leuchten seines Handy-Displays gar nicht aufgefallen.

»Das falsche Müsli?«

»Ich lasse es noch ein bisschen quellen.« Er braucht fürs erste Brötchen keine fünf Minuten. Meine Bedenkzeit läuft. Wenn ich ihm erzähle, dass mir der 8. 7. komplett fehlt, wird er diese Information an Aders weitergeben? Kann ich einfordern, dass er sie für sich behält, bis Viola und Celina wieder da sind?

»Über deinem Kopf schwebt eine Denkblase.« Er schenkt mir dieses unwiderstehliche Lächeln, das er sonst nur an hübsche junge Frauen verteilt.

»Tut mir leid die Sache mit deinem Handy. Da ist nichts zwischen uns. Ich steh mir selbst im Weg. Das Verschwinden der Mädchen, Stehle, die Hochzeit mit Jens …«

»Du musst es nicht sagen, Syb, wenn du nicht willst, aber komm mir nicht mit Gewäsch. Okay?« Wir sehen uns in die Augen, das erste Mal seit dem Moment, als er mich mit dem Handy überraschte. Sein Blick ist offen.

»Okay.«

20. Juli

Wer von uns dreien hat es zuerst wahrgenommen? Ich weiß es nicht mehr. An eine Kopfbewegung des Schwarzen kann ich mich erinnern und eine Stimme, die »Feuer« flüsterte. Carstens rechte Hand wechselte von der Drei-Uhr-Position auf die Sechs, mit der linken griff er ins Türfach. Wir waren auf dem Heimweg, zwischen Tamgow und Schnaake. Er nahm den Blick von der schnurgeraden Straße, beugte sich zur Fahrertür, suchte mit den Augen, was die Hand nicht finden konnte. Gleichzeitig begann er, wie ein Hund zu schnuppern. Herr Schwarz fiepte. Etwas lauter sagte ich »Feuer« und Carsten: »Ich rieche es auch.«

»Rechts der Wald!« Für einen Moment sahen wir in dieselbe Richtung.

»Scheiße!«, sagte Carsten und ging vom Gas. Der Anblick gelb lodernder Flammen an weißen Birken, an einem sonnigen Tag hatte fast nichts Furchterregendes. Die dünnen hellen Baumstämme standen in großen Abständen, zu beiden Seiten konnte man noch in den Wald hineinsehen. Ob es zu diesem Zeitpunkt besser gewesen wäre, mit Vollgas weiter geradeaus zu fahren, vorbei an den züngelnden Flammen, ehe sie die Landstraße überspringen würden, weiß ich nicht. Wir hätten den Blick von oben gebraucht, um Ursprung, Richtung und Ausmaß des Feuers erkennen zu können. Ihn nicht zu haben, trotzdem eine Entscheidung treffen zu müssen, machte mich panisch. Wie Carsten hätte auch ich entschieden zu wenden, denn dass die

Strecke hinter uns gerade noch feuerfrei war, das wussten wir, nicht aber, was uns in fünfhundert Metern erwarten würde. Die Flammen hatten die betonierte Fahrradspur, soweit wir sehen konnten, schon erreicht. Nach links in einen der Forstwege abzubiegen, verbot sich – wir hätten uns mit dem Kombi im sandigen Boden festgesetzt. Carsten hatte Angst, wie der Hund, der unablässig fiepte. Ich war in der vollkommenen Starre gefangen, die mich immer bei Gefahr erfasst. Sie ließ mich nur atmen und schauen. Hätte ich am Steuer gesessen, der Motor wäre ausgegangen. Ob eine Ohrfeige etwas bewirkt hätte, die unter Schock stehende Frauen in Filmen bekommen, um ihre Versteinerung zu lösen? Nein. Nur meine Wange wäre getroffen worden. Angst versteinert mich im Innern, dort, wo bei anderen der Glaube an ein gutes Schicksal wohnt. Man könnte ein Schwert heben, um mir den Kopf abzuschlagen, ich bliebe stehen.

Carsten trat das Gaspedal durch, atmete laut und schnell. Alle paar Sekunden schaute er in den Rückspiegel. Meine Gedanken waren in einer Endlosschleife gefangen, auf der ein Endloswort geschrieben stand: FlammenmeerFlammenmeerFlammenmeer. Schnell sprang die Betonung über zu MeerflammenMehrflammen. Meine Erinnerung sandte eine Luftaufnahme ins Bewusstsein, auf dem ein brennender Ozean zu sehen war. Manches Feuer ähnelt hoch aufspritzenden Wellen, die von scharfkantigen Felsen in Fontänen und Gischttropfen zerteilt wurden. Deshalb einen Brand als Flammenmeer bezeichnen? Kein Feuer hat jemals solches Ausmaß erreicht. Nein, Flammenmeer ist das wortgewordene Gefühl der Unentrinnbarkeit. Zwar wird im Moment des Todes Sprache bedeutungslos, vielleicht aber ist das Ersticken im Feuer der gnädigere Tod, wenn uns die Schmerzen brennender Haut in die Bewusstlosigkeit tauchen, während der Körper beim Ertrinken bis zur letzten Sekunde alles Denken auf das Wort Luft konzentriert. Niemals ist man lebendiger als in den Sekunden des Todes. Im Moment, als mir die Mutter meine Nase zuhielt und den mit einem Socken verstopften Mund, wusste ich, was Leben ist. Nie habe ich die Sekunde vergessen, in der ich es ihr schenken wollte. Aber sie nahm es nicht. Unvermittelt öffnete sie die Umklammerung, ließ meinen Körper zu Boden fallen und ging aus dem Zimmer. Es gab nichts, was ich ihr geben konnte. Wertloser habe ich mich nie gefühlt.

Die Feuerwehren kamen uns zweispurig entgegen als rote Wand, die auf uns zuraste wie wir auf sie. Carsten ging vom Gas, trat die Kupplung durch, bremste, zog den Wagen nach rechts auf den Fahrradweg. Wir verloren den Außenspiegel an der Beifahrerseite, überfuhren drei Leitpfosten. Einen für jeden von uns, dachte ich, den Preis zahlen wir gern. Warum Carsten den Wagen hinter den Feuerwehren nicht wieder auf die Fahrbahn zurücklenkte, bleibt sein Geheimnis. Beim Zusammenstoß mit der Birke flog Herr Schwarz durch die Windschutzscheibe. Carstens Kopf wurde nach dem Aufprall mit dem Airbag nach hinten geschleudert über die Stütze hinweg, die bis zum Anschlag in der Rückenlehne steckte. Auch er war sofort tot.

In einem schmalen Band mit Sinnsprüchen, ich bekam ihn von Oma zum sechzehnten Geburtstag, steht der Satz: »Schweige, wenn deine Worte nicht schöner sind als die Stille.« Ist nicht jedes gesprochene Wort sinnloser Lärm verglichen mit dem Gesang von Vögeln und dem Rauschen der Bäume? Ich sehe eine verwaiste Rotbuche. Reglos steht sie mit schlaffen Zweigen vor dem geschlossenen Fenster, das keinen Ton durchlässt. Von außerhalb des Zeitquaders, in dem ich mich befinde, seit das letzte Wort meinen Mund verlassen hat, dringt das Geräusch schlagender Türen und klappernden Geschirrs an mein Ohr. Der Duft von Hühnerbrühe überlagert den Geruch des Feuers. Heiße Suppe an einem heißen Tag. Vielleicht sind die Senioren froh über alles, was sie ohne zu kauen schlucken können. In ihrer Welt ist jetzt Mittagszeit. Zwei Mal war eine Pflegerin an meinem Sessel, sprach zu mir. Was sie zu sagen hatte, war nicht schöner als die Stille: »Hier – Ihre Tasche. Das Handy ist okay. Sie können jemanden anrufen, der Sie abholen kommt.« Die Frau dachte, der Tote wäre mein Mann gewesen.

»Er liegt im Kühlraum bei Edeka«, teilte sie mit. Zwar sei die Bundesstraße 493, auf der wir verunglückt waren, noch gesperrt, aber über Dannenberg und die Landstraße an der Elbe entlang käme man von Norden nach Tamgow. Lage um Lage zerstörten die Worte der Pflegerin mein Stille-Gewand. Ich will nirgendhin, nur in diesem Sessel sitzen, aufpassen, dass die Rotbuche vorm Fenster nicht plötzlich verschwindet oder verbrennt. Das Feuer, sagte die Frau, sei weiter Richtung Süden gezogen: »Dem Herrn sei Dank – an Tamgow vorbei!«

Warum haben wir nicht die Müsli-Riegel gegessen, die Carsten in seine Tasche gepackt hatte? Warum beschlossen wir nach dem Brunch, das Angeln für diesen Tag dranzugeben? Hätte ich auf der Damentoilette nicht gedrängelt, sondern die nach Parfüm stinkende Berliner Tussi vorgelassen, wären wir ein paar Minuten später losgefahren. Ich erinnere mich an den Gedanken, Herrn Schwarz vor der Abfahrt in den Tamgower See geschickt haben zu wollen, damit er im Auto von der Verdunstungskälte seines nassen Fells profitiert. Warum tat ich es nicht? Durch den Stoff der Tasche spüre ich die Hundeleine.

»Die Männer haben alles rein, was ihnen in die Hände gefallen ist. Es musste schnell gehen. Das Feuer war überall.« Die Pflegerin legte die Idee, der Hund habe sich vielleicht irgendwohin gerettet, zur Tasche in meinen Schoß. Ihre tröstende Hand berührte mich an der rechten Schulter.

Mein Handy ist nicht bei den Sachen. Selbst wenn ich Jens' Nummer im Kopf hätte, würde ich ihm keine Nachricht schicken. Meine Aufgabe ist das Bewachen der Rotbuche. Sie braucht Wasser, sehr viel Wasser.

Ich muss wieder eingeschlafen sein. Auf dem Tisch neben dem Sessel steht etwas zu trinken, ein Teller mit Broten. Letzte Traumbilder hängen noch in meinem Kopf. Carsten, der Schwarze und ich waren eine Familie. Wir spielten Verstecken in einem Wald voller Rotbuchen. Viola und Celina kamen hinter zwei Bäumen hervor. Sie lachten glücklich. Die Ältere hielt eine Streichholzschachtel in der Hand. Unsere Blicke trafen sich; wir wussten, dass 21 Hölzer darin liegen, so viele wie Carstens Tauben. Als ich sie um die Schachtel bat, erstarb Violas Lachen. Sie öffnete das kleine Behältnis. Alle Hölzer waren abgebrannt. Die Jüngere deutete mit der Hand in den Himmel. Carsten und Herr Schwarz standen neben mir. Wir sahen nach oben, die brennenden Tauben über den Wald fliegen. Kein Ssssippp unterbrach die makabre Stille.

Wenn ich mich nicht bewege, für immer in der Minute meines letzten Wortes bleibe, wird mich die Welt vergessen? Bin ich dann endlich vor ihr sicher? Sitzen, atmen, schauen, bis ich sterbe. Nur so viel Wasser trinken, wie ich beim Ausatmen verliere.

»Syb?« Jens' Stimme.

»Kind!« Großvaters. Eine Pflegekraft bringt zwei Stühle. Die beiden Männer setzen sich in die Sichtflucht zur Rotbuche. Jens rückt von Erwin ab, als er meinen suchenden Blick wahrnimmt. Großvater kramt in seiner Umhängetasche. Ich verstärke den Druck meiner Hände auf Carstens vollen Stoffbeutel, der seit gestern in meinem Schoß liegt. Etliche Male hat sein IPhone geklingelt. Der Blödmann hat das Halali als Rufton eingestellt. Um mich zu ärgern. Erwin hält eine Flasche in meine Richtung. Wie kann er wissen, wo ich sitze?

»Apfelsaft von Emma, den du so gern magst.« Ich würde was trinken, muss aber die Tasche und die Rotbuche festhalten. Opa gibt Jens die Flasche, sagt: »Hilf ihr beim Trinken.« Jens macht den Verschluss ab, ich drehe den Kopf zu ihm nach rechts, bleibe mit den Augen bei meinem Baum, während ich trinke, trinke, trinke …

Ich rieche Herrn Schwarz, werde wach. Jemand hat mich mit seinem Bademantel zugedeckt. Opa sitzt wie an meinem Geburtstag im Sessel, der gegenüber vom Bett steht. Anstelle meines Hundes liegt Carstens Stoffbeutel auf dem Boden.

»Du bist zuhause«, sagt Opa. Sein vertrautes Gesicht, die feste Stimme sprengen die Versteinerung in meinem Inneren. Die Angst, gezeugt in Carstens Wagen, als ich das Feuer entdeckte, die roten Autos auf uns zukommen sah, den Baum, diese schreckliche Angst würge ich in Krämpfen nach oben durch den Schlund und bringe sie unter Tränen zur Welt. Erwin legt sich neben mich, hält mich. Seine Hand streichelt über meinen Rücken, bis ich irgendwann erschöpft wieder einschlafe.

Als ich das zweite Mal wach werde, duftet es nach Emmas Lammbraten. Mein Magen knurrt und jault. Ein Blick auf Carstens Smartphone: 18 Uhr 43. Der festgezurrte Gürtel des Morgenmantels wird mich stützen bis zum Badezimmer. Mein Spiegelbild erschrickt beim Anblick des Airbag-Veilchens.

Sie sitzen draußen am gedeckten Tisch, die Siamkatze liegt auf der Decke vorm Gartenhaus. Emma wird es nicht merken, dass dem Lammbraten auf der Unterseite ein Stück fehlt.

»Hallo.« Jens umarmt mich. Emma weint los. Ich küsse sie auf die Wange, flüstere ihr ins Ohr: »Dein Lammbraten ist fertig.« Erwin lege ich eine Hand auf die Schulter. Als der Siam klar wird, dass ich auf sie zugehe, sucht sie im Halbkreis nach einem Fluchtweg. Das duftende Fleischstück in meinen Fingern irritiert sie. An ihrer Stelle würde ich mir auch nicht trauen, so oft, wie ich sie vom Grundstück gejagt habe, meistens zu spät, wenn sie den Vogel schon in der Schnauze hatte. (Carstens Tauben – wer versorgt sie jetzt?) Im Vorbeilaufen schnappt sich die Katze das Fleisch und springt davon.

»Du lässt dich morgen in der Klinik untersuchen«, sagt Erwin, »und dir eine Halskrause geben.«

»Was war im Saft?«

»Eine halbe Valium.«

»Du standst unter Schock. Wir wollten nicht massiv werden müssen, um dich ins Auto zu kriegen.« Jens und Opa ein Team, auch in der Nachsorge. Emma kommt mit einem Tablett durch die Wintergartentür. Darauf steht ein Teller mit Lammbratenscheiben und eine Sauciere.

»Jens, in der Küche ist die Schüssel mit den Kartoffeln.« Sie stellt das Tablett auf den Tisch, und ich wünschte, sie wäre nicht Emma, sondern Lisbeth.

Oma hätte Carsten nicht gewarnt: »Kindchen, ich spüre den Tod, aber ich kämpfe nicht gegen ihn wie dein Großvater«, hatte sie auf meine Frage geantwortet, warum sie ihr Wissen nicht rettend einsetze.

»Und wenn mit Opa was wäre oder mit mir? Würdest du uns warnen?«

»Wenn einer den schwarzen Mantel trägt, ist nichts mehr zu machen.«

»Hast du es versucht?«

»Mehr als einmal.«

Emma schaufelt mir den Teller voll, ohne mich zu fragen. Gut, dass Erwin sie nicht geheiratet hat. Unsere Hände finden sich unterm Tisch. Abends isst er ungern warm.

»Du willst nur Fleisch oder?«

»Kannst du es mir schneiden?«

»Bin schon dabei.« Alle essen und denken schweigend. Ich sitze mit dem Rücken zum Gartenhaus, der leeren Decke. Da lebt man wenige Tage mit einem Tier zusammen, liebt es gleich wie seit Jahren und vermisst es dann für immer.

»Kannst du dich an den Unfall erinnern?«, fragt Opa.

»Ja.«

»Das ist gut.« Emma macht den Mund auf, aber Jens bittet sie, ihm den Lammfleischteller zu reichen. Sie verkürzt auf: »Armes Kind.«

»Warum seid ihr nach Tamgow gefahren? Ich dachte, ihr wolltet zum Angeln? Doch nicht an der Elbe?« Jens' Stimme ist unterlegt mit Resten von Sorge.

»Nun lasst sie doch in Ruhe essen!«

»Schmeckt gut, Emma«, beruhige ich sie und beantworte Jens' Fragen.

»Die Knalltüten sollen Leben retten, nicht gefährden!«, kommentiert Opa das Verhalten des Feuerwehrmannes, der auf unserer Fahrbahn fuhr. Jens verwickelt Emma in ein Gespräch übers Zubereiten von Lammbraten. Erwin und ich nutzen die Zeit für ein paar Schritte im Garten.

»Sag mir, wo der Pflaumenbaum steht.«

»Links von dir.«

»Du hast die Wegplatten aufgenommen und stattdessen gemulcht, nicht?«

»Ja. Im Garten so wenig Steine wie möglich.«

»Was ist rechts von mir?«

»Ein großes Stück Wiese, dann ein Streifen mit Schmetterlingsbüschen und Flieder. Direkt vorm Zaun wächst ein schöner Ranunkelstrauch.«

»Der Flieder war früher schon hier. Welche Farben haben die Schmetterlingsbüsche?«

»Dunkelviolett.«

»Du weißt, wen sie im See gefunden haben?«

»Nein!«

»Du würdest es wissen wollen.«

»Sicher?«

»Ja.«

»Wen?«

»Stehle.«

»Ach.«

»Ich hör dich denken.«

»Ist gruselig, wenn Phantasie Wirklichkeit wird.«

»Du phantasierst ja nur von einem, den du kennst. Der Rest ist Zufall.«

»Schon, aber ich habe mir vorgestellt, dass er einen Herzanfall im See hat. Wenn sie bei der Obduktion feststellen, es war das Herz?«

»Dann stimmt die Statistik für Männer in seinem Alter.« Hand in Hand gehen wir ein paar Schritte auf der Wiese.

»Ich hatte schreckliche Angst um dich. Komm ein paar

Tage zu mir, ja?«

»Nicht heute, ich muss noch was erledigen. Morgen Abend, okay?« Er drückt meine Hand, so fest er kann. Nachdem Emma ihr mitgebrachtes Geschirr gespült und eingepackt, die Reste des Bratens im Kühlschrank versorgt hat, bringt Jens die beiden nach Hause.

Käme doch endlich ein Gewittersturm. Zuerst müsste er unseren Straßendreck, alles vorzeitig Abgestorbene aufwirbeln, ansaugen wie ein Tornado und irgendwohin mitnehmen. Unter dem gleißenden Licht seiner Blitze sähen wir ein letztes Mal unsere Ängste groß und klar, bevor sie vom ohrenbetäubenden Knallen für immer vertrieben würden. Zu Sturzbächen versammelte Regenschauer retteten Wälder und Land vor weiteren Feuern, strömten durchs Dorf, spülten versunkenes Glück und verschwundene Menschen aus ihren Verstecken und Gräbern.

Igella kommt aus dem Gebüsch. Schnurstracks läuft sie in Richtung Gartenhaus zur Stelle, wo die Futterschüssel des Schwarzen stand. Ich beglücke sie mit Resten vom Abendbrot, bevor ich mich auf den Weg zu Carstens Haus mache, um nach seinen Tauben zu sehen.

Alfred Hitchcocks Film hat mein Verhältnis zu Vögeln bis zur Größe einer Krähe nachhaltig beschädigt. Vor allem die Szene, in der die beiden Frauen versuchen, Schulkinder in Sicherheit zu bringen. Ich war in der zweiten Klasse, als ich den Film sah. Meine Mutter hatte mich aus dem Bett geholt, allein mochte sie ihn nicht anschauen. Wenn die mächtigste Frau, die ich kannte, bei Fernsehbildern schrie und einen Blick über die Schulter zum Kamin warf, musste die Gefahr, die von Vögeln ausging, riesig sein. Die Tiere zu füttern, beim Fliegen zu beobachten, ihre Luftkämpfe zu verfolgen, ihren Geschichten zu lauschen, freut mich; mich mit ihnen in einem Verschlag aufzuhalten, sie gar anzufassen oder auf mir sitzen zu haben, ängstigt mich. Nach der dritten Einladung, sie mir im Taubenschlag auf dem Dachboden anzusehen, hatte Carsten es drangegeben.

Hinter der Haustür empfängt mich ein Geruch nach Kompostabfällen und gärendem Blumenwasser. Auf dem Küchentisch steht eine Vase aus buntem Merino-Glas mit roten und gelben Gladiolen, verpackt in Cellophan mit einem Kärtchen. Sie waren für mich und stehen seit Freitag hier. Neben dem Herd sehe ich eine Schüssel mit Bioabfall. Es wimmelt von Fruchtfliegen, sie sitzen auf einem Apfel, von dem ein kleines Stück abgebissen wurde. Sieht nicht danach aus, als sei Carstens Bruder Ralf schon hier gewesen. Hat er einen Schlüssel zum Haus? Die Sachen aus dem Auto haben sie mir ausgehändigt. Ob einer der Feuerwehrleute in der Eile daran gedacht hat, den Schlüsselbund aus dem Zündschloss zu ziehen?

Im ersten Stock fällt mein Blick durch die offene Schlafzimmertür. Der Boden ist mit dreckiger Wäsche bedeckt, zwei Schubladen einer Kommode sind herausgezogen. Carsten hat nur mit einem Bettlaken als Decke geschlafen wie wir alle in den letzten Wochen. Ein offener Laptop steht auf dem Nachtisch, eine halbe Flasche Wasser und der silberne Sony-Würfel aus den 1980er Jahren, der immer noch funktioniert, dessen schwach leuchtendes Display 21:58 anzeigt. ›Gestern sprachen wir über die Brüchigkeit von Vertrauen, jetzt stehe ich allein in deinem Schlafzimmer.‹ Ein winziges Detail am Laptop krallt sich in meinen Augenwinkel. Das Betriebslämpchen flackert.

Da ist er wieder: der wahre Moment. Wie vor Tagen, als ich wusste, dass die gelben und roten Farbflecken in einem Gebüsch zu zwei Kinderhelmen gehören. Und ehe ich vier Schritte in dem fast dunklen Raum zum Nachttisch mache, einen Finger auf das Touchpad lege, um das Display aufzuwecken, weiß ich, was ich sehen werde, weil ich es schon einmal sah am Abend des 7. 7.

Viola liegt auf dem Boden, Celina sitzt neben ihr, die Augen geöffnet. Im Hintergrund sehe ich einen Dachsparren! Meine Hand greift nach der halbvollen Wasserflasche, meine Füße drehen sich, hechten die Treppe zum Dachboden hinauf. Meine Stimme schreit: »Nicht sterben, Kinder, nein, nein, nicht sterben, ich bin da, bin da, ich bin da, ich bin da!« Die Tür zum Kinderschlag – verriegelt nur mit einem Schraubenschlüssel. Violas Kopf, ich schreie ihn an, schreie, so laut ich kann, ihren Namen, schütte Wasser in ihren Mund, schlage auf ihre Wange, ziehe das Kind zwischen meine Beine, schreie ihre Schwester an, den Mund zu öffnen, schütte Wasser hinein. Ich habe kein Handy bei mir, alle Dachluken sind geschlossen. Nebenan ist der Taubenschlag, der Boden bedeckt mit toten Tieren.

»Celina! Komm her, setz dich hier hin!« Ich lege ihr Violas Kopf auf die Knie. Einen kleinen Schwall Wasser schütte ich über Violas Gesicht, gebe Celina die Flasche, schreie sie an: »Trink! Ich bin gleich zurück!« Eine Treppe rutsche, die nächste falle ich fast hinunter, springe zur Tür hinaus und schreie: »Hilfe! Hilfe! Krankenwagen! Ruft einen Krankenwagen!« Den Ersten, der aus seinem Haus kommt, brülle ich an: »Die Mädchen, ruf den Krankenwagen, bei Carsten auf dem Dach!« Zurück in der Küche greife ich mir aus dem Kasten am Boden zwei Wasserflaschen, hetze die Treppen wieder nach oben, nehme Celina die Schwester ab. Meine Hände zittern, ich kann diesen scheiß Karotispuls nicht spüren.

»Wo ist dein Puls? Verdammt!« Pupille! Damit er die Mädchen filmen kann, hat der Dreckskerl extra eine Glühbirne in den Schlag gehängt. Aber vor Aufregung kann ich nicht sehen, ob sich die Pupille nach dem Anheben des Augenlids zusammengezogen hat. Körperwärme? Klar ist das Kind warm, hier oben hat es mindestens 30 Grad. Herz! Ich spüre nichts, mein eigenes schlägt wie wild, jagt meinen Puls bis in die Fingerspitzen.

»Celina, ist es sehr lange her oder nur ein bisschen lange, dass Viola mit dir gesprochen hat?« Ihre braunen Augen sehen mich an, dass es mir die Seele zerschlägt. Der ganze Körper gefangen in kindlicher Trostlosigkeit, tödlicher Lethargie. Sie hat mich nicht gehört oder die Frage nicht verstanden.

»Trink, Celina, trink! Mama ist gleich da.«

22. Juli

Aders lehnt sich nach dem ersten Satz zurück. Nicht wie ein Zuhörer bei einer Autorenlesung, mehr wie ein Kulturjournalist, der in der Redaktionskonferenz bei der Job-Verteilung den Kürzeren gezogen hat. Sein Blick, die vorm Oberkörper verschränkten Arme entziehen meiner Aussage die Glaubwürdigkeit, noch bevor ich zum zweiten Satz anhebe. Meine Stimme wird lauter, wechselt beim Waldbrand ins dramatische Fach. Ich verliere mich in unwichtigen Details, gebe sogar meine Selbstzweifel preis. Als hätte ich nie mit Worten im Kopf eines Lesers Realität erschaffen, Kindern nie überzeugend vom Heide-Hai berichtet, demontiere ich meine Wahrheit mit jedem weiteren Wort. Aders glaubt mir kein einziges. Nach einer halben Stunde rudere ich entkräftet wie eine Schiffbrüchige dem Ende entgegen.

Schon die Art, wie er Luft holt, sie laut und langsam durch die Nase zieht, bis sein Brustkorb gebläht und die Schultern gespannt sind, verleiht dem noch nicht Gesagten Gewicht. Er rückt mit dem Stuhl an den Tisch heran, legt die Unterarme mit zur Spitze gefalteten Händen auf die schmutzige Platte. Aus der Lesung wird eine Verkündigung. Aders, der Erzengel, spricht: »Sie haben am 7. 7. Viola und Celina, wie von Herrn Stehle bezeugt, an der Kirche getroffen und unter einem Vorwand ins Haus von Carsten Rosche gelockt. Seine pädophile Neigung war Ihnen bekannt. Für Ihre Mithilfe hatte er Ihnen Geld aus dem Verkauf von Filmen und Fotos zugesichert. Die Story von der amnestischen Episode aufgrund von K.o.-Tropfen, die Ihnen Rosche angeblich verabreicht haben soll, kaufe ich nicht. Tatsächlich haben Sie den 8. Juli im Haus von Rosche verbracht, da dieser als Bürgermeister bei der Koordination der Suchmaßnahmen unabdingbar war und sich nicht selbst um die Mädchen kümmern konnte. Nachdem ich Sie mit der Aussage von Siegmar Stehle konfrontiert hatte, befürchteten sie, ins Visier der Ermittlungen zu geraten. Sie versuchten, auf Rosche einzuwirken, dass er die Mädchen beiseiteschafft. Um das zu klären, sind Sie mit ihm am 19. 7. zum Angeln nach Ammendorf gefahren. Nach Ihrer heroischen Bambi-Rettung genehmigten Sie sich in Tamgow ein Frühstück. Wenn Sie es nicht schon wussten, haben Sie von Rosche erfahren, dass man Siegmar Stehle am Samstag leblos im See gefunden hatte. Gemeinsam planten Sie, die Kinder zu töten und in das von Stehle angemietete Ferienhaus zu bringen, wo Rosche sie bei der Endreinigung zufällig entdeckt hätte. Pech nur, dass Ihnen ein Waldbrand in die Quere kommt. Rosche stirbt durch den Autounfall, den Sie überleben. Nun haben Sie die Mädchen am Hals. Zunächst waren Sie im Schock, den Teil glaube ich Ihnen, Angst und Selbstmitleid können lähmend sein. Nach Ihrem Dornröschenschlaf im Altenheim kam Ihnen die Idee, die Kinder zu lassen, wo sie waren. Die Mädchen sollten auf dem Dachboden verdursten, alle Schuld wäre auf Carsten Rosche übergegangen, und Sie wären fein raus gewesen. Zuhause bei Lammbraten mit Kartöffelchen fiel Ihnen allerdings ein, dass ein Angehöriger Rosches wegen der Tauben oder der Kleidung für die Beerdigung ins Haus gehen und die Kinder vorzeitig entdecken könnte. Sie mussten wissen, ob Viola und Celina noch lebten. Womit Sie nicht gerechnet haben, war, dass Ihnen auf der Straße Rosches Nachbar Frank Niebuhr begegnet. Er hat Sie gesehen und gegrüßt. Das bedeutete: waren die Kinder noch am Leben, mussten Sie sie töten und die Person sein, die sie findet. Viola war bereits tot. Um sicher zu sein, hielten sie ihr Mund und Nase zu. Ihr Handabdruck auf der Wange ist das entscheidende Indiz. Nichts weist darauf hin, dass Sie mit Mund-zu-Mund-Beatmung oder Herzdruckmassage versucht haben, Viola zu retten, wie Sie behaupten. Gelogen ist auch, dass Sie die Kamera beim Aufreißen der Tür umgestoßen haben. Im Gegenteil, Sie schubsten sie absichtlich weg. Celina war noch bei Bewusstsein. Sie hat Sie angesehen, wahrscheinlich vor Angst geweint. Ein weinendes Kind umzubringen, das sich wehrt, wenn es keine Luft mehr bekommt – so hartgesotten sind Sie dann doch nicht. Also retteten Sie sie in der Annahme, dass Sie alles, was ein traumatisiertes Kind sagt, als Phantasie abtun können. So ist es gewesen!«

Aders hat Recht. Anders, als er denkt, bin ich für Violas Tod verantwortlich. Wenn ich vor seinen Ausführungen noch dachte, ich hätte meine Wahrheit mit letzter Kraft an Land gezogen, ertrinke ich jetzt in meiner Schuld. Jedes seiner Worte ist ein Bleigewicht. Wäre ich sofort zu Carstens Haus gegangen, als ich an seine Tauben dachte, wäre Viola zu retten gewesen. Ein mutiger Blick in sein Smartphone, und ich hätte außer der Uhrzeit eindeutige Fotos gesehen. Warum habe ich Viola nicht Mund zu Mund beatmet? Ich weiß doch, wie es geht. Erwin hat mir auch gezeigt, wo man den Handballen für die Herzdruckmassage ansetzt.

»Du hast drei Minuten, um dich zu konzentrieren, den Herzstillstand festzustellen, die Kleidung aus dem Weg zu räumen, gegebenenfalls den Mund leer zu machen, den Kopf zu überstrecken und anzufangen.« Regelmäßig hatte er eine Puppe vom Roten Kreuz ausgeliehen, Kurse für die Dörfler veranstaltet, eigens eine Stunde für Mütter angesetzt, um ihnen beizubringen, wie sie beim plötzlichen Kindstod reagieren müssen. Alles umsonst. Mein Gehirn kam nur bis zum Puls, nahm den falschen Abzweig zur Pupillenreaktion. Von der hat Opa nie gesprochen. Aber mit seiner Uhr haben wir geübt, bis ich ein Gefühl dafür bekam, wie lange drei Minuten sind, genug Zeit, um sich von Panik zu befreien und die Rettung eines Menschenlebens vorzubereiten.

»Sie haben Recht, Herr Aders, am Ende muss es jemanden geben, dem man die Schuld anheftet, und sei es nur eine Mitschuld. Ich weiß, wie die Leute ticken. Das große Tamtam, mit dem Sie mich gestern zur Vernehmung holen ließen, setzt etwas in Gang, an dessen Ende ich alles verloren haben werde. Erst dann hat das Dorf wieder seine Ruhe und auch Sie, der mit Carsten Rosche jeden Tag Kontakt hatte, in dessen Rathaus die Polizei Besprechungen abgehalten und Ermittlungsergebnisse zusammengetragen hat. Der Haupttäter ist tot, aber wenigstens können Sie mich markieren und zum Abschuss freigeben. Ihre Geschichte ist plausibler als meine, alles fügt sich ineinander. Das Motiv, das Sie mir unterjubeln, finde ich wacklig, aber für den Staatsanwalt wird meine chronisch miese Finanzlage Ihre Idee untermauern. Sie haben überall in Carstens Haus meine Fingerabdrücke gefunden, natürlich auch auf seinem Laptop und dem Smartphone. Vermutlich ist Celina auf Wochen hinaus nicht in der Lage, über die Entführung und die Tage auf dem Dachboden zu berichten. Wenn sie es jemals können wird. Aber die Wahrheit des Kindes brauchen Sie nicht. Sie haben sich längst für Ihre eigene Geschichte entschieden. Plausibilität und Vorstellbarkeit sind für die meisten Menschen Wahrheitsgaranten. Da gehen Sie kein Risiko ein. Dass etwas so abgelaufen sein könnte, wie man es sich erklärt, macht uns im Nachhinein zu Siegern über das Unheil. Was Sie als Unbeteiligter behaupten, wird schneller zur Wahrheit, als ich Luft holen kann.« Er rückt wieder zur Demarkationslinie vor, die in der Mitte des Tisches verläuft, dort, wo ein Riss im hellen Furnier unsere Hälften trennt. Seine Rechte nimmt weder den Kugelschreiber, noch öffnet sie den Block, um etwas zu notieren. Stattdessen verschränken sich seine kleinen Hände zu einer Faust. Ich lehne mich zurück.

»Was wollen Sie damit sagen, Frau Uhlen?«

»Dass ich mich gut in Ihre Handlungsweise einfühlen kann. Sie hat zu viele Vorteile für Sie, auch für das Dorf und Beate. Gab sicher schon gestern Bilder in den Medien, die zeigen, wie mich Ihre Beamten aus meinem Haus führen. Wissen Sie, Aders, je mehr Blitzlicht man verwendet, desto weniger Konturen sind zu erkennen. Die Wahrheit entdecken Sie so nicht.«

»Nun kommen Sie mal zum Punkt!«, brüllt er mich an und schlägt mit der flachen Hand auf den Tisch. »Ich will ein Geständnis von Ihnen. Ihre Metaphern können Sie sich sparen!« Der laute plötzliche Knall reißt eine uralte Narbe auf. Unter meinem Po wird es nass. Mehr als ich getrunken habe, entrinnt mir. Ich erstarre zur Angstsäule, erwarte den Schlag ins Gesicht, das Pfeifen im Ohr. Eine Beamtin kommt von der Seite, flüstert Aders etwas ein. Mein Urin riecht anders als früher. Kindertränen flüchten sich in meine Augenfalten.

»Wohin fahren wir?«

»Ins Pfarrhaus. Bleib unten.«

»Mir ist kalt.« Jens reicht ein Sweatshirt nach hinten. Sein Handy klingelt. Er sagt jemandem, dass uns kein Wagen folgt, dann noch »prima« und »danke«.

»Das war Willem. Er ist mit Annes Lieferwagen als Erster losgefahren.«

»Ich verstehe nicht.«

»Annes Wagen ist hinten zugeklebt. Die Presseleute denken, du bist da drin, und folgen ihm. Er fährt mit ihnen gemütlich über die Dörfer. Alles okay bei dir?«

»Hm.« Der Himmel ist bewölkt, eine grauweiße Fläche eingerahmt in einer Seitenscheibe. Kein Vogel segelt durchs Bild, keine Baumkrone.

»Hast du Hunger?«

»Ich weiß nicht.«

»Es gibt Daraba.«

»Mit viel Erdnussbutter?«

»Mit sehr viel Erdnussbutter.« Dieses Gemüsegericht hat Jens aus dem Tschad mitgebracht. Nach dem Essen wird mir schlecht werden von der vielen Butter, die er unter die Okraschoten mischt. Aber nur so schmeckt es.

»Ich muss duschen.«

»Dr. Raake hat mich angerufen und erzählt, was passiert ist. Ich war schon bei dir und habe Wäsche geholt.«

»Jens?«

»Hm?«

»Ich kann den Raake nicht bezahlen.«

»Mach dir keine Sorgen. Ist alles geklärt.« Nun hebe ich doch den Kopf und stecke ihn zwischen den Vordersitzen durch.

»Ich will wissen, in wessen Schuld ich stehe.«

»Schuld? Das ist ein katholischer Begriff. Davon verstehe ich nichts.« Er lacht und schiebt meinen Kopf zurück.

»Bleib unten, wir sind gleich in Diekenkamp. Soll niemand sehen, dass du im Wagen bist.«

Jens hat eines der beiden Gästezimmer für mich hergerichtet. Kein Möbelstück passt zum anderen, jedes einzelne ist alt und schön. Das Bett aus hell gebeizter Eiche steht an der Wand gegenüber vom Fenster, vor das kürzlich ein Schreibtisch aus Kirschholz geschoben wurde. Fahles Licht fällt auf meinen Block und ein neues Handy. Der Tisch hat an der langen Wand vis à vis der Tür gestanden. Im Dielenboden sieht man noch die Abdrücke der Beine. Auf dem Fensterbrett steht eine Vase mit Stoffblumen: violette Margeriten, grüne Rosen und eine gelbe Tulpe. Mein Blick gleitet über die Blumen hinweg nach draußen in die Krone eines Walnussbaumes. Könnte ich wählen, hätte ich lieber ein Zimmer im Erdgeschoss, aber unten gibt es keine privaten Räume. Jens hat an alles gedacht – im Schrank finde ich meine Unterwäsche, T-Shirts, Hosen, sogar zwei Kleider hat er mitgenommen, auch meinen Lieblingssommerpulli, Schuhe und Jacken. Das Badezimmer befindet sich auf der anderen Seite des breiten Flurs. Es ist ein Gästebadezimmer, dessen Renovierung die Kirche viel Geld gekostet haben muss: große weiße Fliesen, eine Regenschauerdusche, ein Waschbecken aus Naturstein, auch ein Bidet gibt es. Im Spiegelschrank entdecke ich meine Zahnbürste, Haarbürste, Shampoo und Haargummis. Jens hat sogar mein Handseifenstück samt Muschelschale mitgenommen und wie bei mir zuhause auf die linke Seite des Beckens gestellt.

Mir ist kalt. Die Mischbatterie steht auf 33 Grad, ich erhöhe auf 35. Unter meinen Füßen in der Duschtasse liegen die uringetränkte Hose und der Slip; Jens soll das nicht riechen müssen, wenn er meine Wäsche mit seiner in die Maschine steckt. Ich schließe die Augen und stelle mir vor, dass es endlich regnet. Nicht aus grauschwarzem Himmel tropft es auf mich herab, der Regen fällt aus riesigen weißen Wolken – reines Wasser, das alle Schuld von mir wäscht. 37 Grad. Ich hätte auch bei der Polizei duschen können unter Aufsicht einer Beamtin, die ihre Dienstwaffe am Gürtel trug. Aber ich konnte die Kleidung nicht ablegen, nicht noch die sichtbaren Narben dem fremden Blick entblößen. Das Entsetzliche an der Duschszene in Hitchcocks *Psycho* ist nicht der Mord an einer kaltblütigen Diebin. Infam ist, dass Norman Bates mit einer horrenden Unerbittlichkeit in drei intime Räume eindringt, wenn er die sorgsam geschlossene Badezimmertür öffnet, den milchweißen Duschvorhang zur Seite zerrt, um zuletzt sein großes Messer in den Frauenkörper zu stoßen. 40 Grad. Eine Temperatur, bei der sich die meisten Flecken aus einem Gewebe lösen. Am deutlichsten haftet mir die Schuld im Blick an. Aber ich kann die Augen nicht aufmachen, das Wasser ist zu heiß. Man sieht sie auch an meiner Körperhaltung, den Schultern, dem gebeugten Rückgrat, an den Armen, die nur darauf warten, nach oben zu ziehen, um den Torso und den Kopf vor weiteren Anwürfen zu schützen. Und natürlich sitzt die Schuld in meinem Geschlecht. Ich hätte es wissen müssen, was Carsten für einer war, immer war, seit wir uns im Schulbus angefreundet haben. Eine dem Mann nahestehende Frau muss um seinen Abgrund wissen. Weibliche Wesen sind schließlich Seelenkundige. Fühlend ahnen wir, was ein Kind braucht, ob es krank ist oder in Gefahr. Da ich nicht wusste, was in Carsten vorging, bin ich eine eiskalte Frau, eine Kindsmörderin, die nur sich selbst und ihren Vorteil kennt. 41 Grad. Meine Haut schmerzt, mir ist heiß, die Hand zieht den Hebel ins Rot, schmelzen soll mich das Wasser. Mit der Schuld fließe ich in die Kanalisation. Keiner sieht mich, niemand kann mit den Augen und Fingern auf mich zeigen: ›Schau mal, da drüben, die Uhlen. Ganz dicke mit dem Rosche und will nichts gewusst haben?!‹

»Essen ist fertig«, ruft Jens durch die geschlossene Tür. Bevor ich das Bad verlasse, öffne ich beide Fensterflügel. Kühle Luft fällt von draußen herein, treibt die Wasserdampfschwaden ins Freie. Was gäbe ich dafür, mit ihnen nach oben zu steigen.

Seine Wohnküche ist einzigartig. Die weiße Holzverkleidung, die auf Brusthöhe mit einem umlaufenden Brett abschließt, verbindet sich bruchlos mit den Dingen, die er aus dem Tschad mitgebracht hat. Immer dauert es einen Moment, mich an die Mischung aus schwedischem Einrichtungsstil und afrikanischem Kunsthandwerk zu gewöhnen. Seine IKEA-Küche ist südseewasserblau mit einer vier Meter langen Arbeitsplatte aus hellem Eichenholz. Die Wand darüber hat er mit blauweißen Friesenkacheln gefliest. Gegenüber der Küchenzeile steht ein smaragdgrün gepolstertes Biedermeier-Sofa, auf dem man sich nach dem Essen ausstrecken und mit einer Gastkatze ein Nickerchen machen kann. Der große Eichentisch ist das einzige Möbelstück, das er aus dem Elternhaus behalten hat.

»Du hast Hunger!« Er stellt einen Wok mit dampfendem Daraba auf den Tisch.

»Wie willst du das wissen?«

»Deine Schulterknochen heben sich unterm T-Shirt ab. Soll ich dir auftun?«

»Untersteh dich!« Mein Lächeln fühlt sich schief an.

»Sorry, hatte vergessen, dass du das nicht magst.« Seines ist wunderschön. Mir kommen die Tränen. Er legt eine

Hand neben meinen Teller offen auf den Tisch.

»Ich werde die Schuld nicht los«, heult es aus mir, »wäre ich früher zum Haus – Viola, ich hätte sie retten können. Ich hatte sein Handy in der Hand, ihr Leben! Verstehst du?« Der letzte Damm bricht.

»Das wusstest du nicht. Syb! Hör mir zu!«

Hätte sie Daraba gemocht? War sie gegen Erdnüsse allergisch? Wer fährt Celina jetzt voran? Wer hat in den Apfel gebissen, der in Carstens Kompostschale lag? Warum nur einmal? Ist sie gestorben, weil sie mehr geredet hat, um die Schwester zu trösten, ihr mit erfundenen Geschichten über den Durst hinweg zu helfen? Wie hält man eine Leerstelle aus? Den Raum, den ein Mensch nicht mehr mit seinem Körper einnimmt, der dennoch existiert wie eine unbeschriebene Seite inmitten eines Romans, den Raum, dessen Leersein wir weder mit dem Verstand noch mit den Händen fassen können.

»Verstehst du das?«, fragt Jens von irgendwoher.

»Wie? Viola ist tot. Eine Stunde gestorben, bevor ich bei ihr war. Nein, ich verstehe nicht, dass sie stirbt, während ich bei Lammbraten im Garten sitze.«

»Du ziehst zwei Situationen zusammen, Syb, aber da gibt es keine Verbindung. Es gibt keine Schuld, die du trägst. Schuld setzt Wissen, oft Absicht voraus und eine Entscheidung. Du hast keine Entscheidung gegen die Mädchen getroffen. Konntest du nicht, weil du nicht wusstest, wo sie sind.«

»Doch Jens, ich habe eine Entscheidung getroffen, nämlich nicht auf mein Gefühl zu hören. Als wir an der Ilmenau waren und sein Smartphone anging. Eine Berührung des Photo-Icons! Ich habe sie unterlassen. Im Seniorenheim in Tamgow: Die Pflegerin hat gesagt, ich könne mit dem Handy telefonieren, das in seiner Tasche war. Zuhause: Ich hatte alle Zeit der Welt, den Photo-Ordner zu öffnen. Carstens Tauben, ich verstehe mich selbst nicht. Sonst rette ich jedes Tier sofort, ohne zu überlegen. Warum hat mich der Gedanke an sie nicht unmittelbar zum Handeln veranlasst? Nein, nein, nichts ist hier zu verstehen.«

»Ich sehe deinen Punkt. Trotzdem – du beurteilst dein Verhalten aufgrund von Informationen, die du erst im Nachhinein bekommen hast. Als ihr an der Ilmenau wart, hast du dem Menschen vertraut, der seit über dreißig Jahren ein bester Freund war. Kurz zuvor habt ihr ein Reh gerettet. Sibylle, nicht mal Menschen, die keine Freunde von Carsten waren, wären auf die Idee gekommen, dass die Mädchen bei ihm sind. Und die Polizei? Hat ihn auch nicht verdächtigt. Du hast nichts falsch entschieden. Vergiss Celina nicht. Sie wäre tot ohne dein Eingreifen.«

»So sieht das niemand. Beate bestimmt auch nicht. Es gilt doch immer: Mitgegangen, mitgehangen. Du hättest Aders hören müssen. Seine Stimme, wie er das alles aus seiner Sicht erzählt hat, ich war kurz davor, ihm zu glauben. Dass ich den 8. Juli nicht parat habe … es gibt keine Zeugen dafür, dass Carsten mich nach Hause verfrachtet hat. Wenn Aders redet, da passt eins ins andere, in meiner Geschichte nicht.« Jens nimmt meine Hand, die noch knallrot und heiß ist.

Im Teller vor mir eine Tränenpfütze. Das habe ich noch nie gemacht und träume doch ein Leben lang davon, mit Anlauf und Karacho in eine große Pfütze zu springen. Rote Gummistiefel müssten es sein. Ich mit Viola an der einen, Celina an der anderen Hand. Wir könnten als Kette anlaufen und gemeinsam springen, auf dass das Wasser zurück in die Wolken spritzt.

»Woran denkst du?«

»An rote Gummistiefel.«

Nach dem Essen ruft Erwin auf dem Festnetz an. Emma hat für ihn die Nummer gewählt. Er wohnt ein paar Tage bei ihr. Presseleute belagern sein Haus, haben ihn fotografiert.

»Wie geht es dir?«, frage ich.

»Wie es einem alten Mann in Gefangenschaft eben ergeht.«

»Liegen Emmas Eisen eng am Fuß?«

»Und dir, Kind, erzähl mal.« Vorhin war es Jens' gutmütiges Lächeln, jetzt verflüssigt Opas Stimme meinen Schmerz. Geduldig wartet er, atmet gleichmäßig in mein Schluchzen.

»Mir ist, als müsste ich ertrinken.«

»Du bist eine gute Schwimmerin. Vergiss das nicht.«

»Früher. Jetzt geht mir die Kraft aus.«

»Das denkt man immer in der Mitte des Sees. Halt dich mit diesem Gedanken nicht auf.«

»Erinnerst du dich an unser Gespräch Anfang des Monats?«

»Als du auf deinen Verleger wütend warst und Sorge hattest wegen Stehle?«

»Ich habe dir erzählt, dass mich was ängstigt.«

»Ja, ich erinnere mich.«

»Es war eine Vorahnung. Nichts Konkretes wie bei Oma, eher eine dumpfe Furcht vor einer großen Veränderung.«

»Dein Gefühl hat dich nicht getäuscht und deine Phantasie zu Stehle auch nicht.«

»Was meinst du?«

»Emma hat mir die Zeitung vorgelesen: Todesursache Herzinfarkt bei einem signifikanten Blutalkoholwert.«

»Tut mir leid, dass du bei Emma wohnen musst und sie dich fotografiert haben.«

»Als wenn du was dafür könntest! Dem Aders habe ich Bescheid gegeben!«

»Wann?«

»Gestern. Jens hat mich angerufen, nachdem sie dich abgeholt hatten. Ich bin für Freitag vorgeladen.«

»Aders wird dich zu meiner Gedächtnislücke fragen. Ich habe ihm von unserem Gespräch erzählt. Hätte ich nur anders auf deinen Verdacht reagiert.«

»Das war eine Schlussfolgerung, kein Verdacht. Carsten war der letzte Kontakt, an den du dich erinnern konntest. Den Saukerl hatte keiner auf dem Zettel, ich am wenigsten.«

»Hast du Dr. Raake beauftragt?«

»Mir ist kein Kollege mit dem Namen bekannt.«

»Lächelst du gerade?«

»Wie soll ich das als Blinder wissen?«

»Ich liebe dich.«

»Schwimm weiter, ja?«

»Morgen schick ich dir eine Feile.«

»Gutes Kind.«

Zurück in der Küche sehe ich Jens' Nachricht auf dem Tisch. Er wurde zu einem Sterbenden gerufen. Auf dem smaragdgrünen Sofa haben es sich zwei Abendkatzen gemütlich gemacht: eine kleine dreifarbige und eine zierliche schwarze. Schlafend liegen sie ineinander verknotet wie Geschwister oder Liebende. Mit angezogenen Beinen lege ich mich zu ihnen.

Viola trägt ein blaues Sommerkleid. Der Wind spielt mit ihrem braunen Haar. Ich liege in der Dorfwiese, beobachte, wie das Mädchen mit dem Rad Tempo macht, plötzlich die Hände vom Lenker nimmt, obercool posiert, als wüsste sie von meinem heimlichen Blick. Ihr Kinderrad ist verkohlt. Große und kleine Partikel lösen sich vom Rahmen und steigen zum Himmel empor. Ich richte mich auf, rufe Viola beim Namen, aber sie hört mich nicht, fährt freihändig weiter die Straße auf und ab. Mit einem Schlag verdunkelt sich der Himmel über uns. Ich denke an die Rußpartikel, doch beim Blick nach oben sehen wir 21 Krähen, die auf das Kind zufliegen. Viola lässt sich mit dem Rad in die Wiese fallen. Wir laufen uns entgegen. Ich rufe: ›Halt deine Augen zu!‹ Meine Füße sind unendlich schwer, versinken bei jedem Schritt in heißer Schlacke. Gleich haben die Vögel das Mädchen erreicht, das in der federschwarzen Dämmerung zu einem Schemen wird.

Meine Arme strecken sich ihm entgegen. Zu spät! Die Tiere bringen Viola zu Fall. Blaublutrote Stofffasern mischen sich in die Gefieder. Aus ihrem mörderischen Orchestergraben dringen krächzende Misstöne. Auf allen Vieren erreiche ich den zerfetzten Kinderkörper, verjage die böse Brut, lege Violas Kopf in meinen Schoß und falle ins schwarzstarre Loch ihrer rechten Pupille.

»Wach auf! Rübchen, wach auf!« Vom Kraterrand meines Traumes erreichen mich drängende Worte. Mir scheint keine Eile geboten. Jetzt nicht mehr. Ich sinke ins tote Schwarz eines unrettbaren Mädchens, fühle mich noch einmal eins mit mir. In die Männerstimme mischen sich junge Klänge. Ein Kind ruft: »Mama!«

23. Juli

Mit mächtigem Grollen zieht das Gewitter weiter. Ferne Blitze unterzeichnen im schwarzen Himmel seine Drohung zurückzukommen. Sturmwindreste fegen durch die Baumkronen, entreißen den Ästen zu früh vertrocknetes Laub, um es in die Arme der Bäche zu treiben, die durch den strömenden Regen zwischen den Häusern und entlang der Rinnsteine entstanden sind. Ich lausche dem Wehklagen vom prasselnden Regen gepeinigter Dachschindeln, die das Wasser schneller ablaufen lassen, als es das Regenrohr schlucken kann. Eine Böe verführt die leichten Gardinen, zu uns ins Bett zu steigen. ›Hieltest du mich nicht fest umschlungen, fasste ich einen Store mit der Hand und suchte am Saum eine Goldkante.‹

Sein ruhiger Atem streift mein rechtes Ohr. Ich beneide ihn um seinen Schlaf. Schließe ich die Augen, betreten tote Gestalten die Bühne: Kinder in bunten Federkleidern, hinter ihnen ein gurrender Mann, der von Kopf bis Fuß mit einer Eisschicht bedeckt ist – kein erträgliches Tableau, quälender als die Frage, ob ich von Carstens Abgrund hätte wissen können.

Der einzige Kuss im Teenie-Alter löschte, was er nicht entzünden konnte. Er klärte unsere Körper darüber auf, dass in ihnen niemals Begehren für den anderen wachsen würde. Carstens Satz: »Geht nicht mit dir, lass mal Freunde bleiben«, brachte es auch für mich auf den Punkt. Martina, seine damalige Freundin, machte ihm später eine

Szene, weil wir uns zu Rod Stewarts *Sailing* über den Rasen bewegt hatten. Meine Hände lagen auf seinen Schultern, er hielt sich an meiner nicht vorhandenen Taille fest. Als Carsten mich in Blickrichtung zum Wohnzimmer gedreht hatte, sah ich meine Großeltern zu unserer Musik tanzen. Kein Schmetterlingsflügel hätte zwischen ihre Körper gepasst. Martina war nicht die Letzte, die unsere Freundschaft verdächtigte, mehr als das zu sein. Etliche Nachfolgerinnen ließen es auf eine Entweder-sie-oder-ich-Entscheidung ankommen. Dass sich Carsten für mich entschied, bestätigte ihren falschen Verdacht.

Da er, bis Sassa auftauchte, nur Affären hatte, war auch Liebe nichts, worüber wir sprachen. Wir waren Kumpel ohne Konkurrenzdruck, beste Freundinnen ohne Neid. Abgesehen von der angeblichen Bedeutung des Jagens, betrachteten wir beide die Natur als großes Geschenk. Instinktiv synchronisierten wir in ihr unsere Bewegungen, verständigten uns mit Blicken und Gesten. Jeden Frühling, wenn die Kraniche auf ihrem Rückweg über uns hinwegflogen, tränten unsere Augen. Dass die Jagd der Landschaft zugutekäme, war sein unwiderlegbares Argument. Es gab kein Feld in unserer Gemeinde, das Carsten nicht nachgemessen hat, damit Wildwuchsflächen nicht zu Äckern werden. Beim Töten stand für ihn die Technik im Vordergrund. Ein Fisch sollte keine Sekunde nach Luft schnappen müssen. Er zählte zu den besten Schützen, auch weil er nur schoss, wenn er sicher war, das Tier tödlich zu treffen. Einmal flog eine Ringeltaube gegen die Fensterscheibe meines Wintergartens. Mit weit geöffneten

Augen sah mich der große Vogel an und blieb bewegungslos auf der Seite liegen. Carstens Maxime: »Lass kein Tier leiden, wenn du ihm helfen kannst«, dröhnte in meinen Ohren. In Windeseile holte ich die Schaufel aus dem Gartenhaus. Den Vogel anzufassen, kam nicht in Frage. Ängstlich behielt mich die Taube im Blick. Ein dünner Faden dunkelroten Blutes rann aus ihrem Schnabel. Als ich die Schaufel hochhob, entzündete sich deren Stiel. Meine brennenden Hände ließen sie fallen.

»Komm schnell, eine Taube, ich kann sie nicht töten!« Fünf Minuten später war er da, erlöste sie mit einem Griff. Blut lief über seine rechte Hand. Im Vorbeigehen warf er mir einen bösen Blick zu. Ich schämte mich, dem Tier nicht die Gnade erwiesen zu haben, mit der ich mich selbst aus Schmerz und Angst erlöst hatte.

Dass wir seit der Pubertät befreundet waren und mehr als 35 Jahre keine ernsthafte Meinungsverschiedenheit hatten, machte mir Carsten vertraut wie einen Bruder. Nie bin ich auf die Idee gekommen, er könnte wie ich ein schwarzes Geheimnis haben. Wenn wir uns nicht sahen, telefonierten wir. Als es Handys gab, hielten wir uns auch über SMS auf dem Laufenden. Er mischte sich nicht in die Sache mit Jens, und ich hielt mich mit Kommentaren zu seinem Frauengeschmack zurück. Lesen gehörte nicht zu seinen Hobbys, also schenkte ich ihm keines meiner Bücher. Unser Filmgeschmack hätte nicht weiter auseinanderliegen können, weswegen er mir *The Walking Dead* und Actionfilme ersparte. Drei Mal sprachen wir übers Kinderkriegen. In unseren Zwanzigern wollten wir sie vor allem verhüten. Mitte Dreißig – viele, die wir kannten, hatten ein Kind oder zwei – erzählte ich ihm, dass mich meine Eltern misshandelt hatten und ich daraus keine Tradition machen würde.

»Aber Verhalten wird doch nicht vererbt«, wandte er ein.

»Erlernt, soweit ich weiß.«

»Ehrlich, Syb? Hör auf mit den Selbstzweifeln. Ist doch klar, dass du es anders machst als deine Eltern. Alle Kids mögen dich.«

»Und du?«

Er meinte, es gäbe keine Frau, mit der er es bis zur Einschulung eines Kindes aushalten würde. Schon der Gedanke ans Zusammenwohnen löse Fluchtzuckungen aus. Beim dritten Mal schnitt er das Thema an, weil Sassa begonnen hatte, von Familiengründung zu träumen. Er faselte was von zu viel Verantwortung für eine zu lange Zeit. Sassa sei außerdem zu jung, worauf ich erwiderte, als alter Sack mit grauhaarigen Spermien könne er froh sein über Sassas 27 Jahre. Sie würden den Durchschnitt der beiden zu einer halbwegs passablen Nummer machen.

»Wieso ist der Durchschnitt wichtig?«

»In einem Artikel über Behinderungen und Fruchtbarkeit stand, dass 35 eine kritische Grenze ist. Den schafft ihr mit deinen 47 nicht mehr.« Wollte auch er keine Kinder, um nicht an ihnen schuldig zu werden?

Der Regen schwappt über die Dachrinne, klatschend fällt er aufs Pflaster im Hof zwischen Kirche und Pfarrhaus. Nur mehr leise melden Donner und Blitz den Verlauf der

Gewitterfront. Die Gardinen zieht es hinaus ins Freie, doch bis zum Sonnenaufgang ist es noch lange hin. Liegt Celina jetzt wie ich vor einem Bauch, der ihren Rücken gegen Feinde abschirmt, gehalten von Armen, die das Kind gegen Diebstahl sichern? Und Viola? Verwahrt man ihren Körper über Nacht in einer großen Stahlschublade oder ruht er aufgebahrt im Kühlraum, nur mit einem Tuch bedeckt? Ihr Papa, von dem sie behauptete, er habe die Mama am Liebsten, wiegt er sich im Kinderbett mit einem Stofftier in den Armen?

Carsten kannte die Mädchen. Wenigstens einmal zuvor waren die Schwestern bei ihm auf dem Dachboden, um seine Tauben aus der Nähe zu sehen und zu berühren. Er sprach in heiterem Ton von dem Besuch, erzählte von ihrer Neugier und Faszination. Nachdem Viola den Taubenschlag betreten habe, hätte sich auch Celina hineingewagt. Die Kinder hätten schnell Scheu und Ekel abgelegt. Am Ende der Lehrstunde habe er der jüngeren Schwester erlaubt, die Luken zu öffnen. Wie stark muss das Begehren in ihm gewesen sein, dass es alle Sympathie für die Mädchen, den Instinkt, sie zu schützen, in Grausamkeit verwandelte? Sie waren keine Fremden. Er konnte die Mädchen nicht entpersonifizieren. Er muss Viola und Celina in die Augen gesehen haben, dort die wimmernde Angst, als sie erkannten, dass der gute Carsten auch böse ist.

Natürlich hätte ich von seinem Abgrund wissen können. Dass der Mensch beides, zwischen böse und gut alles sein kann, weiß ich, seit Jens' Mutter meine Wange streichelte und mich auf ihrem Schoß in Geborgenheit hüllte. Durch ihre Hände erfuhr ich, dass es Mütter gab, deren Berührung nicht schmerzt, nicht demütigt. Das machte sie für mich zum Inbegriff zärtlicher Liebe. Was wir als Kind erfahren, die Trennung von Gut und Böse, verkörpert durch Fee und Hexe, wirkt in uns fort. Der Wunsch, die beiden mögen im schlimmsten Fall nur Schwestern sein, überschreibt unser Wissen von der Zweigesichtigkeit jedes Menschen. Erst der Freitod, in den Jens' Mutter Jahre später mit seinem Vater ging, ergänzte das Bild ihrer hegenden Hand um die brutale Rückseite – auch wer liebt, kann töten. Würden wir wirklich glauben, dass der Ehemann, beste Freund, Bruder, die Großmutter und das Kind, dass jeder zur Grausamkeit fähig ist, könnten wir nicht in Gemeinschaft leben. Wir würden irrewerden, einsam. Und in der Einsamkeit müssten wir noch unseren Blick in den Spiegel fürchten.

Sassas plötzlicher Abgang hat keinen von uns stutzig gemacht. Wenn einer, den wir kennen, hinterrücks verlassen wird, bekommt er den ganzen Opferkuchen. Sie war nicht vom Land und keine Norddeutsche. Carsten hatte sie aus dem Internet in unser Dorf gebracht. Wenn ich mit beiden verabredet war, schlich sich der väterliche Ton, den er bei ihr anschlug, schnell auch in meine Stimme. Unsere Dreisamkeit, eingebettet in Sassas Dekorationen, hatte immer was Inszeniertes. Sie genoss das Theaterstück mit ihr in der Rolle als kindliche Prinzessin. Ihre knabenhafte Figur, die weichen braunen Augen und eine Vorliebe für kitschige Haarspangen ergänzten ihre plakative Naivität. Sassa hätte besser zu Carstens Bruder Ralf gepasst, dem großen Jungen. Als sie bei uns auftauchte, waren wir längst an Carstens Frauengeschmack gewöhnt, weshalb keiner wahrnahm, dass sie eine sexuelle Perversion verkörperte. Mag sein, dass Sassa etwas im Haus oder auf seinem Smartphone entdeckt hat, das ihr die Augen öffnete und sie in die Flucht schlug. Einer wie Aders, der in jedem zuerst den Abgrund wittert, wäre gewiss misstrauisch geworden, hätte Carsten ihm Sassa als seine Lebenspartnerin vorgestellt in einem Wohnzimmer, das wie eine Puppenstube wirkte. Was immer sie veranlasst hat, von ihm wegzurennen, für Carsten war der Verlust seiner Kinderprinzessin die erste tiefe Kränkung. So tief, dass ihm noch zwei Monate später trotz Alkohol die Wut aus dem Mund lief. Als er sich mit diesem Gefühl nicht mehr ertrug, öffnete er die Zellentür für jenen Carsten, den er immer in sich gehabt hatte. Der böse Carsten brauchte keinen Grund, die bloße Existenz der Kinder, dass sie ihm an dem Abend über den Weg liefen, genügte. Würde mich nicht wundern, wenn in Violas Körper Spuren von Beruhigungsmitteln gefunden werden. In jedes schlafende Mädchengesicht kann man eine Prinzessin hineinschauen.

Draußen ist es ruhiger geworden. Gleichmäßiger Regen gluckert im Fallrohr neben dem offenen Fenster. Eine Hälfte des Vorhangs sitzt auf dem Sims, lässt die Beine nach draußen baumeln, die andere hängt wie tot über den Dielen. Jens' Arme haben mich freigegeben, er liegt auf dem Rücken und schnorchelt wohl träumend durchs Great Barrier Reef. Am Ende ist sein Blick auf die Menschen, wenn sie vor ihm in der Kirche sitzen, in ihre Seelen beim

Vieraugengespräch der schärfere. Er hat seine Wahrheiten in fremden Kulturen erweitert, während ich auf dem Dorf kurzsichtig geworden bin. Doch weder die späte Einsicht in mein Versagen noch Carstens posthume Dämonisierung machen die Situation erträglich.

»Hm?« Jens' Arm greift um meinen Bauch. Wie Beute zieht er mich in seine Betthälfte, murmelt: »Meins.«

»Schlaf weiter, Liebster.«

»Hm.«

Auf dem Zettel steht: »Bin mittags zurück. Dein Notebook liegt im Wäscheschrank. Meine Mobilnummer habe ich in Deinem neuen Handy gespeichert. ILJ«

Und er hat den Tisch für mein Frühstück gedeckt: Brötchen, gekochte Eier, Kaffee in der Thermoskanne, Wiesenblumen und eine Bibel anstelle der Tageszeitung. Dass Jens auch an mein Notebook gedacht hat! Sollte Aders doch mein Haus durchsuchen dürfen, sind Block und Notebook hier besser aufgehoben. Was ein Polizeihund in meinem Garten finden würde, daran wage ich nicht zu denken.

Noch immer regnet es. Vom Küchenfenster kann man bis hinüber zum Oscher Wald sehen. Endlich ist die Feuergefahr gebannt, kann sich die Natur erholen. Wie schön es wäre, im Regen mit Herrn Schwarz durch den Wald zu streifen, zum ersten Mal mit ihm gemeinsam den Geruch nasser Bäume und Sträucher einzuatmen, den Pflanzen beim Aufrichten zuzusehen, ein wassergefülltes Mooskissen zu berühren.

Was wohl mit Carstens Körper geschehen ist? Im Kühlraum des Tamgower Edeka liegt er sicher nicht mehr. Ralf war sein einziger Verwandter. Schwer vorstellbar, dass er mit Polizei und Presse umgehen kann, wichtige Entscheidungen treffen, ohne dass ihm Carsten dabei hilft. Die Dörfler werden vergessen, dass es Carsten Rosche je gegeben hat. Vielleicht gelingt es den Kamerateams jetzt, von ihnen Interviews zu bekommen. Über die Mädchen, vor denen wir uns im hohen Gras, in unseren Häusern versteckt haben, werden einige sprechen wollen, um ihr Entsetzen loszuwerden. Den Bürgermeister, zwanzig Jahre in Amt und Würden, wird kaum einer gekannt haben. Niemand im Schützenverein, kein Jäger, kein Angler wird etwas über Carsten sagen können. Man hatte so selten mit ihm zu tun.

Mein Daumen teilt die Bibel beim Buch Prediger: »Besser ist das Betrübtsein als das Lachen; denn bei ernster Miene steht es gut um das Herz.« Was für eine frohe Botschaft! Zweiter Versuch weiter hinten: Matthäus, Das Ärgernis. »Und wer ein solches Kind in meinem Namen aufnimmt, der nimmt mich auf. Wer aber einem von diesen Kleinen, die an mich glauben, Ärgernis gibt, dem wäre es besser, wenn ihm ein Mühlstein an den Hals gehängt und er in die Tiefe des Meeres versenkt würde.« Nicht zum ersten Mal kommt mir der Gedanke, dass sich Carsten den Mühlstein selbst um den Hals gehängt hat und absichtlich gegen den Baum gefahren ist. Das Gerede von seinem Vertrauen und dessen Missbrauch, als er mich mit seinem Smartphone ertappte, kann man auch als unbewusste

Selbstbezichtigung verstehen. Die »Bambi-Rettung«, wie Aders es nannte, ist der Beweis, dass Carstens Instinkte und Schutzreflexe noch oder wieder funktionierten. Und seine Jagd nach dem Typen, der in der Schonzeit zwei Rehe erschießt, erscheint mir jetzt wie eine Jagd auf sich selbst. Anderenfalls hätte ihm das Wort Vertrauen die Mundschleimhäute verätzen müssen, so sehr, wie er meines missbrauchte, als er mich bis zur Bewusstlosigkeit mit Drogen abfüllte. Er wusste die ganze Zeit von meiner Gedächtnislücke und segelte unbehelligt im Windschatten meiner Selbstzweifel. Hätte mir Erwin den zeitlichen Zusammenhang zwischen Black-out und letztem Getränk nicht aufgezeigt, ich würde heute noch wie ein Schaf mea culpa blöken. Dass Carsten nach der Handy-Sache mit mir zum Frühstücken fuhr, mich zur Offenheit aufforderte, war vielleicht der untergründige Wunsch, ich möge ihn mit einem Verdacht konfrontieren. Dann hätte er die Möglichkeit gehabt, sich mir anzuvertrauen. Ich aber gab nur »Gewäsch« von mir, schloss die einzige Tür. Seine Situation war ausweglos bis zum Feuer, unserer Panik, der roten Wand, der er noch auswich. Dann sah er den Baum, und alles war klar.

»Erwischt!« Vor Schreck stoße ich die Kaffeetasse um, Jens stellt sie wieder auf, küsst mich.

»Mein Herz!«

»Das bin ich.«

»Es hat ausgesetzt!«

»Vor Freude, aber jetzt schlägt es wieder. Für mich.« Ich

rutsche auf dem Sofa zur Seite. Er nimmt meinen Teller, Messer und ein Brötchen. Drei Minuten später schiebt er den Teller zurück: »Essen!«

»Hab keinen Hunger.« Er schnappt sich die Bibel, blättert, liest laut: »Wenn ihr willig seid und hört, sollt ihr die Güter des Landes genießen. Doch weigert ihr euch und verharrt ihr im Trotz, dann wird das Schwert euch fressen!«

»Heute ist erst Donnerstag, Prediger.«

»Und dich dürstete nach Gottes Wort. Welches war so laut, dass du mich nicht kommen gehört hast?«

»Irgendein Matthäus: Wer den Glauben eines Kindes zerstört, den sollte man mit einem Mühlstein im Meer versenken.« Er nimmt meinen Kopf in seine Hände, küsst mich.

»Hm?«

»Eine wunderschöne Paraphrasierung von Matthäus, Kapitel 18, Vers 6. Weiteressen!«

»Ich glaube, Carsten hat sich umgebracht. Er hat nicht die Kontrolle über den Wagen verloren. Nach der Feuerwehr hätte er ihn wieder zurück auf die Straße lenken können. Aber er ist ungebremst auf den Baum zugefahren.«

»Ändert das was für dich, wenn er sich umgebracht hat?«

»Weiß ich noch nicht.«

»Was hältst du von einem Ausflug? Ich nehme mir den Rest des Tages frei und wir fahren nach Hamburg: Eis an der Alster, Spaghetti in St. Georg und dann ins Kino? Du darfst den Film aussuchen.«

»Einen Mädchenfilm?«

»Meine Liebe ist tragfähig.«

»Und wenn mich jemand erkennt?«

»Da fällt mir ein: Du musst Dr. Raake anrufen. Er will wissen, ob du eine Dienstaufsichtsbeschwerde stellen möchtest.«

»Gegen Aders? Warum?«

»Sibylle, woher hat die Presse gewusst, wann die Polizei dich abholen kommt? Wieso hat Aders einen Streifenwagen geschickt? Die Absicht ist klar erkennbar. So zerstört man einen Ruf.«

»Mag sein. Aber was hätte ich davon? Die Büchse ist auf. Mit einer Beschwerde kriegt man den Deckel nicht wieder drauf.«

»Unterschätz das nicht. Und es geht nicht nur um dich, auch um Erwin und mich.«

»Tu ich nicht. Aber Aders hat nur gegrinst, als ich sagte, dass er meine Existenz zerstört. Weiß Raake, dass ich hier bin?«

»Ja. Deine Mobilnummer hat er auch.«

»Gut, falls die Polizei noch was von mir will.«

»Jetzt nach Hamburg?«

»Ich würde lieber im Wald spazieren gehen.«

»Wir könnten rüber zur Göhrde fahren.«

»Göhrde ist gut. Hast du ein Sweatshirt mit Kapuze?«

»Nein, aber ein Basecap vom Kirchentag in Stuttgart.«

Als wir in der Göhrde ankommen, reißt die Regenwolkendecke entzwei. Mit tausend Händen greift die Sonne durchs Blätterdach, zieht an Ästen und Blumen, richtet sie auf. Es zwitschert und leuchtet, dampft wie in einem Dschungel. Dieser ist aus Eichen, Waldkiefern und Rotbuchen gemacht. Anstelle von Papageien, Fröschen und Affen klopfen Spechte, geben Rotkehlchen, Amseln, Buchfinken die Nachricht über die Eindringlinge weiter. Meine Augen erwarten hinter jedem Baum den Schwarzen zu sehen. Ohne Hund in die Natur zu gehen, erscheint mir nun unsinnig, als bräuchte es ein verbindendes Wesen zwischen Wald und Mensch.

»Unter uns leben mehr Wölfe als hier. Sie jagen und töten aus Lust. Wir sehen darin den Beweis, dass sie aus der menschlichen Art geschlagen sind, krank.« Jens sieht mich an: »Carsten war kein Soziopath. Das macht es schwerer für dich. Wäre er einer gewesen, könntest du ihn freisprechen. Ohne Empathie und Moral, ist er immer noch verantwortlich, aber keiner von uns, wie du sagst. Er wäre von der Menschlichkeit entbunden.«

»Und wenn wir all die Jahre doch mit einem Unmenschen befreundet waren, ohne es zu merken?«

»Was dann?«

»Es würde bedeuten, dass unsere Instinkte nicht mehr funktionieren, dass auch wir degeneriert sind. Ich frage mich, ob ich mit Carsten befreundet war, weil ich mit gefühllosen Eltern großgeworden bin und sein Verhalten als normal betrachtet habe.«

»Mach nicht den Fehler, Carsten und eure Freundschaft vom Ende her zu bewerten. Das wird euch beiden nicht gerecht.«

»Tun wir das nicht immer – Geschichte, Menschen, Ereignisse im Nachhinein bewerten? Jede Todesanzeige, jeder Grabstein ist doch ein nachträgliches Gütesiegel: unser langjähriger treuer Freund, unser liebender Vater ging nach kurzer Krankheit, ihre Güte und Weisheit wird uns fehlen – alles Bewertungen, diktiert von verklärter Erinnerung.« Jens schnauft.

»Du bist die Letzte, die sich Sorgen machen muss, irgendwas zu verklären. Eher das Gegenteil, du scharfrichtest.«

»Ich tue, was dein Gott mit jedem von uns macht: nach dem Tod darüber befinden, ob einer in den Himmel kommt oder in die Hölle.«

»Nicht mein Gott. Aber da du ihn erwähnst, wie wäre es, wenn du weiter Bücher schreibst und den Gottjob dem Gnädigeren von euch beiden überlässt?« Ein Specht klopft ein Stakkato, dass ich mich zum hundertsten Mal frage, warum diese Vögel keine Kopfschmerzen kriegen.

»Ist ein bisschen spät, mit Fünfzig die Profession zu wechseln.«

»Wieso wechseln?«

»Na ja, seit ich denken konnte, war ich verantwortlich für die Beziehung meiner Eltern. Wenn es schlecht lief zwischen ihnen, war ich schuld, weil ich etwas getan oder nicht getan hatte, oder auch nur, weil ich existierte. Um Prügel zu vermeiden, musste ich Situationen früh erkennen, Stimmungen erspüren, Entscheidungen treffen, mich entsprechend verhalten. So scheiße dieser Job war, auf eine verdrehte Art vermittelte er mir das Gefühl von Verantwortung und Macht. Wenn einem immer alles in die Schuhe geschoben wird, passen einem irgendwann die größten Botten. Als Autorin habe ich beides: die Macht über meine Figuren und die Verantwortung für ihr Handeln. Du siehst, die Stelle ist unkündbar. Außerdem kann ich nichts anderes.« Als das Wort »existierte« aus meinem Mund fiel, nahm Jens meine linke Hand. Die rechte musste für zwei gestikulieren. Ohne Hände kann ich nicht sprechen. Meine Hand zu nehmen, macht er manchmal, wenn es ernst wird. Will die gefangene dem Ruf der anderen, wild in der Luft flatternden Hand folgen, verstärkt er den Griff, auf dass ich mit meinen Gedanken nicht fortfliege.

»Gibst du sie mir zurück?« Er hebt die Muschel, geformt aus unseren Händen, dreht meine Hälfte nach oben, küsst sie sacht und sagt: »Die brauche ich noch.«

»Wie lange?«

»Bis zur Weggabelung da hinten.«

Wir gehen schweigend. Das Basecap habe ich abgenommen und in die Hosentasche gestopft. Es ist zu warm und einsam, als dass ich mich darunter verbergen müsste.

»Woran denkst du?«

»An meine Predigt bei euch im Dorf.«

»Ist ja noch eine Weile.«

»Zweieinhalb Tage. Ich habe den Diekenkamper Gottesdienst kurzfristig zu euch verlegt.«

»Aber unsere Kirche ist viel zu klein. Es werden sicher viele Leute kommen.«

»Ich halte einen Gottesdienst unter freiem Himmel, auf

der Dorfwiese, die ist groß genug. Um die Technik habe ich mich schon gekümmert.«

»Und was machst du, wenn sich die Pressegeier auf uns stürzen?«

»Mit denen werde ich fertig.« Wir stehen an einer Gabelung, beschließen, uns rechts zu halten und im großen Bogen zurück zum Auto zu gehen.

»Was wirst du den Leuten sagen?«

»Weiß ich noch nicht. Sind so viele Gefühle, die ich ansprechen muss.«

»Gibt es in der Bibel was zum Thema Verlust? Daran würde ich es aufhängen.«

»Du meinst, die meisten empfinden Verlust?«

»Nach dem Schock, dass es einer von uns war, kommt das Gefühl von Verlust. Nicht nur wegen Viola, …«

»… und Carsten?«

»… auch die Unschuld des Dorfes ist für immer verloren wie die Illusion einer schützenden Gemeinschaft.«

»Und der, der die Unschuld zerstört hat.«

24. Juli

Erwin schnarcht. Emma schläft lautlos. Irgendwo im Dorf bellt ein Hund – ein Wiedergänger des Schwarzen? Schon die vierte Nacht, die ich nicht unterm eigenen Dach verbringe. Wie auf Lesereise sitze ich in einer unbekannten Geräuschkulisse, zwischen fremden Möbeln und Gerüchen. Doch statt einem Publikum vorzulesen, schreibe ich an Emmas Küchentisch in meinen Block. An Schlaf ist nicht zu denken. Die Sprungfedern im Sofa wölben die Liegefläche zu einem Grabhügel. Unter fremden Dächern die Augen zu schließen, ist gefährlich. Wird man vom Lärm eines Einbrechers geweckt, weiß man nicht, wo Tür und Fenster sind, in welcher Schublade die langen Messer liegen, ob der Lichtschalter auf Herz- oder Hüfthöhe ist. Wäre es nicht gefühllos, wünschte ich einem anderen Landkreis ein aufsehenerregendes Ereignis, das die Pressefliegen von uns abzieht. Gottseidank hatte Jens sein Handy dabei. Ohne die Warnung eines Diekenkamper Gemeindemitglieds wären wir vorm Pfarrhaus mitten in ihr Gesummse geraten.

Als es klingelte, schliefen wir in einem Moosbett. Aus einer Umarmung war Begehren geworden. Wir hatten den Weg verlassen und uns in eine halbschattige Senke gelegt. Ich suchte in Jens nach einer über jeden Verdacht erhabenen Männlichkeit. Wie Jahrzehnte zuvor in einem anderen Wald verwandelte sich mein Schmerz unter seinen Berührungen zu stummer Gier. Meine Haut und was sie schützend verbarg, strebte ihm bedenkenlos entgegen. Das Vertrauen, in dem unsere Körper miteinander verwachsen, um sich irgendwann mit größtem Zögern wieder zu lösen, ist die schönste Konstante meines Lebens. Er legte sein Hemd über unsere Köpfe zum Schutz vor den Mücken, die sich auf uns stürzten, als wir uns nicht mehr bewegten. Mir war es egal, sollten sie mit meiner Blutspende ruhig ihre Brut aufziehen. Ich schlief, noch bevor die erste auf meinem Blanken Platz genommen hatte.

Im Traumkino lief ein erotischer Film in Dalí-Manier: Eichenstämme riefen mit senkrechten Mündern hungrig nach den im Moos wachsenden Pilzen, die ihnen eilig zwischen die regenfeuchten Lippen wuchsen. Meine anfängliche Faszination für die zweideutigen Pflanzengestalten und den wortwörtlich agierenden Vögeln verwandelte sich schnell in Abwehr. Mit traumtypisch kraftlosen Armen versuchte ich Jens zu wecken. Er aber sagte, sein Name sei Hans und dass er weiterschlafen wolle. Ich fragte: ›Hans im Glück?‹ Er antwortete: ›Nein, Gretel.‹ So sehr ich an ihm zog, er bewegte sich nicht und lag fast wie tot. Der Anblick ängstigte mich ins Mark, weswegen ich beschloss, meinen Namen zu ändern, denn wir hatten den Auftrag, die Unschuld zu retten. Wenigstens einer musste dafür aus dem Wald herausfinden. Ich zog das rote Basecap vom Kirchentag aus der Hosentasche, setzte es auf und ging los. Mit ungewohnt kurzen Schritten marschierte ich einen Weg entlang, der aussah, als würde er mich aus der feuchten Dämmerung ans Sonnenlicht bringen. Obwohl mein

Blick fest auf den Boden gerichtet war, um nicht von den schmatzenden Bäumen angesprochen zu werden, nahm ich rechts neben mir Grabsteine mit hebräischen Schriftzeichen wahr. Der Gedanke, dass ich über Tote hinwegging, erschreckte mich. Meine Füße begannen zu schmerzen. Ein brennendes Kribbeln zog sich von den Sohlen hinauf in die Kniekehlen. Plötzlich trat zwischen zwei Bäumen Mahatma Gandhi hervor. Er sagte: ›Wer auch nur ein einziges Leben rettet, rettet die ganze Welt.‹ Ein Lächeln huschte über sein Gesicht, als er den weißen Schal seines Gewandes über die Schulter zog. ›Sie sind nur ein Schauspieler‹, gab ich zurück. Da winkte er mich zu einem hüfthohen Grabstein: ›Sehen Sie diese Brille – ist es nicht Gandhis?‹ Ich betrachtete die Brille, antwortete: ›Nein, sie gehört Itzhak Stern.‹ Augenblicklich verwandelte sich das weiße Kostüm des Schauspielers in einen zerrissenen dunklen Anzug. Ben Kingsley brach die Gläser aus dem Gestell, bog aus einer Hälfte einen Judenstern, warf ihn nach oben in den dunklen Himmel und sagte: ›Der ist für Viola.‹ Aus der anderen Hälfte fertigte er eine Blume und gab sie mir: ›Die bringen Sie Celina.‹ Mit der Drahtblume konnte ich endlich große Schritte machen und kam nun viel schneller voran. Das obszöne Schmatzen der Bäume war lauter geworden. Anstelle von Amselgesängen hörte ich jetzt die Schreie von Aras und Schimpansen. Zwei Schritte vor mir querte eine Riesenschlange von links nach rechts. Endlich sah ich in der Ferne das Funkeln der Sonne. Die Drahtblume fest in der Hand begann ich zu laufen in der Gewissheit, die Unschuld retten zu können, bis plötzlich ein großer Wolf den Weg versperrte. Er knurrte, fletschte die Zähne. Eine Ewigkeit standen wir einander gegenüber und bewegten uns nicht. Als ich es wagte, das Tier anzusehen, schaute aus seinen funkelnden Augen Herr Schwarz heraus. Sofort nahm ich das Basecap ab, doch erst, als ich in die Hocke ging, ihm die Blume zeigte, verstummte er und kam zu mir. Ich streichelte ihn, sagte: ›Komm mit.‹ Aber wir wussten, dass er den dunklen Dschungel nicht verlassen konnte.

Das elektronische Glockengeläut irgendeines Doms weckte nicht nur mich. Zwei Minuten später bedankte sich Jens bei jemandem dafür, dass er ihm Bescheid gegeben hatte und erzählte mir von den wartenden Pressegeiern.

»War klar, dass sie unsere Verbindung rauskriegen. Ich hatte gehofft, es dauert länger. Zu wem soll ich dich bringen: Emma oder Willem?«

»Emma. Auf die kommen sie nicht.« Beim Anziehen trödelten wir, küssten uns nach jedem Kleidungsstück und suchten im Moos lange nach Dingen, die uns aus den Hosen gefallen sein könnten.

»Wie früher, als wir nach Hause mussten«, murmelte er.

»Oma hatte diesen speziellen Blick auf meinen Bauch: vorauseilender Tadel für eventuelles Unglück.«

»Ich wurde mit dreizehn von meinem Vater ins Gebet genommen.«

»So früh?«

»Erster Samenerguss. Hatte ihm Mutter gesteckt. Er dachte, lieber gleich ein ausführliches Gespräch, als darauf zu lauern, wann es mit uns ernst wird.«

»Keine Blicke, wenn du nach Hause gekommen bist?«

»Nein.«

»Ich habe geträumt, dass wir die Unschuld retten müssen.«

»Und?«

»Du hast gesagt, dein Name sei Hans, und wolltest liegenbleiben.«

Es war nach 20 Uhr, als ich bei Emma klingelte. Jens hatte den Wagen am Dorfrand geparkt und war vorgegangen, um die Lage zu peilen. Emma freute sich, auch mir Zuflucht zu bieten. Jens wäre ebenfalls willkommen gewesen, aber er fuhr nach Hause. Eine Stunde später klingelte ein junger Mann an der Tür, drückte Emma einen Rucksack in die Hand und sagte: »Mit Grüßen vom Pastor – eine Kleiderspende für den Flüchtling, den Sie aufgenommen haben.«

Jetzt bellt der Hund im Stundentakt. Vielleicht eines von Preetz' Tieren, das sich als Nachtwächter was dazuverdient. Zwei Uhr durch. Erwin schnarcht nicht mehr. Das Knarzen der Treppe verrät sein Kommen.

»Kannst nicht schlafen oder willst nicht?«, fragt er. Ich hole ihn an der Tür ab und bringe ihn zum Tisch.

»Beides. Wollte dein Schnarchkonzert nicht verpassen.«

»Das war Emma.«

»Bestimmt.«

»Gib mir einen Schluck Wasser bitte.« Bevor er das Glas an den Mund führt, taucht er den Finger hinein, sagt nach dem Trinken: »Sie weiß immer noch nicht, wie man einem Blinden einschenkt.«

»Ich rede mit ihr. Findest du dich sonst zurecht?«

»Kein einziger blauer Fleck.«

»Würdest ihn eh nicht sehen.«

»Kann ich am Sonntag wieder in mein Haus?«

»Glaub schon. Jetzt schleichen sie bei Jens herum. Der wird sie abfertigen. Wegen deines Termins heute bei Aders: Soll ich mitkommen?«

»Der Raake fährt mich hin und auch wieder zurück.«

»Danke, dass du ihn bezahlst.«

»Keine Ahnung, wovon du redest.« Er drückt meine Hand, die sich unter seine geschoben hat. Erst jetzt höre ich das leise Ticken der Küchenuhr, die über der Tür hängt.

»Was geht dir im Kopf herum?«, fragt Opa.

»Ich dachte gerade, dass man noch so wunschlos sein kann und die Lebenskreise klein ziehen, irgendwann bricht doch das Unglück über einen herein.« Sein Daumen streichelt über meinen Handrücken.

»Das Leben ist kein Kreis, in dem du sicher bist.«

»Mit Stehle hat es angefangen. Ich würde gerne glauben, dass er der Auslöser für alles war, aber ich weiß es besser. Die schöne Zeit der Wiederholungen ist vorbei.« Erwin trinkt das Wasserglas leer.

»Ich könnte jetzt mit dir lamentieren, Kind, aber davon wird nichts gut. Bei einem Unglück gibt es zwei Möglichkeiten: du überlebst es oder gehst darin zugrunde. Jetzt bist du Fünfzig. Zeit zu überlegen, was du mit dem Rest deines Lebens anfangen willst. Was steht noch auf dem Zettel?«

»So einen Zettel hatte ich nie.«

»Dann schreib einen. Und geh endlich schlafen.«

»Emmas Sofa ist gewölbt.«

»Du kannst meine Betthälfte haben. Neben dem schnarchenden Weib kriege ich kein Auge zu.«

Als ich in die Küche komme, ist Erwin schon weg, auch das Frühstück. Emma malträtiert mit solcher Inbrunst Zwiebeln, dass die Stückchen ängstlich vom Brett springen.

»Wen hackst du denn klein?«

»Dich!«

»Emma, ich konnte auf dem Sofa nicht schlafen.« Sie dreht sich um, fuchtelt mit dem Messer durch die Luft und präsentiert bühnenreife Zwiebeltränen.

»Aber deinem Großvater den Schlaf rauben, das konntest du!«

»Opa schläft immer nur die halbe Nacht. Geht ja früh ins Bett und gönnt sich am Nachmittag zwei Stunden.« Sie nimmt die nächste Zwiebel zur Hand. Meine gebutterte Stimme sagt: »Heute Abend wechsle ich in sein Haus. Dann hast du ihn bis Sonntag für dich allein. Okay?« Jetzt rollen echte Tränen: »Wieso Sonntag?«

»Na, wenn die Presse keinen von uns findet, wird sie endlich abhauen, zumal Wochenende ist. Und Erwin will wieder zurück.« Ein paar Tage mit meinem Großvater unter einem Dach, mit einem Mann neben sich im Ehebett, haben Emma glücklich gemacht. Ich tausche das Messer in ihrer Hand mit einem Taschentuch aus, aber die alte Frau weint lieber in mein Schlafshirt. Ihre bebenden Brüste drücken sich weich in den Bauch, ihr Gesicht an den Brustkorb, als wollte sie ihre Klage bei meinem Herzen einreichen.

»Schsch«, murmle ich in ihr toupiertes Haar, »nicht weinen, Emma, freu dich über die zwei Tage, die du ihn noch bei dir hast.«

Emmas Garten ist wunderschön, ein Blumenparadies, wie es meine Oma nie hätte schaffen können. Für sie war Land zum Anbauen von Gemüse und Kräutern da, dabei hätte ich so gerne beim Lebensmittelwagen, der damals noch über die Dörfer fuhr, für sie eingekauft, aber ihre Standardantwort war stets: »Wir haben alles, was wir brauchen.«

»Auch Schokolade?«

»Was willst du im Sommer mit Schokolade? Die läuft dir schneller durch die Finger, als du sie essen kannst.«

»Nicht, wenn ich mich dolle beeile.« Sie lachte, gab mir einen Apfel und schickte mich Hausaufgaben machen. Seit ich bei ihnen lebte, bekam ich von den Großeltern nichts mehr heimlich zugesteckt. Die Erfindung des Taschengeldes ging unbemerkt an ihnen vorüber. Trotzdem lief ich dem Wagen manchmal hinterher, wenn er um die Ecke gebogen und von unserem Küchenfenster nicht mehr zu sehen war. Die großen hellblauen Augen des Mannes, der zwei Mal in der Woche vorbestellte und andere Ware brachte, hatten es mir angetan. Manchmal schenkte er mir zum Lutscher ein sagenhaft verschmitztes Lächeln. Sein Augenblau glich ganz der wolkenlosen Fläche über ihm. Mein Himmelmann wurde ein paar Jahre später durch einen Supermarkt ersetzt.

»Nicht träumen, Sibylle, Unkraut zupfen«, mahnt Emma. In ihrer Schürze hängt der Geruch von Zwiebelbraten. Dr. Raake bringt den erschöpften Erwin um 13 Uhr zurück. Nach einer kurzen Umarmung wimmelt er das warm gestellte Mittagessen ab und geht nach oben, um sich hinzulegen. Der Anwalt fasst für mich Opas Befragung zusammen, an dessen Ende Aders einräumte, dass er die Theorie meiner Mittäterschaft nicht beweisen könne.

»Er hofft noch auf die Aussage von Celina Asbeck, aber ich denke, die Sache ist für Sie erledigt. Die Polizei wird heute Abend eine schriftliche Presseerklärung rausgeben. Ich habe Herrn Aders gebeten, Carsten Rosche dem Ermittlungsstand entsprechend als Alleintäter zu bezeichnen.«

»Ich kann mir nicht vorstellen, dass Aders Ihrer Bitte nachkommt.« Raakes rechte Augenbraue schwingt sich elegant nach oben, er sieht mich an wie der mit einer Unlogik konfrontierte Mr. Spock: »Das wird er, Frau Uhlen, dessen bin ich sicher.« Meine SMS mit der guten Nachricht beantwortet Jens mit einem küssenden Smiley, die Einladung zu einer Nacht in Erwins Haus schlägt er aus: ›Muss an der Predigt für Sonntag arbeiten. Werde sie Dir morgen zur Abstimmung per Mail schicken. Okay?‹

Ich returniere einen Brillen-Smiley.

»Hast du dir das gut überlegt, Opa?«

»Wir sind zu zweit.«

»Das meine ich nicht, sondern dein Motiv. Warum willst du es ihm sagen?«

»Dir wird er nicht glauben, mir schon.«

»Aber das hat doch Zeit.«

»Kommst du mit oder nicht?«

»Selbstverständlich.« Ich führe Erwin auf einem Umweg zum Ziel, damit wir nicht am frühen Abend auf Breekes Hauptstraße gesehen werden. Meine kleine Hoffnung, Preetz nicht anzutreffen, schmilzt in der tief stehenden Sonne. Er befüllt im Stall die Heuraufen für die Kühe. Einer seiner Hunde läuft bedingt freundlich auf uns zu.

»Besser, du hältst den Stock still, ein Hund kommt von rechts.« Preetz hat den Siebten Sinn oder die Bewegung des Tieres mit seinen Nackenhaaren wahrgenommen. Abrupt dreht er sich in unsere Richtung und pfeift kurz. Der Hund bleibt stehen, wartet auf seinen Herrn.

»Was wollt ihr?«

»Ich muss dir was sagen.«

»Hm.« Preetz mustert mich, wendet sich Richtung Haus, macht mit dem Kopf eine Bewegung, ihm zu folgen. Seine verdreckte Küche bleibt uns erspart, stattdessen werden wir ins Wohnzimmer geführt, in einen großen quadratischen Raum mit zwei Ledersofas und einem Tisch dazwischen. Auf dem Röhrenfernseher liegt ein Zentimeter Staub. Preetz setzt sich gegenüber aufs andere Sofa, Erwin gibt mir den gefalteten Blindenstock, wartet, dass ihm Preetz eine Frage stellt. Der schweigt.

»Meine Lisbeth hat mir alles erzählt. Was damals auf dem Rittergut zwischen euch war. Ist deine Tochter, die ich mit ihr großgezogen habe.« Selten wird sich Erwin sein Augenlicht sehnlicher zurückgewünscht haben als jetzt. Unmöglich, ihm Preetz' Gesichtsausdruck zu schildern, wie erschrocken dessen Blick zwischen Opa, mir und der Erinnerung an meine Mutter hin- und herspringt. Ich spanne die Muskeln an, um mich vor Erwin zu werfen, falls sich Preetz auf ihn stürzt. Doch hinter der Stirn dieses Mannes arbeitet es derart heftig, dass keine Energie für die Muskeln bleibt. Opa öffnet die Hand, eine kleine Bewegung in meinem Augenwinkel. Er rechnet nicht mehr mit einer Reaktion von Preetz und will seinen Blindenstock zurück, aber der Mann gegenüber hält mich fest in seinem Blick, starrt durch meine Augen in mich hinein, dass meine Eingeweide anfangen zu rumoren. Wie beim letzten Mal mit dem Schwarzen in der Küche drängt es mich plötzlich aus dem Haus, weit weg von diesem Menschen und der Situation.

»Wir gehen«, sagt Erwin viel zu laut. Sein Kommando reißt mich aus Preetz' Fixierung. Ich helfe meinem Großvater in den Stand, gebe ihm viel zu heftig den Stock in die Hand, zerre ihn zur Zimmertür. Preetz bewegt sich nicht, sein Blick bleibt auf meinen leeren Platz gerichtet.

26. Juli

Die Sonne scheint auf die Traurigen und Glücklichen gleichermaßen. Ihr ist egal, wer sich des Lebens freut, wer eines vermisst. Auf den Holzbänken, die für alle reichen sollten, haben die Alten und Kranken Platz genommen. Wir anderen stehen oder sitzen im Gras. Die Vorausschauenden haben sich Campingstühle oder klappbare Fankissen ihres Fußballvereins mitgebracht. Sogar vom SC Freiburg ist eines dabei. Der Papst wäre neidisch, würde er die vielen hundert Menschen sehen. Nicht alle sind Gläubige, aber alle glauben, dass es gut ist, heute hier zu sein, egal, wer am Altar steht. Vielleicht überzeugt Jens sogar den einen oder anderen von Gott. Seine Predigt war schon großes Kino, bevor ich sie lektoriert habe. Es fehlen nur eine Hüpfburg, Bierstände und Grillstationen, dann könnten wir nach der Messe ein Vieldörferfest feiern. Auch die Flüchtlinge hat Jens eingeladen. Vorhin lief Said an mir vorbei. Unsere Blicke trafen sich kurz. Meine rechte Hand klebt von den vielen Begrüßungen. Kein einziger Dörfler sieht mich schief an.

Ein als Altar dekorierter Tisch, das Mikrophon, die Boxen sind Richtung Rosenkamp ausgerichtet, der hinter uns liegt. Beate ist gläubig (war es?), hat ihre Kinder christlich erzogen. Die Familie könnte unbemerkt zu uns stoßen. Getarnt mit dem Basecap vom Kirchentag, trolle ich mich seitlich an der Menge vorbei und noch ein Stück weiter bis fast an den schmalen Pfad, auf dem die Mädchen mit ihren

Rädern vor einer Ewigkeit Halt gemacht haben. Für den unwahrscheinlichen Fall, dass ich Celina heute sehe, liegt die selbstgemachte Drahtblume in meiner Tasche.

Das Dorf gehört wieder seinen Bewohnern. Presse und Polizei sind fort. Damit endet unser Leben als Mikroskop-Tierchen. Auch das ist ein Grund, warum wir aus den Häusern auf die Dorfwiese gekommen sind: um den vorübergehend öffentlichen Raum wieder zur privaten Welt zu weihen. Zerstörte Strukturen bedürfen der Reparatur. Was wäre besser geeignet als eine religiöse Zusammenkunft, um über den Einen uns Einzelne erneut auf die Gemeinschaft einzuschwören. Wie gerinnendes Blut nach einer Verletzung die Haut verschließt, wird dieser Gottesdienst unsere Wunden erstversorgen. Lauter Gesang hebt an. Amseln, Rotkehlchen, der Kuckuck und die Heimchen verstummen. Gegen die vielen falschen Töne haben sie keine Chance. Jens und das begleitende Keyboard schaffen es nicht, die Gemeinde im tonalen Zaum zu halten. Die nachfolgende Predigt wird lange dauern. Ob die Vorausschauenden das auch geahnt und sich ein Vesperbrot eingesteckt haben? Ungesehen verlasse ich die Wiese Richtung Rosenkamp.

Nichts deutet auf die Anwesenheit der Familie hin. Beates Berlingo ist nirgends zu sehen. Die Straße liegt wie die anderen verwaist. Ohne zu klingeln betrete ich das Grundstück. Dabei beschleicht mich dasselbe Gefühl wie in Carstens Haus, eine Ungewissheit, ob ich Lebendiges oder Sterbendes finde. Haustiere gibt es hier nicht. So viel ist sicher. Der Vorgarten, die Ecke, in der die Mülltonnen stehen, machen den Eindruck, als kümmere sich jemand darum. Seitlich gelange ich in den Garten, mein Blick fällt auf kräftige Tomatenpflanzen, die in einer Reihe unter einem Regenschutzdach aufgestellt sind. Ja, hier hat ein Nachbar ein Wunder erwirkt, vieles blüht und gedeiht wieder, der vertrocknete Rasen wurde gemäht und wächst neu nach – eine perfekte falsche Idylle. Fenster und Terrassentür sind geschlossen, auch der Abgang zum Keller. Aber es gibt einen versteckten Schlüssel. Wie ich Beate kenne, hat sie ihn irgendwo im Kiesstreifen deponiert, der rund ums Haus läuft, in einer Plastikdose, die aussieht wie ein Wasseranschluss für den Gartenschlauch. Diesen Fake, den jedes Gartencenter verkauft, hat für den Schlüsselnotfall die Hälfte von uns irgendwo auf dem Grundstück. Vorbei an Regalen mit Konserven, eingekochter Marmelade, Kartoffel- und Zwiebelkisten gelange ich zur Treppe ins Erdgeschoss.

Flur, Wohnzimmer und Küche sind penibel aufgeräumt. Nirgendwo hängen Stundenpläne der Mädchen. Kein Spielzeug liegt auf dem Esstisch, der Eckbank, dem Boden. An der Wand zum ersten Stock hinauf fehlen zwei Bilderrahmen.

Celinas Kleiderschrank ist halbleer, ihr Schreibtisch eine blanke Fläche, der Kinderstuhl ordentlich untergestellt. Die Bettwäsche wurde abgezogen, in der Spielzeugkiste liegt zurückgelassen eine kaputte Schachtel mit Uno-Spielkarten. Auf der Fensterbank stehen etliche Zimmerpflanzen, sogar ein Kaktus ist darunter. Als ich ihre Erde nach

Feuchtigkeit abtaste, wird mir klar, wer sich um Beates Grundstück kümmert: die alte Frau, die neben Carstens Ferienhaus wohnt und bis auf wenige Wochen im Winter Tag für Tag in ihrem Garten werkelt, den Körper zur Haarnadel gebogen. Meine Drahtblume passt am besten zum Kaktus.

Violas Zimmer ist das mit den Plüschtieren auf dem Bett, dem Schulranzen und der vollen Spielzeugkiste. Ihr Zimmer wirkt als einziges nicht ausgeräumt, nicht verlassen. Ihr Teddy ist ganz weich, sein Bauch rund und prall. Freundlich gibt er nach, als ich ihn an mich drücke. Auf dem Schreibtisch stehen eine kleine Plastikspieldose, eine Schneekugel und eine Hello-Kitty-Schachtel mit Buntstiften. Im Bücherregal darüber entdecke ich *Harry Potter* neben dem *Tintenherz* und einem Sachkundebuch. Viola war eine gute Schülerin, wissbegierig und ein bisschen altklug. Mit einer erstaunlichen Inbrunst lernte sie Kindergedichte auswendig und konnte sie auch nach Wochen noch fehlerfrei aufsagen. Für mich war Auswendiglernen eine schlimme Tortur, das Aufsagen reine Folter. Ich fühlte mich mit fremden Texten stets wie Pinoccio und fürchtete, beim geringsten Fehler eine lange Nase zu bekommen. Unterm Bett liegen ein weißes Söckchen, ein kleiner Gummiball und ein Malheft. Viola hat die Blumen, Häuser, Kinder und Landschaften nicht flächig ausgefüllt. In den langgezogenen Tulpenblättern wiederholte sie stattdessen die Konturen kleiner werdend bis zur Mitte in allen möglichen Farben. Den Baum auf einer anderen Seite hat sie um drei Konturen vergrößert. Auf der leeren letzten Seite male ich unsere Dorfsilhouette von der Nordseite mit dem Kirchturm und der Eiche daneben. In den nachtblauen Himmel zeichne ich mit Violas Glitzerstift einen großen Stern. Niemand wird in dem Bild die Hand einer Erwachsenen erkennen. Mein Maltalent entspricht dem einer Fünfjährigen. Das Heft lege ich zum Teddy unter die Bettdecke.

Auf meinem Rückweg durch den Keller wandert das kleinste Glas Johannisbeergelee zu Socke und Gummiball in meine Tasche. Eine Handvoll Cocktailtomaten ist die Belohnung dafür, dass ich keinen der Töpfe aus der schnurgeraden Linie schiebe.

Als ich von der Rosenkamp-Seite in den Garten von Stehles letztem Wohnort eindringe, beschleicht mich kein ungutes Gefühl. Für die Kate finde ich den Schlüssel unter dem klassischen Blumentopf neben der Tür, sein Manuskript neben der Schreibmaschine mit einem Stein beschwert. Dass Kurt ein Papiermanuskript akzeptiert, überrascht mich. Sicher, man kann es scannen und dann für den Drucksatz bearbeiten, aber das kostet mehr, als mir mit einem Almosen unter die Arme zu greifen. Für die Schreibmaschine habe ich keine Verwendung, Alkohol selbst in rauen Mengen im Keller. Die restlichen Eistüten aus dem Sechserpack fliegen in die Komposttonne. Schade, seinen Notizblock hatte Stehle bei sich. Der wird irgendeinem Berufenen ausgehändigt werden oder weggeworfen, wenn sich niemand meldet. Mit voller Tasche geht es zurück zur Dorfwiese.

Jens und die Gottesdienstbesucher sind beim Abendmahl angelangt. Er wäre nicht mein Mann, hätte er die trockenen Opladen nicht durch körbeweise Baguette vertauscht, das er bei Babsi in der Bäckerei bestellt hat. Für die Flüchtlinge gibt es wahlweise Fladenbrot, das wir gestern in stundenlanger Handarbeit mit Emma nach einem Rezept aus dem Tschad gebacken haben. Anstelle von Wein verteilen die Konfirmanden kleine Traubensaftflaschen. Eine weise Entscheidung bei 26 Grad unter der Sonne, den vielen Kindern, alten Menschen und Autofahrern. Ich lege mich abseits der Menge ins frische Gras, das der Regen vor ein paar Tagen hat wachsen lassen. Der Himmel ist wolkenfrei, das Kino am Sonntag geschlossen.

ISBN 978-3-7485-5508-7
9 783748 555087 00006
www.epubli.de